「え……？　リっ！」
「しっ……」
リオはとんと人差し指を当てて、セリアの唇を塞いだ。

精霊幻想記
【せいれいげんそうき】

「…………ありがとうです、
スズネ、コモモ、アキ」
ソラはお菓子の入った鞄と
ラティーファ達の顔を何度も見比べてから、
三人の名前を小さな声で呼びながらお礼を言った。

精霊幻想記

22. 純白の方程式

北山結莉

HJ文庫
1021

CONTENTS

口絵・本文イラスト Riv

【プロローグ】　リオが知る神のルール

一、超越者《ちょうえつしゃ》は権能を行使する度《たび》に、世界の住人から存在を忘れられる。必要があれば人々の記憶《きおく》も都合の良いように補完され、人々はそれに違和感《いわかん》を抱《だ》かない。超越者を記憶できるのは同じ超越者か眷属《けんぞく》だけである。記憶を失った者が無理に超越者のことを思い出そうとすると、まずは思考がぼやけ、その次に強い負荷《ふか》が脳にかかる。

二、超越者になった者は人々の記憶や印象に残りづらい存在となる。世界の住人は対面で接している限りは超越者を認識《にんしき》して会話をすることもできるが、ひとたび離《はな》れて意識を向けなくなった途端《とたん》に、超越者と接触《せっしょく》したことを忘れてしまう。

三、超越者は特定の個人や集団に肩入《かたい》れすることができない。これを破れば、超越者は肩入れしようとした者達《たち》のことを忘れる。

四、眷属は超越者に準じる形で神のルールが適用される。ただし、超越者と一緒《いっしょ》にいない時に限り、二のルールについての効果が弱まる。

【第一章】 ロダニア上空戦

レストラシオンの本拠地《ほんきょち》であるロダニアの貴族街。

湖の魔道《まどう》船《せん》港へと続く通りの一角で。

（なぜだ？）

リオは目を見開きながら、呆然《ぼうぜん》とセリアを見つめていた。セリアは悲しそうに涙《なみだ》を流している。一方で、困惑《こんわく》した面《おも》持ちも覗《のぞ》かせていた。小柄《こがら》な彼女《かのじょ》の身体から、何か魔法《まほう》でも発動させようとしているみたいに術式が浮《う》かび上がっているからだ。

――成功ね。今はまだ全部は無理だけど、貴方《あなた》に託《たく》すわ。あの子に渡《わた》しきれなかったものを。

「え、え……？」

どこからともなく声が聞こえた気がして、セリアはきょろきょろと周囲を見回す。遅《おく》れて、様々な情報が頭の中に入ってきた。その瞬間《しゅんかん》――、

「…………」

セリアの双眸《そうぼう》はリオを見つめながらも、リオを映し出していなかった。目映《まばゆ》く輝《かがや》く術式に包まれたまま、彼方《かなた》を眺《なが》めているようにぼうっと立ち尽《つ》くしている。と――、

「セリアちゃん!?　セリアちゃん!?」

父であるローランが、セリアの両肩《りょうかた》を揺《ゆ》さぶり慌《あわ》てて語りかけた。傍《そば》にいるサラ、オーフィア、アルマも何事かと心配そうにセリアを見つめている。いきなりの事態に驚《おどろ》いているのは、すぐ傍にいる皆《みな》も同じなのだ。

ただ、呑気《のんき》に驚いていられる状況《じょうきょう》でもない。こうしている間にも、アルボー公爵《こうしゃく》率いるベルトラム王国本国軍の襲撃《しゅうげき》を受け、ロダニアは陥落《かんらく》への一途《いっと》をたどっている。

都市の上空にはベルトラム王国本国軍の空挺部隊《くうていぶたい》が押《お》し寄せ、遠方にはアルボー公爵も乗る魔道船艦隊《かんたい》も控《ひか》えている。レストラシオン所属の残り少ない空挺部隊が応戦して時間を稼《かせ》いでいるが、長くはもたないだろう。

そのことは敵味方の誰《だれ》もがわかっている。だからこそ、付近にいるクリスティーナやフローラを含《ふく》む避難民達《ひなんみんたち》は術式を展開したセリアに視線を向けながらも、さして気にも留《と》めずに港への移動を優先している。

果たして、セリアがそうやってぼうっとしていたのは、時間にして数十秒にも満たない程度の時間だった。やがて、彼女の身体から溢《あふ》れていた術式が消え去ると――、

「……あ、えっと………」

セリアはようやく、ハッと我に返る。しかし、その表情はなんとも切ない。はらりと零《こぼ》れる涙が、彼女の頬《ほお》を悲しそうに濡《ぬ》らしていた。

「……どうしたんだい、セリアちゃん？」

表情から娘《むすめ》の気持ちを察したのだろう。ローランはスッと目を凝《こ》らし、セリアの顔を覗《こ》き込む。

「い、いえ、その……」

セリアは涙を拭《ぬぐ》いながら、かぶりを振《ふ》る。

だが、今はローランへの説明をするよりも――、

「………」

もう忘れないと言わんばかりに、セリアは紅《あか》く腫《は》れた眼で決然とリオを見据《みす》えた。リオはリオで吸《す》い込まれるような眼差《まなざ》しで、セリアのことを見つめ続けている。

そうして、二人は何メートルかの距離《きより》を置きながら、無言のまま視線を重ね続けた。ローランはリオとセリアが醸《かも》し出す一体感を肌《はだ》で感じ取ったのか、訝《いぶか》しそうに二人の顔を見比べだす。一方で――、

「……貴方は、いったい」

銀狼獣人《ぎんろうじゅうじん》の少女、サラがぽつりと言った。すぐ傍に立つハイエルフのオーフィアやエルダードワーフのアルマと一緒に、リオのことをじっと見つめている。

「リオ、といいます」

リオは隠《かく》さずに自分の本名を告げた。というのも、ソラが語ったところによれば、超越者は周囲から記憶や印象に残りづらい存在になるのだという。ひとたび超越者から離れて意識を向けなくなった途端に、相手は超越者と接触したことを忘れてしまう。ゆえに、本名を名乗るリスクはほとんどない、ということらしい。

ただ、リスク云々《うんぬん》の話は別にしても、リオは確認《かくにん》しておきたいことがあった。すなわち、サラ達もリオのことを覚えているのか？

果たして――、

「私達……」

「どこかで、会ったことがありますか？」

アルマとオーフィアが順番に口を開いた。やはりリオのことを覚えているわけではないらしい。ただ、リオに対して不思議な既視《きし》感《かん》を抱いている。そんな反応だった。

（俺《おれ》を覚えていないのは確かみたいだ。既視感はあるみたいだけど……）

リオはそれを確認すると――、

「気のせいでしょう。それより、急ぎましょう。港まで護衛します」

上空を仰《あお》ぎながら、移動を促《うなが》した。本当はこのまま別行動するつもりだったが、セリアと話がしたい。そう考えたからこその提案だった。すると——、

「……みんな行きましょう。クリスティーナ様達も行ってしまうから」

セリアが率先《そっせん》してリオの提案に乗った。

「……ええ」

実際、悠長《ゆうちょう》に話をしている場合ではないのだ。リオとセリアが港へと続く道を歩きだしたことで、ローランやサラ達も脚《あし》を動かし始める。すると、セリアやクリスティーナ達を含む避難民《ひなんみん》がいる場所まで、上空から降下しようとしてくる若い空挺騎士《くうていきし》三人がいた。すかさず察して、迎撃《げいげき》のため術を展開しようとしたリオだが——、

(彼《かれ》は……スティアード＝ユグノー？)

見覚えのある相手だったので術の発動を中断した。家名の通り、ユグノー公爵の息子《むすこ》である。ベルトラム王立学院時代にはリオの一つ下の学年に所属し、野外演習ではフローラを崖《がけ》から突《つ》き飛ばした罪をリオに着せた。リオが王立学院を去る契機《けいき》を作った張本人ともいえる人物だ。ラティーファがまだ奴隷《どれい》だった頃《ころ》には、躾《しつけ》と称《しょう》して憂《う》さ晴《ば》らしの虐待《ぎゃくたい》も行っていた。

さらには、成長したリオがハルトとしてシュトラール地方へ戻《もど》ってきた際には、アマンドの飲食店で酔《よ》っ払《ぱら》ってリオに絡《から》み、父親であるユグノー公爵から強いお叱《しか》りを受けて処分をくらった経緯《けいい》もある。こうしてリオが対面したのはその騒動《そうどう》以来であった。

（ロダニアの空挺《くうてい》部隊に所属しているのか？　でもなんで部隊を離れて降りてきた？）

上空では残り少ないレストラシオン所属の空挺騎士達《きしたち》がいまだ戦っている。全部隊が足止めに専念している中、どうしてスティアード達が戦場を離れて降下してきたのか？　リオが少し違和感を抱くと——、

「貴様、何者だ⁉」

仮面をつけているリオは不審《ふしん》に映ったのだろう。スティアードは胡乱《うろん》げにリオを睨《にら》んで誰何《すいか》した。

「大丈夫《だいじょうぶ》よ。怪《あや》しい人物ではないわ、スティアード君。それより前方にクリスティーナ王女とフローラ王女がいます。貴方達《あなた》は殿下《でんか》の護衛を」

セリアはリオを庇《かば》うように、すかさず前に立って応対する。学院時代に慕《した》っていた恩師であるセリアに対する信用からか——、

「……わかりました、セリア先生。では、我々は姫達《ひめたち》の護衛を……」

スティアードはすんなり引き下がった。と——、

「あそこだ！　重要人物がいるかもしれん。逃《に》がすな！」

地上へ降下してきたスティアード達が敵の注目を引きつけてしまったのだろう。ベルトラム王国本国軍と思《おぼ》しき空挺騎士達が続々と降下してきた。

「っ……」

サラ達が率先して武器を構えると――、

「俺が殿《しんがり》を務めます。サラさん……、皆さんは船までの護衛をお願いします」

リオがサラ達に指示した。そして返事を待たず、接近してくる部隊と相対するべく前に出る。

「え………？」

名指しで呼ばれ、一瞬《いっしゅん》きょとんとするサラ。いまだ自己紹介《しょうかい》すらしていないが、戦いの最中で名前を呼ばれたのを聞いたのだろうかと首を傾《かし》げる。

「お供するです！」

ソラは率先してリオの背中を追った。

「ありがとう。俺が前に出る。ソラちゃんは伐《う》ち漏《も》らした敵が港へ行かないように備えていて」

「はいです！」

そうして、リオは更《さら》なる戦いに身を投じようとする。と――、

「ね、ねえ……！」

セリアが迷子みたいに不安そうな目で、リオの背中に声をかけた。このままリオが消えていなくなってしまうのではないか？　そう思ったのだろう。

「大丈夫。後でちゃんと合流します」

リオは少しだけ立ち止まって振り返ると、セリアに優《やさ》しく微笑《ほほえ》みかける。それでセリアの不安は払拭《ふっしょく》されたらしい。

「……うん！」

と、涙を拭うセリアの声に背中を押され、リオは地面を蹴《け》った。そのままグンと加速して飛翔《ひしょう》し、前方から迫《せま》りくる空挺騎士達に向かう。そして精霊《せいれい》術を発動し、不規則な指向性を持たせた強大な風の球塊《きゅうかい》を放った。

「な、なんだ!?」

風の球塊が空挺騎士達を呑《の》み込んでいく。

「っ!?」

空冷騎士《きし》達《たち》は内部で吹《ふ》き荒《あ》れる気流によって上下左右に激しく揺さぶられ、瞬《また》く間《ま》にグリフォンの飛行制御《せいぎょ》を失った。安全綱《あんぜんづな》を装備しているのでそのままグリフォンから落下す

ることはなかったが、風に翻弄《ほんろう》されて続々と地上へ不時着していく。とはいえ、術の効果範囲《はんい》外《がい》にはまだまだ目算できないほどの敵が控えていて――、

「なんだ、アイツは？」

上空へと躍《おど》り出てきたリオ一人に、注目が一気に集まった。

「排除《はいじょ》しろ。光弾魔法、用意！　……撃《う》て！」

「《光弾魔法《フォトンバレット》》」

空挺騎士達は続々と呪文《じゅもん》を詠唱《えいしょう》し、手にした剣《けん》の先に魔《ま》法陣《ほうじん》を展開させた。そして照準をリオに合わせると、一斉《いっせい》に攻撃《こうげき》を開始する。

「………」

リオは迫りくる無数の光弾《こうだん》を冷静に見据える。急加速して避《さ》けるのは簡単だが、あえて回避《かいひ》行動は取らず、空中で静止して敵の攻撃を引きつけることにした。そして前方に手をかざすと、魔力《まりょく》の防御膜《ぼうぎょまく》を展開して光弾を受け止め始めた。

光弾は水にボールでも投げたように防御膜にめり込むと、やがて運動エネルギーを失って静止してしまう。そうしてすべての攻撃を余すことなく受け止めると――、

「なっ……!?」

攻撃した空挺騎士達は愕然《がくぜん》として言葉を失う。リオが受け止めた光弾の制御を全て奪《うば》い

取ったからだ。展開している敵空挺騎士達の位置関係を目視で捉《とら》えると、受け止めた光弾を一気に反射させる。

「か、回避！　回避！」

自分達が放った攻撃がそのまま跳《は》ね返ってくるのだ。初めての経験に、空挺騎士達は瞬く間にパニックを起こした。光弾を回避しようと、隊列が大きく乱れる。

光弾魔法は敵の制圧に重きを置いた殺傷能力の低い攻撃魔法《こうげきまほう》だが、それでも直撃《ちょくげき》すれば生身の人間が吹き飛んだり、当たり所が悪ければ骨折したりするくらいの威力《いりょく》はある。頭部に当たれば首の骨が折れて死ぬこともあるだろうが――、

（可能な限り当てないように……）

リオは光弾の一つ一つをマニュアルで制御し、あえて直撃させないよう弾道《だんどう》をコントロールしていた。

あえて非殺傷を前提に攻撃を加えているのは、戦場では相手を負傷させてその救出に当たらせた方が敵の動きを鈍《にぶ》らせることができるからだ。

というのもあるが、超越者は特定の個人や集団だけに肩入れしてはならないという神のルールがあるからでもある。一部の例外的状況を除いて、超越者は人類や世界全体の利益のために力を振るわなくてはならない。人類同士の紛争《ふんそう》に介入《かいにゅう》して一方を守るなど、本来

ならもってのほかだ。

多少のお目こぼしはされるようだが、特定の個人や集団へ過度に肩入れしたと判断されれば問答無用でルールは発動し、超越者は肩入れして助けようとした者達に関する記憶を失ってしまうことになる。現に今ここでリオが戦えば戦うほどにルールは発動し、ペナルティが科せられるのを装着した仮面が肩代《かたが》わりしている。

——ピシ、ピシッ。

と、仮面が軋《きし》むような音を、リオは耳にしていた。

留意しておくべきなのは、肩入れの度合いが強ければ強いほどペナルティも比例して重くなってしまうということだ。

裏を返せば、介入するにしても、介入の仕方によっては肩入れの度合いが弱いと判断されて、ルールの適用によるペナルティを和《やわ》らげることができることも意味する。

肩入れの度合いが強いか弱いかを判断する材料は多岐《たき》にわたることが予想される。ここでリオが敵を殲滅《せんめつ》しようとしないのも、介入するにあたって敵の命を絶つのと、殺さずに無力化ないしは遠ざけるのとでは、後者の方が肩入れの度合いが弱いと見なされるのを期待しているからだった。あくまでも勢力同士のパワーバランスは崩《くず》さず、状況のみを膠着《こうちゃく》させることを狙《ねら》う。とはいえ——、いかんせん敵の数が多すぎる。これだけ大規模な軍勢を相手に大々的に介入してしまえば、どれだけ肩入れの度合いを抑《おさ》えようと努力しても、焼け石に水程度の効果しかないのかもしれない。

だが、それでも少しでも長く時間を稼ぎ続ける必要がある。リオは冷静に戦場を見据え、仮面の消費に最大限配慮《はいりょ》して戦うことを徹底《てってい》した。

上空を飛翔するベルトラム王国本国軍の空挺騎士達に、上下左右の全方位からリオが操《あやつ》る無数の光弾が襲《おそ》いかかる。接近してこようとする敵には光弾で進行を妨害《ぼうがい》して牽制《けんせい》を、逃げ惑《まど》う敵には光弾を追尾《ついび》させて後退を促し前線を下げさせる。

集団で固まっている敵がいればその内の一人か二人を狙ってグリフォンを負傷させ、飛行を困難にさせてその救出に人員を割《さ》かせた。

勇者である蓮司《れんじ》の規格外な範囲《はんい》攻撃《こうげき》によって奇襲《きしゅう》を成功させ、一気に優勢を築き上げたベルトラム王国本国軍だったが、リオという規格外な術士の参戦により戦局がまた変化し始める。

「なんだ、アレは……？」

「救援《きゅうえん》に向かえ！」

「くそっ！」

戦局を変化させている要因がリオであることは、周囲から見ても明らかだった。敵味方を問わず、上空にいる者達の視線がリオに釘付《くぎづ》けになっていく。

「あいつだ！　あそこにいる男が攻撃を操っている！」

「散開しろ！　包囲してあいつを倒《たお》せ！」

数で勝るベルトラム王国本軍は当然、リオの排除を試みる。指揮官の指示により、いまだリオと戦っていない部隊の大半も動き出した。一方で——、

「よ、よし、いいぞ！　今のうちに戦線を立て直すんだ！」

レストラシオンの空挺騎士達は体制を立て直そうと試みる。敵の攻撃対象がリオになったことで余裕《よゆう》が生まれたのだ。敵味方で何百人もの空挺騎士達がロダニアの上空を舞《ま》っている。そんな中で——、

（なんだ……？）

リオは不思議な違和感を抱いていた。

その内容は悪いものではない。良いものだ。

すなわち……。

現在リオが操っている光弾の数は何十にも及《およ》ぶ。これだけの数の攻撃を遠隔《えんかく》で、しかも一つ一つ別々に、かつ正確にコントロールするとなると、リオでも術の制御に専念しなけ

ればならなくなる、はずだった。だが――、

（以前よりも術の制御力が上がっている？）

超越者として覚醒《かくせい》した影響《えいきょう》だろうか？　まだまだ他の術を扱《あつか》う余裕があると、リオは既《き》存《そん》の光弾を制御しながら感じていた。

（これなら……）

追加で押し寄せてくる部隊に対応するべく、リオは追加で三桁《けた》に及ぶ光球を自前で展開させる。そして――、

「レストラシオン所属の部隊は港へ！　防衛戦を築いて避難民が乗る魔道船を守ってください！　クリスティーナ王女とフローラ王女も乗船しています」

と、リオはレストラシオン所属の空挺騎士達に指示を出しつつ、ベルトラム王国軍の注意を引きつけるべく前へ打って出る。なお、リオは自分の声に魔力を乗せて精霊術を発動し、レストラシオンの士官と思しき隊服を着た者達の耳許《みみもと》を狙ってピンポイントに声を届けていた。

「何……？」

リオの声が明瞭《めいりょう》に耳許で響《ひび》き、各小隊の士官達が一瞬ギョッとする。声を発したリオとは距離があるし、空を飛びながらこんなに明瞭な声を聴《き》くこともないので、誰の声かもわ

からなかったからだ。しかし、悠長に驚いている場合でもない。グリフォンの上から地上へと視線を向け、リオの言葉通り港へ向かう避難民達の姿を発見すると――、

「……港だ！　殿下をお守りする！　残存する者は港を背に集結しろ！　来い！」

ひときわ立派な隊服を着た男性士官が、決断を下した。この人物が現場の最高指揮権を持っているのであろう。

他の各士官も付近の部下達へ一斉に指示を飛ばし始める。そうして、レストラシオンの残存部隊はリオに群がる敵を避けて移動を開始した。

「くそっ、敵を自由に動かすな！」

もちろん、ベルトラム王国本国軍はレストラシオン部隊の動きを察知する。黙《だま》ってそれを見過ごそうとはしないが――、

「ですが！」

「ぐっ……！」

リオが操る光弾がベルトラム王国本国軍の動きを阻害《そがい》する。光弾はレストラシオンの隊服を着た者達だけを見事に避けていき、ベルトラム王国本国軍を足止めした。それでレストラシオンの空挺騎士達はリオを完全に味方と見なした。

「誰だか知らんが助かる！」

「今のうちにあの者の背後へ向かうんだ！」

「港を背に防衛戦を構築する！」

圧倒的《あっとうてき》な数量の敵が飛び交《か》う戦場の空を、レストラシオンの空挺騎士達《たち》だけが自由に飛行している。

レストラシオン空挺騎士の最高士官に当たる人物が、リオに接近して語りかけた。

「貴殿《きでん》、何者かはわからぬが協力感謝する。このまま助力を頼《たの》めるか？」

「ええ」

「殿下《でんか》達が港へ避難《ひなん》したというのは、本当か？」

必要な判断を下すには根拠《こんきょ》となる情報が必要だ。最高士官の男性はそのままリオから話を聞き出そうと質問する。

「はい、勇者様とユグノー公爵も一緒です」

「……そうか。それがわかれば十分だ」

仮面をつけているリオはなかなか不審に映る。平時ならそれだけで疑ってかかっていただろうが、この戦場においてはもはや些事《さじ》だ。

今こうしている間もリオが助力してくれているのは確かだし、避難民達が港へ移動する姿も目視した。信じるに値する根拠も、情報を裏付ける根拠も存在する。

「このまま敵を足止めするので貴方達は港へ。戦力を温存してください」

「だが、あの攻撃を操っているのは貴殿なのだろう？　我々と力を合わせれば……」

ここで男性は逃げ惑うベルトラム王国本国軍を睥睨《へいげい》する。このままリオに助力してもらって打って出れば、戦局を覆《くつがえ》してロダニアを守り切ることもできるのではないだろうか？　そう思ったのだろう。

「…………」

リオは即答《そくとう》せず、無言のまま戦場を眺める。確かに、その気になれば敵を追い返すこともできるだろう。リオの脳裏《のうり》にも欲目が出る。だが、その瞬間、超越者の役割に反するリオを戒《いまし》めるように、仮面が激しく軋みだす。そして……。

――バキッ。

仮面に亀裂《きれつ》が入った。

「……私が戦える時間は残り少ないです。都市の奪還《だっかん》まではご協力できません」

そうなれば残りわずかなレストラシオンの部隊だけでベルトラム王国本軍を相手にしなければならなくなると、リオは苦い声色《こわいろ》で言外に伝えた。

おそらくは今都市に押し寄せている部隊だけがベルトラム王国本軍艦隊《ぐんかん》の全戦力ではないだろう。後詰《ごづ》めにまだまだ相当数の空挺騎士達が艦隊《かんたい》に控えているはずだ。リオが仮面の消費を気にせずに戦えば敵を押し返すこともできるだろうが、よしんば今回の戦いを乗り切ったところで問題が根本的に解決するわけではない。アルボー公爵がレストラシオンを潰《つぶ》そうとする限り、ロダニアが再び襲撃される未来は透《す》けて見える。

ロダニアを守りたければアルボー公爵を政権から引きずり下ろす必要があるが、一国の歴史を変えるほどの行いだ。実行すれば戦局どころか大局を変えるほどの重大な干渉《かんしょう》となるだろう。仮面がいくつ必要になるかもわからないし、そこまでの干渉をリオが一個人の意思だけで行っていいのかも、行いたいのかもわからない。

リオが今この場で真に守りたいのはセリア達だ。ロダニアではない。問題は部分的には重なりうる関係ではあるが、両者を混同してはならない。

「……確かに、あれだけの光弾を制御すれば魔力がもたぬか。了解《りょうかい》した」

士官の男性は超越者云々《ちょうえつしゃうんぬん》の事情は知らないので、リオの戦闘《せんとう》時間に制限がある理由を魔力不足に起因すると判断したようだ。

体内で消費した魔力は魔力結晶《まりょくけっしょう》や精霊石といった魔力源さえあれば引き出して用いることができるが、この状況では確保に向かうこともできない。

リオは男性の勘違《かんちが》いをいちいち訂正《ていせい》することなく――、

「時間がありません。さあ、行って！」

そう言い残して飛翔し、一人でさらに前へ繰《く》り出していく。そんなリオがいったい何者で、どうやって空を飛んでいるのか？　空挺騎士達は少し呆気《あっけ》にとられて去りゆく背中を眺めていた。だが、ややあって――、

「……よし、港へ向かう！　殿下の身柄《みがら》を押さえられたら我らの負けだ！　急げ！」

最高指揮権を持つ男性の命令によって、残存部隊の一同は港へと向かったのだった。

◇◇◇

一方で、クリスティーナやセリア達は港へと移動していた。

港には避難民達が続々と押し寄せている。皆、切羽《せっぱ》詰《つ》まった顔をしていた。だが、この状況でもパニックは起きていない。

というのも、都市上空の様子は港からもよく窺《うかが》える。リオが無数の光弾を操り、単身で敵を足止めしている姿は遠目で確認できた。そのおかげで敵部隊が港へと押し寄せてくる様子がない。避難民達がパニックを起こしていない主な理由がこれだった。

ただ、なまじ猶予《ゆうよ》があるからか、あるいは群集心理によるものか、こんな状況でも上空での戦闘が気になってしまうらしい。非戦闘員である貴族街の住民達は列を成してタラッ

プから魔道船に乗り込んでいるが、上空に視線を向けているせいで微妙《びみょう》に進みが遅《おそ》くなりかけている。すると――、

「よそ見している暇《ひま》はないわよ。早く前に進みなさい」

クリスティーナが列の外を歩きながら、避難民達にすかさず乗船を急がせた。第一王女から直々に注意を受けたとあっては気を引き締《し》めざるをえない。そうして、列の進みがスムーズになる。

「さあ、皆さん、列に並んで、焦《あせ》らずに。全員が乗ることができますから」

セリアも誘導《ゆうどう》に加わり、列の後方から避難民達を誘導していた。サラ、オーフィア、アルマは上空や近隣《きんりん》から港へ押し寄せてくる敵がいないか、偵察《ていさつ》と護衛役を買って出て散らばっている。

また、怜《れい》や浩太《こうた》は気絶した弘明《ひろあき》を運《はこ》び込み、フローラやロアナと共に魔道船内へと避難を終えていた。甲板《かんぱん》で上空の戦いを眺めながら――、

「……ファン〇ルみたいだな」

怜がぽつりと呟《つぶや》いた。

「先輩《せんぱい》……」

この状況で何を言っているんですかと、浩太が呆《あき》れた眼差しを向ける。

「いや、だってそうだろ。弘明さんが起きていたら絶対そう言っているって。あんなオールレンジ攻撃」

と、怜が少しムキになって反駁《はんばく》すると――、

「部隊が接近してきます！　味方でしょうか⁉」

甲板で頭上を警戒《けいかい》していたオーフィアが、グリフォンに乗って接近してくる空挺騎士の一団に向けて弓を構えながら声を張り上げた。接近してくる一団はレストラシオンの空挺騎士の制服を着ている。

「アレは……。ええ、味方です！　迎撃はしないで大丈夫！」

クリスティーナは一団の姿を確認すると、すかさず応じた。港へ接近してくる空挺騎士は数十人。その中から最高指揮官の男性が一人で降下してきて、クリスティーナの傍にグリフォンを着地させた。

「クリスティーナ様！」

「状況を報告して」

と、クリスティーナは早々に報告を促す。

「残存の航空戦力を率いて港の護衛に参りました。前線はご覧の通り……、彼が一人で敵を足止めしてくれていますので」

「そう……」

「……彼はいったい？」

空挺騎士指揮官とクリスティーナの視線が前線で戦うリオに向かう。

「……わからないわ」

「殿下もご存じないのですか？」

空挺騎士の男性が目をみはる。

「ええ……」

クリスティーナはおもむろに相槌《あいづち》を打つ。

なぜだろうか？　遠くで飛翔して奮闘《ふんとう》するリオを見ていると、不思議な既視感というか、デジャブでも起きたような感覚に襲われたのだ。頼もしさとは別にそこはかとない罪悪感が湧《わ》き起こってきて、胸が押し潰されそうになる。と――、

「クリスティーナ様」

セリアが駆《か》け寄ってきた。

「……はい」

クリスティーナはハッと我に返って返事をする。

「港へ押し寄せている避難民の流れが途切《とぎ》れました。この場にいる人達の収容は間もなく

終わるかと」

「上空から確認した限り、港へ押し寄せている後続の避難民は見かけませんでした」

などと、セリアと空挺騎士の男性が順番に報告を行う。それでクリスティーナはすぐに表情を引き締め、一帯を見回した。

避難に使う魔道船の数は五隻《せき》。分散して乗船させているおかげもあって、確かに列がだいぶ短くなっている。

「皆、聴いて！　この場にいる者達の収容が終わり次第《しだい》、ロダニアを発《た》ちます。向かう先はガルアーク王国、王都ガルトゥーク。各船の船長へ直ちに伝達を。敵の艦隊も迫っているわ。避難民の搭乗《とうじょう》を急がせて頂戴《ちょうだい》。数分内に出るわよ！」

クリスティーナは声を張り上げて、周囲で誘導を行う人員に指示を飛ばした。

「はっ！」

「空挺騎士達は戦域を離れるまで魔道船の護衛を。そちらの指揮は貴方に任せるわ」

「御意《ぎょい》」

空挺騎士の男性はグリフォンの手綱《たづな》を引いて、再び上空へと戻っていく。そうして各員が迅速《じんそく》に行動を開始したところで――、

「先生はサラさん達と魔道船へ。以降の護衛は空挺騎士達に任せますので」

クリスティーナがセリアに向き直る。

「わかりました」

◇　◇　◇

ロダニアへと迫るベルトラム王国本国軍の魔道船艦隊。その旗艦《きかん》の操舵室《そうだしつ》からも、ロダニア上空の戦況《せんきょう》はよく俯瞰《ふかん》できた。

「ふざけるな、何が起きている⁉　なんなのだ、あの様は⁉」

艦隊を率いるアルボー公爵が、ロダニアを眺めながら怒鳴《どな》り散らす。視線の先ではリオが操る光弾から必死に逃げ惑う自軍の空挺騎士達の姿があった。

「空域の確保ができていません」

この旗艦の船長を務める男性が、なんとも気まずそうに答えた。

「そんなのは見ればわかる！」

アルボー公爵は額に血管を浮かべながら、たまらず喚《わめ》いた。勇者である蓮司の奇襲により形勢は一気に傾《かたむ》き、ロダニアの占領《せんりょう》まであと一歩というところまで迫っていたはずなのだ。それなのに気がつけば敵からも規格外の戦力が登場して戦況を盛り返してきた。

当初の予定では既《すで》に制空権の確保は完了《かんりょう》していて、このまま都市上空を突っ切って最短コースで港へ着水して敵の退路を絶つ手筈《てはず》だった。だというのに、いまだ制空権の確保ができていない。

このままでは敵に港からの逃走《とうそう》を許しかねない。もしかするとレガリアを奪還できる目算も狂《くる》うかもしれないのだから、その怒《いか》りがひとしおであるのは明らかだった。

「……どうあれ、畏《おそ》れながら一度艦隊《かんたい》を進路変更《へんこう》させることを具申《ぐしん》します。このまま都市上空に攻《せ》め入れば艦隊に被害《ひがい》が出てしまう」

船長が切羽詰まった顔で進言する。この旗艦の船長は彼ではあるが、艦隊全体の最高指揮官に就《つ》いているのはアルボー公爵だ。ゆえに、船長であっても独自の判断で船を動かすことはできない。このまま戦闘空域に突入《とつにゅう》すれば貴重な魔道船が撃沈《げきちん》される恐《おそ》れもあると考えての提言だった。

「ぬう……」

アルボー公爵は憤懣《ふんまん》やるかたない形相で唸《うな》る。が、彼も伊達《だて》に軍事畑の長を務めてきたわけではなかった。

「艦隊の進路を変更。全艦《ぜんかん》、炉《ろ》の出力を上げて、都市を迂回《うかい》し左右から港を目指す。一番艦から五番艦は右舷《うげん》へ、六番艦から十番艦は左舷《さげん》へ舵《かじ》を切らせろ」

アルボー公爵は燃えたぎる感情を呑み込み、目標を達成するにあたって冷静に必要な判断を下す。

「都市で光球を操っている敵戦力への対応は……」

「都市にいる空挺騎士達に任せておけ。あんな馬鹿げた芸当、いつまでも魔力が保つとも思えん。倒せぬなら距離を保って消耗戦《しょうもうせん》に持ち込ませるよう指示を送れ。足止めしておけば十分だ」

「御意」

「いいか、港の確保が最優先だ。この際、施設《しせつ》を破壊《はかい》しても構わん。敵艦《てきかん》の動きが見えたら構わず撃て」

「……船には王女殿下も避難されている可能性もありますが」

流石《さすが》に王族を巻き込んで攻撃するのは躊躇《ちゅうちょ》するのか、船長の表情が強張《こわば》る。だが――、

「いいから、命令を通達しろ！」

アルボー公爵はそんな躊躇《ためら》いなど抱《だ》いていなかった。有無《うむ》を言わせぬ口調で、強く怒鳴りつける。

「……はっ！　聞いていたな。信号弾《だん》、用意！」

アルボー公爵の指示を受け、各員は慌ただしく行動を開始した。やがて旗艦から魔法《まほう》の

信号弾が打ち上がる。そうして各艦は微速《びそく》前進の状態から加速を開始し、進路を変更しながらも港を目指す。

「……このまま逃がしはせんぞ」

アルボー公爵《こうしゃく》はロダニアの空を見据えながら、怨讐《おんしゅう》の念を籠《こ》めて呟いた。

◇　◇　◇

（敵の艦隊が左右に分かれた？）

敵空挺騎士部隊の足止めを行いながら、リオはベルトラム王国本国軍艦隊の動きに変化があったことを察知していた。都市から一キロほどの距離で艦隊が二分し、都市を迂回して港へ向かおうとしている。リオはそれを確認してから、港へ視線を向けた。

（避難艦《ひなんかん》も出発するところみたいだけど……）

敵艦隊《てきかんたい》の行き先が港のある湖であり、その目的が避難艦の逃亡阻止《とうぼうそし》であるのは明らかだろう。片や時速百数十キロメートルで既に飛翔している船で、片やこれから飛翔しようと水面で徐々《じょじょ》に加速しようとしている船である。このままだと避難艦がベルトラム王国本国軍の艦隊に追いつかれる恐れが非常に強い。

「竜王様《りゅうおう》！」

ソラもいち早く危険を察知したのか、判断を求めて素早《すばや》くリオに近づいてきた。

「うん、敵の艦隊に動きがあるね」

「ソラが何隻《なんせき》か敵艦を沈《しず》めてきましょうか？」

と、事もなげに過激な申し出をするソラ。リオはちょっと面食《く》らって苦笑《くしょう》すると、次のように尋《たず》ねた。

「それをやると神のルールに強く抵触《ていしょく》しない？」

「はい。とはいえ、それくらいしないと連中も引き返さないと思います」

「確かに……」

リオは光弾を操って空挺騎士達を足止めしながら、敵艦隊への対処を思案する。仮面の消費はできる限り一枚で抑えたい。とはいえ、いま装着している仮面には大きな亀裂が入り、破片《はへん》が細かく剥《は》がれ始めている。だいぶガタが来ているのは明らかだ。どうするのが最善か？　リオは湖を見ながら、何秒か思案し——、

「……考えがある」

ゆっくりと言った。

「流石は竜王様です」

「あはは、ありがとう」

ソラはリオの考えを具体的に聞くまでもなく、称賛《しょうさん》の言葉を口にする。リオに対して全《ぜん》幅《ぷく》の信頼《しんらい》を寄せているからだろう。それがちょっぴりくすぐったくて、リオは照れ臭《くさ》そうにはにかんで礼を言う。

「とりあえず目の前にいる部隊の足止めを終わらせよう。仮面への負担は大きいだろうけど……」

リオはそう言いながら、敵の空挺騎士達へ放っていた光弾を一斉に呼び戻した。

「っ……」

空挺騎士達はぞくりと身体を震《ふる》わせる。それまで自分達を嫌《いや》というほど追いかけ回していた光弾が続々とリオのもとに集結し始めたのだ。これから起きるであろう事態もなんとなく透けて見えた。ゆえに――、

「後退！　後退しろ！　分散して散らばれ！」

指揮権を持つ空挺騎士が慌《あわ》てて指示を出し、撤退《てったい》を意味する信号弾の魔法が打ち上げられた。それから少し遅《おく》れて……。

リオが呼び戻した光弾を敵めがけて一斉射出する。今度は狙って外すような真似《まね》はしない。今までよりも多くの者を狙って当てにいく。結果――、

「うっ⁉」「ぐぁっ⁉」「くそっ！」

飛行不能になって落下していく者が急速に多発した。無事な者は落下する仲間の救出に追われ、戦線が瞬く間に瓦解《がかい》していく。

敵の継戦《けいせん》能力は一気に失われていった。ただ、並行《へいこう》してリオが装着する仮面にも大きな負荷《ふか》が押《お》し寄せる。敵に攻撃を命中させる度《たび》に仮面が軋み、表面の素材がぼろぼろと剥がれ落ちているのがわかった。

（なるほど……）

やはり大勢の敵を倒せば倒すほど、干渉の度合いは強いと判断されるらしい。リオは壊《こわ》れかけの仮面に左手でそっと触《ふ》れながら得心する。

どのくらいのことをしたらどのくらいの負担が仮面に押し寄せるのか、戦っている内にだいぶわかってきた。やはり長く戦いたいのならば可能な限り敵は倒さず、足止めに徹《てっ》するのが最善なのだろう。なんとも無茶《むちゃ》な仕様であるが、今回で色々と検証できた。次からはもう少し上手《うま》く戦えるだろう。ともあれ――、

「……よし、行こう。付いてきて、ソラちゃん」

この場での役目は終えた。

「はいです！」

リオは張り切るソラを引き連れて、レストラシオンの避難船数隻《ひなんせんすうせき》が飛び立とうとしている湖へと向かったのだった。

◇◇◇

時はほんのわずかに遡《さかのぼ》る。

「避難民《ひなんみん》の搭乗が完了しました！」

「各艦、いつでも出発可能です」

港ではいよいよ出発の準備が完了していた。

「すぐに出発するわよ。全艦に通達」

報告を受けたクリスティーナがすかさず決断を下す。

「はっ、全艦に通達！」

すぐに出発を知らせる鐘《かね》が慌ただしく鳴り響き始めた。

魔道船《まどうせん》がゆっくりと動き出し、湖の上を進みだす。その間にクリスティーナが操舵室へとたどり着くと——、

「お姉様！」

操舵室には船長や船員の他に、フローラやユグノー公爵の姿があった。

「まだ安心はできないわよ。状況《じょうきょう》は？」

「左右後方の上空から敵艦隊が迫ってきています」

と、ユグノー公爵が報告を行う。

「こちらの出発を阻止《そし》するつもりね。空挺騎士《くうていきし》達《たち》には背後の守護を。逃《に》げに徹するわよ。可能な限り早く浮上《ふじょう》して」

「御意！　では、荒《あら》っぽくいきますよ。出力を上げろ！」

魔道船は時速が三十キロメートル近くは出ていないと水面から浮上できない。通常は徐々に速度を上げていくので、急げば乗り心地《ごこち》も悪くなる。というか、揺《ゆ》さぶられて乗客が危険なのだが、今はそんなことを気にしている場合ではない。クリスティーナ達が乗る魔道船は通常よりも速く水上を進み始めた。

ただ、既に高速で飛行している敵艦隊が、包囲網《ほういもう》を敷《し》くように左右から迫ってきている。クリスティーナ達が乗る避難船《ひなんせん》がようやく浮上できる速度にまで至る間に、ベルトラム王国本国軍艦隊との距離《きょり》はみるみると縮まっていった。

「くっ、間もなく敵艦からの魔法有効射程距離《きょり》に入るかと思われます！」

操舵室にそんな報告が響き渡《わた》る。クリスティーナ達の表情は一気に強張った。一方、接

近するベルトラム王国本国軍の旗艦では——、

「よし、撃て！　目標は敵の魔道船艦隊《まどうせんかんたい》！　航行不能にしろ！」

アルボー公爵がほくそ笑《え》みながら、攻撃の指示を飛ばしていた。

「《火球魔法《ファイヤーボール》》」

甲板の前方には魔道士達《まどうしたち》が立っていて、水面からようやく浮上しようとしているレストラシオンの避難船艦隊《ひなんせん》に狙いを定めた攻撃魔法を使用する。直径一メートル程度の火球が時速数百キロメートルで続々と放たれた。

ちなみに、魔道船には主砲《しゅほう》も存在する。ただ、出力を抑えても上級魔法に近い威力があるので船に直撃すれば乗員が多く死にかねない。その中にクリスティーナやフローラが含《ふく》まれる恐れがあるし、それで肝心《かんじん》のレガリアが破壊ないしは紛失《ふんしつ》するようなことがあっては目も当てられない。よって、今回は主砲の使用を控《ひか》えていた。それはさておき——、

「っ……」

クリスティーナは操舵室の扉《とびら》を出て、後方の空を見上げた。百にも及ぶ火球がレストラシオンの避難船艦隊へとばらばらに降り注いでくる光景が映る。

一発でも船体に当たれば直撃した箇所《かしょ》が破壊されるのはもちろん、周辺に飛び火して被害が広がる。何発も当たり続ければ瞬く間《またたくま》に航行不能になるだろう。

「各員、接近してくる攻撃《こうげき》を防げ！　身体を使って受け止めてもだ！　クリスティーナ様とフローラ様が乗られる船だけはなんとしても死守しろ！」

グリフォンに乗って船の後ろで殿《しんがり》を務める空挺騎士《くうていきし》の指揮官が、必死の形相で周囲の配下達にそんな指示を飛ばす。

が、多勢に無勢。敵艦隊の方が数は多く、攻撃する魔道士《まどうし》の数も多い。魔道士達は何度も呪文《じゅもん》を詠唱《えいしょう》し、攻撃を放ってきている。接近してくる攻撃の軌道《きどう》を確認《かくにん》してから防がなくてはならないことも踏《ふ》まえ、空挺騎士達の処理能力が追いつかないのは自明だ。

「……オーフィア、アルマ。二人で左右の船に移動を。もしもの時は精霊《せいれい》術で障壁《しょうへき》を張りなさい」

船の後方にはサラ、オーフィア、アルマ、そしてセリアの姿があった。万が一の事態を想像したのか、サラが人目を憚《はばか》らずに精霊術を使用する判断を下す。

「うん！」「わかりました」

二人が頷《うなず》き、跳躍《ちょうやく》して併走《へいそう》する船に飛び移ろうとする。

その時のことだ。

「……ま、待って！」

固唾《かたず》を呑《の》んで戦況を見守っていたセリアが、都市の方角を指さして叫《さけ》ぶ。すると、降り注ぐ火球よりも速く、都市の上空から湖へと接近してくる飛翔体《ひしょうたい》があった。その数は二つ。リオとソラだ。

「えっ？」

「……あ、あの、二人は？」

あまりの飛翔速度にギョッとするサラ達、そして空挺騎士達。船前方の操舵室にいたクリスティーナやフローラもその姿を目撃《もくげき》していて、面食らっていた。

リオとソラは空挺騎士達の百メートルほど前方、かつ、水面すれすれの位置で停止すると、ベルトラム王国本国軍艦隊と向き直る。

（後一度だけ、もってくれ……！）

リオは迫《せま》りくる敵艦隊を見据《みす》えながら、着水した湖に足の裏から膨大《ぼうだい》な魔力《まりょく》を流《なが》し込《こ》んだ。直後――、

「っ⁉」

敵味方を問わず、誰《だれ》もが絶句する。

湖から龍《りゅう》を象《かたど》った水の塊《かたまり》が出現したからだ。

「あ、あれは、ヒロアキ様の……？」

フローラが半ば悲鳴みたいに裏返りそうな声を漏《も》らす。そう、湖から出現したのは、弘

明が所持する神装ヤマタノオロチの奥義《おうぎ》、八岐大蛇《やまたのおろち》だった。

神装と同じ名称《めいしょう》を与《あた》えられたこの技は、名前の通り八つの頭を持った龍を象った水塊《すいかい》を操る大技《おおわざ》である。厳密にこだわるのであれば、胴体《どうたい》も用意して八つの尻尾《しっぽ》も用意してやるべきだろう。

今、リオが用意した八岐大蛇は頭、胴体、尻尾とすべてが揃《そろ》った完全体だった。一つ一つの首が三十メートルほどの長さを持ち合わせている巨体《きょたい》である。

身長だけで百メートルを超《こ》える大地の獣《けもの》には及ばないが、それでもそのスケールは圧倒的だった。こうしている間にも浮上を開始した避難艦は前へ進み続けていて、リオとの距離は離《はな》れていく一方なのだが、戦場にいる誰もが竦《すく》むほどの威圧《いあつ》感を放っている。

そんな中で——、

「か、か、かっこいい！　かっこいいです、竜王様！　流石は竜王様です！」

ソラだけがきらきらと眼を輝《かがや》かせ、リオのすぐ隣《となり》で興奮していた。八岐大蛇はその圧倒的な巨体で敵艦隊から飛んできた火球を呑み込んでしまう。それを確認すると——、

「このまま上空へ行こう」

リオは空を仰《あお》ぎ、急加速して上昇《じょうしょう》を開始した。

「はい！」

ソラもすかさず後を追う。そのまま二人で遥《はる》かに高い位置まで一瞬《いっしゅん》で移動して、戦場を俯瞰した。八岐大蛇に意識を奪《うば》われ、かつ、二人の飛翔速度が時速数百キロは出ていたため、上空に消えていったことに気づいた者はほとんどいない。

「……上に行きましたね」

「ええ、彼《かれ》があの術を操《あやつ》っているみたいですが……」

「あんなことができる精霊術士が里の外にいるなんて」

アルマ、サラ、オーフィアは急加速して消えたリオの姿を捉《とら》えていた。湖に鎮座《ちんざ》する八岐大蛇を視界に収めながら、リオとソラが移動した上空を見つめている。その表情には驚《おどろ》きの色が強く滲《にじ》み出ていた。そのすぐ傍《そば》では——、

「…………」

セリアが無言のまま空を見上げている。

それから、リオは両腕《りょううで》を振《ふ》るい、手掌《しゅしょう》で八岐大蛇の遠隔操作を開始した。八つの頭を持つ龍がそれぞれ大きく口を開けて——、

「っ……！」

戦場にいる者達は言葉を失った。リオが操る八岐大蛇が、敵艦隊が迫ってくる方角に水のブレスを放ったからだ。圧縮された八条の図太い水柱が、音速を容易《たやす》く超えて空へと舞《ま》

い上がる。

「…………」

いずれのブレスも直撃《ちょくげき》コースを絶妙《ぜつみょう》に避《さ》けて船体を通り過ぎていったが、ベルトラム王国本国軍の艦隊に乗る者達は人知を超えた出来事に言葉を失った。遅れて、恐怖《きょうふ》がやってくる。と――、

「っ、舵を切れ！　後進して退避《たいひ》だ！　信号弾！」

旗艦の船長が、ユグノー公爵の指示を待たずに叫んだ。

「た、た、退避！　後進して退避！」

伝達係がひどく狼狽《ろうばい》しながら復唱する。他の船員達もパニックになりながら行動を開始した。皆《みな》、本能で理解したのだ。アレは人がどうこうできる存在ではない、と。

かくして、ベルトラム王国本国軍艦隊は急な後進を開始した。

「………」

さしものアルボー公爵も、自分の指示を待たずに無断で撤退を判断した者達を咎《とが》めることはしなかった。判断が一致《いっち》したからというのもあるし、怒りよりも命の惜《お》しさが増したというのもある。

ただ、八岐大蛇から遠ざかるにつれて、悔《くや》しさが押し寄せてきた。クリスティーナの身《み》

柄《がら》を押さえるまで、あと一歩というところまでやってきたのだ。だというのに、神の如き何者かの存在に妨害《ぼうがい》された。

（なんという理不尽《りふじん》か。ここまで……、ここまで追い詰《つ》めたというのに……）

悔しさは遅れて怒りへと変わり――、

「くそっ！」

アルボー公爵は利《き》き手《て》を激しく打ち下ろし、操舵室の机を叩《たた》く。こうしている間にクリスティーナ達が乗る魔道船は加速上昇していき、湖を後にしたのだった。

◇◇◇

場所は変わり、ロダニアの貴族街。

「いやはや、ずいぶんと派手に暴れていますね」

見晴らしの良い台地から、レイスは去りゆくレストラシオンの避難船を眺《なが》めていた。すぐ傍にはルッチとアレインが立っている。蓮司はいまだ気を失っていて、大柄なルッチに担がれていた。

「いいんですか？　俺《おれ》らはこのまま静観していて」

アレインがレイスの横顔を覗《のぞ》きながら尋ねる。

「ええ、どう見ても我々の手に負える相手ではありませんからね、アレは。どうしようもないでしょう。天災みたいなものです」

と、答えるレイスの表情は愉快《ゆかい》げにも見えた。

「そりゃその通りなんですが。何者の仕業《しわざ》なんだか……」

(彼以外にありえませんが、ルッチ達は彼のことを忘れていますからね)

レイスはリオが潜《ひそ》む青空へと視線を移し、いっそう口許《くちもと》を歪《ゆが》めた。そして——、

「水の勇者が窮地《きゅうち》に追い詰められて覚醒《かくせい》したのかもしれませんね。レンジさんも追い詰められればアレくらいはできますから」

と、アレインに告げる。

「……改めて、とんでもねえですね、勇者ってやつは」

アレインは気絶して担がれている蓮司を一瞥《いちべつ》する。その表情からは一抹《いちまつ》の不安が窺えた。勇者の力を味方として振るってくれる限りは頼もしいが、自分達に向けられた時のことを考えたのだろう。

「彼は必要な戦力です。丁重《ていちょう》に扱《あつか》ってください」

「了解……」「はっ、世話の焼けるガキだな」

アレインはやれやれと頷き、ルッチは満更《まんざら》でもなさそうに笑みを漏らして蓮司を担ぎ直した。レイスはそれを確認すると――、

（あの仮面はそうそう量産できる代物《しろもの》ではないはず。彼がかつての味方の窮地を見過ごせないとわかった以上、今後の方針は決まりましたね）

リオが潜む空を再び見上げ、不敵にほくそ笑んだのだった。

◇◇◇

湖の遥か上空では、リオとソラが並んで浮遊《ふゆう》していた。リオは八岐大蛇を遠隔《えんかく》で制御《せいぎょ》し、ベルトラム王国軍艦隊が後退していく様を眺めている。

「はーはっはっはっ！　どうです、これが竜王様のお力です！」

どうだ、まいったかと言わんばかりに胸を張り、ソラは誇《ほこ》らしげに喜んでいた。

「これで敵が戦意を失ってくれればいいんだけど……」

「ありませんよ！　連中、尻尾を巻いて逃げていきます！」

「威嚇《いかく》だけできれば船を沈めずに艦隊を下げさせることができるんじゃないかって思ったんだけど、上手くいったかな」

八岐大蛇は見た目のインパクトが凄《すさ》まじいから、威嚇にはうってつけの技だ。以前用いたことがあってイメージの構築が容易である上に、場所が湖なので水を操るのに地の利があるのも幸いした。

「はい！　竜王様が考えただけあって素晴《すば》らしいデザイン！　雄々《おお》しさ！　神々《こうごう》しさ！　竜《りゅう》を彷彿《ほうふつ》とさせるのはソラの思《おも》い込みではないと信じます！」

「他の人が使っていた術を真似ただけなんだけどね。ありがとう、あはは……」

ソラがあまりにもうっとりとした顔で褒《ほ》め称《たた》えてくるので、リオはちょっぴりバツが悪そうに礼を言った。

「なるほど、そいつはなかなか見どころのある術士かもしれませんね」

「その人が今、あの船に乗っているんだ。だからその人がアレを操っているふうに見せかけられたらいいんだけど」

と、リオが弘明達《たち》の乗る魔道船を一瞥しながら語ると――、

「ふぁああ……！」

ソラが隣できらきらと目を輝かせて、リオの顔を見上げていた。

「な、なに？」

「もしや、そこまでお考えになってあの術をお使いになったのですか⁉」

「……えっと、そこまでっていうのは？」

「自分の行動を他の誰かがやったと人々に認識《にんしき》させることで、神のルールによるペナルティを抑えることができないかとお考えになったのですよね？　こうして人目を避けて上空へ移動したのも……」

「う、うん。介入《かいにゅう》するにしても、あまり注目を集めない方が神のルールに抵触しづらくなるのかなって思ったんだけど」

「すべては仮面の消費を抑えるために、ですね⁉」

「……うん。どれだけ効果があるかはわからないけど、やらないよりはマシかなって」

リオはソラの勢いに押されながら首を縦に振った。

「きっと効果はあると思います！」

と、ソラは力強く太鼓判《たいこばん》を押した。というのも……。

そもそも、リオが装着している仮面は、神が定めたルールを犯《おか》した場合に発生するペナルティを肩代《かたが》わりするために存在している。

具体的には『超越者《ちょうえつしゃ》は特定の個人や集団に肩入《かたい》れしてはならない。それを破って誰かを贔屓《ひいき》をすれば、肩入れしようとしている者達に関する記憶《きおく》を失うことになる』というルールを回避《かいひ》するためのものだ。

ただ、他のルール違反《いはん》にまったく効果がないわけでもない。すなわち、特定の誰かに肩入れする場面以外でも、超越者が何かルールやその趣旨《しゅし》に反するような真似をすれば仮面に負担はかかる。

例えば、超越者となった者は人々の記憶や印象に残りづらい存在になる。対面で接している間は問題なく会話などをすることができるが、ひとたび離れて意識を向けなくなった瞬間《しゅんかん》、超越者の容姿や接触《せっしょく》した事実そのものを忘れてしまうことになる。

では、超越者が接触したり姿を見せたりした人々の前で、どうせ忘れられるからといって強く印象に残るような真似をしたらどうなるだろうか？　何かとても注目を集めてしまうような真似をわざとしたとしたら？

それはつまり、神がルールを定めてまで達成しようとしている目的に反する行いをしているに等しい。なぜなら、神は超越者が人々の記憶に残らないように厳しいルールを定めたのに、それに逆らって記憶に残るようなことをしているからだ。

だから、超越者は自らの役割をまっとうするその時以外、俗世《ぞくせ》との関わりを避けるべきだとされている。人前に立つ時も可能な限り超越者本人ではなく、眷属《けんぞく》が代わりに表に出ることが推奨《すいしょう》されている。

そして、超越者がそういった努力を怠《おこた》った場合に発生するペナルティというかしわ寄せはまず、記憶を忘却《ぼうきゃく》した本人に対して負荷という形で押し寄せる。失った記憶に違和感《いわかん》を抱いて無理に思い出そうとすると、脳に凄まじい負荷がかかることもあるという。

一方で、超越者にどういったペナルティがあるのかまではまだわからないが、仮面に負担が押し寄せる一因にはなりえるらしい。というのが、ソラが教えてくれた話だ。

よって、今回の戦闘《せんとう》のように、人類同士の争いに介入し、かつ、目立つような真似をしている場面では、二重に仮面へ負担をかける恐れがある。

そこで、リオはなるべく注目を集めないよう、画策しながら戦うようにしていた。八岐大蛇を使うことにしたのも、自分ではなく弘明がこの事態を引き起こしているように見せかけることができるのではないかと考えたからだ。

まったく効果はないかもしれないが、もしかしたらそれでペナルティを軽減できるかもしれない。そう期待して。

ともあれ――、

「超越者になられてまだ間もないというのに、咄嗟《とっさ》にそこまで見越《みこ》して行動されているとは……！　このソラ、感服いたしました！　素晴らしい戦術眼です！」

ソラはリオの思惑《おもわく》を理解し、心の底から称賛の言葉を口にした。

「ありがとう。仮面の消費はできるだけ必要最小限に抑えたいからね。いま着けているのは半分欠けちゃったけど」

リオがはにかんで礼を言う。装着した仮面はもう左半分が欠けているが、それでもまだ効果が残っているのか、顔に固定されている。露出《ろしゅつ》した左側の目許《めもと》は照れ臭そうに細められていた。

「人類同士の争いにこれだけ介入しているのですから、その程度で済んでいるのはかなり上々ですよ！」

「そっか。なら良かった」

「仮面が完全に剥がれ落ちるまでは効果が続きますから、まだ戦えるはずです！」

「まあこれ以上の戦闘はないと願いたいけど……」

リオはいまだ眼下の湖に八岐大蛇を待機させたまま、退避していくベルトラム王国本国軍の艦隊《かんたい》を見据えた。

（頼《たの》むからそのまま下がってくれ……）

もし彼らが再転進して、なおもレストラシオンの避難船を追撃《ついげき》するようであれば、さらに威嚇をする用意はある。だが、戦闘が長引き、敵に被害を与えれば与えるほど仮面に負荷がかかる以上、無駄《むだ》な戦闘は極力避けたい。

最初に八岐大蛇にブレスを放たせたのもあくまでも威嚇だ。敵に戦闘継続《せんとうけいぞく》の意思が認められない限り、被害を与えるつもりはない。

果たして、八岐大蛇による威嚇効果は抜群《ばつぐん》だったのか、ベルトラム王国本国軍艦《ぐんかん》隊が転進してくることはなかった。湖はおろかロダニアの上空も通り過ぎて、一目散に都市の外へと逃げ帰《かえ》っていく。

一方で、リオはレストラシオンの避難船へと視線を向けた。既に湖を飛び越《こ》え、ガルアーク王国の国境へと退避している姿が映る。

（……あそこまで逃げればもう大丈夫《だいじょうぶ》か）

そうして、避難船が安全圏《あんぜんけん》まで退避したのを確認すると――、

「よし、行こうか、ソラちゃん」

「はい！」

リオは湖に展開させていた八岐大蛇を解除し、そのままさらに上空へと飛翔して雲の中に姿を消したのだった。

【第二章】 ❈ 再会

リオが操る八岐大蛇《やまたのおろち》が形を保てずに崩壊《ほうかい》し、波を立てながら湖の水と同化していく。レストラシオン魔道船の甲板《かんぱん》には数多くの避難民がいるが、しんと静まり返っていた。湖を眺めていた誰もが言葉を失って立ち尽《つ》くしている。

「……ロアナ、ロアナはいる⁉」

やがてクリスティーナが声を張り上げて、フォンティーヌ公爵家の令嬢《れいじょう》であるロアナの名を呼んだ。甲板を見回してみるが、その姿は見当たらない。

「発進の際にヒロアキ様を船室に運ばれていました。お呼びしてきます！」

若い貴族の令嬢が、船の内部へと通じる扉へと駆《か》け込んでいった。

しばらくして――、

「クリスティーナ様！」

ロアナが駆け足で甲板に出てくる。

「ヒロアキ様は？」

余分なやりとりを省いたクリスティーナの質問が意味するところは一つ。八岐大蛇を操っていたのが弘明《ひろあき》なのではないかと考えたのだろう。

「まだお目覚めになっていません」

「……そう。お目覚めになったらすぐに教えて頂戴《ちょうだい》。戻《もど》っていいわ」

思案するように間が空いたのは、八岐大蛇を操っていたのが弘明なのか確証を得られなかったからか。

「承知しました」

ロアナはぺこりと会釈《えしゃく》すると、そのまま弘明が眠《ねむ》る船室へ戻っていく。

一方で、甲板の一角ではサラ、オーフィア、アルマが集まっていた。三人でじっと湖上空に漂《ただよ》う雲を見上げていると――、

「……どこかに行ったみたいだね」

オーフィアがぽつりと口を開いた。

「とんでもない精霊術士……でしたね。里にもいないほどの」

「誰だったんでしょう？」

と、サラとアルマも続く。

水の精霊術士であれば湖は絶好のフィールドであるが、それでも操れる術の規模には限

度がある。アレだけの事象を単独で引き起こせる術士は精霊の里にもいないだろう。ゆえに、三人の注目も八岐大蛇を操っていた人物が何者なのかに向いていた。

「………」

すぐ傍にはセリアや父ローラン＝クレールの姿もあるが、二人とも無言のまま湖の方角を眺めている。

ただ、二人の表情はだいぶ異なる。ローランが八岐大蛇の登場を受けていまだ呆気《あつけ》にとられているのに対し、セリアは不安そうにリオがいた空を見つめていた。

（……どこに行ったの、リオ？）

怖《こわ》いのだ。ほんのつい先ほどまで、セリアは嘘《うそ》みたいにリオのことを忘れていた。まるで一部だけが白く塗《ぬ》りつぶされた絵画みたいに、リオに関する記憶だけが綺麗《きれい》に抜《ぬ》け落ちていた。だというのに、違和感を抱いてすらいなかった。

あれだけ大切だと想《おも》っていて、あれだけ自分にとって特別な存在で、たくさんの思い出を共有してきて……。

（絶対に、忘れられるはずがないのに……）

もしかしたらまたリオのことを忘れてしまうのではないだろうか？　そんな考えが脳裏《のうり》をよぎったのか、名状しがたいほどの不安がセリアに押し寄せる。

「ね、ねえ、みんな！」

セリアはいてもたってもいられず、サラ達《たち》に声をかけた。

「なんですか、セリアさん？」

「覚えていない、の？　リオのこと……」

「リオ……ですか？」

サラ達は不思議そうに首を傾《かし》げる。

「みんなで、ほんの少し前まで、ずっと一緒《いっしょ》に暮らしてきたじゃない。みんなでご飯を作って、お菓子《かし》を作って、お話をして、早朝の訓練をして……」

セリアの声が上ずり、動揺《どうよう》の色が強く滲む。

「えっと……」

サラ達は困ったように顔を見合わせた。

「本当に覚えて、いないの？　どうして……」

これではそもそもリオが存在しない人間だったみたいではないか。

（いったい、いつから？）

忘れていたというのか？　ほんの少し前まで避難《ひなん》するのでそれどころではなかったが、セリアは失っていた記憶について思考を傾《かたむ》ける。

（聖女エリカ。彼女《かのじょ》がグレゴリー公爵《こうしやく》領の領都を占領《せんりよう》して……）

そうだ、それでリオは領都を奪還《だつかん》するため、ガルアーク王国に助力するためグレゴリー公爵領を訪《おとず》れたのだ。セリア達もリオに付いていった。聖女はかつてない難敵だった。大地の獣と呼ばれる怪物《かいぶつ》を操り、本人の強さも規格外でリオですら圧倒《あつとう》されてしまい、皆で挑《いど》んでも手も足も出なかった。

そして記憶が途切《とぎ》れる直前の瞬間、聖女エリカは大地の獣が比較《ひかく》にならないほどの怪物を出現させたのだ。それで――、

（アイシア……、アイシア！　そう、アイシアが……！）

忘れていた記憶は不思議なほど、するするとたぐり寄せることができた。そして、他にも忘れている少女がいたことに気づく。先ほどはリオと一緒にいなかったこともあり気づくのが遅れてしまった。というより、覚えているのが当然すぎて、忘れていたと気づくのに時間がかかってしまったが――、

「じゃ、じゃあ、アイシア！　アイシアのことは⁉」

アイシアを覚えているかと、セリアはサラ達を見た。

「アイ、シア……」

サラ達はきょとんとした顔になる。

「人型精霊よ。リオと契約《けいやく》していた。私達とも一緒に暮らしていて、友達だったの！　大切な！　親友よ！」

と、セリアがあまりにも必死に訴《うった》えるものだから——、

「……覚えていません。というより、そんな方がいらっしゃったの、忘れようがないと思うのですが」

サラが言いづらそうに答えた。

「うん」「ええ……」

オーフィアもアルマも戸惑《とまど》いながら頷く。

「ガルアーク王国のグレゴリー公爵領で、戦いがあったのは覚えているでしょう？」

「戦いがあったことは、覚えていますけど……」

「気がつけば戦いが終わっていて、おかしいと思ったはずよ。そこは覚えている？」

「ええ……」

サラ達はその時の記憶を頭の中で振り返る。そう、気がつけば戦いが終わっていた。そのことはサラ達も覚えているのだ。ただ、その瞬間を起点に直前の記憶に靄《もや》がかかる。頭が真っ白になって、謎《なぞ》に包まれている出来事を——、

「アレは聖女エリカとの戦いだったの。彼女は勇者の一人で、とんでもない大きさの怪物

も現れた。いずれも私達の手に負える相手ではなくて……」

セリアはサラ達に伝えた。記憶が途切れてしまった直前の出来事が、今ならば鮮明《せんめい》に思い出せた。

「みんなの記憶が途切れた最後の場面で、聖女エリカは大地の獣よりもさらに強大な怪物を呼び出したの。それで天地がひっくり返ったみたいに大地が崩壊した」

崩壊した大地は津波《つなみ》となってセリア達に襲《おそ》いかかろうとした。天災という言葉ですら生ぬるく思える天変地異に、誰もが絶望しかけた。だが、諦《あきら》めなかった。リオとアイシアが聖女エリカを止めに向かったからだ。

「リオとアイシアは二人だけで災害を止めようとしたの。二人で、大地の津波に向かっていって……」

最初に飛び出したのはアイシアだった。何かリオに言い残して、迫りくる大地の津波に向かって一人で駆けだした。すると、負傷したリオも慌《あわ》てて後を追った。

「それで、しばらくしたら強い光が視界を覆《おお》って。光が消えたら、災害も綺麗に消えていて……」

天変地異が嘘みたいに消えてなくなった。そして、リオ、アイシア、聖女エリカに関する記憶も嘘みたいに消えてしまった。その原理は皆目《かいもく》見当もつかない。

だが――、

「きっとリオとアイシアがなんとかしてくれたはずなの」

と、セリアは信じて疑わなかった。

「けど、私達はリオとアイシアのことを忘れてしまった。何が起きたのかわからないまま、あの場に立っていた。私達が助かったのは、二人のおかげなのに……」

誰も二人のことを覚えていない。いや、正確には騒動《そうどう》を引き起こした張本人である聖女エリカを含めて三人というか、人外の存在も含めるのなら、エリカが操っていたあの怪物のことも覚えていないのだが、今そこはどうでもいい。

「私も、ついさっきまで完全にリオとアイシアのことを忘れていた……。けど、思い出せたの。だからみんなもっ……！」

リオとアイシアのことを思い出せるのではないか？　本当は二人のことを覚えているのではないか？　セリアは縋《すが》るようにサラ達に問いかけようとした。だが――、

「…………」

サラ達は虚空《こくう》でも見つめているかのように、ぼーっとした顔をしている。途中《とちゅう》までは面食らいながらもセリアの話を聴《き》こうと真面目な顔で耳を傾けていたが、今は明らかに心ここにあらずといった感じだ。

「……みんな？」

きょとんとするセリア。

「……あ、えっと……」

「すみません。急に、目眩《めまい》と頭痛がして……」

「何の話、でしたっけ？」

サラ達はハッと我に返る。

「リオとアイシアの話よ。二人が私達を助けてくれた。なのに、私達は二人のことを忘れてしまったって」

セリアはつい今しがたまでしていた話を要約した。しかし――、

「リオと……」

「アイシアの話？」

「……どなたのことですか？」

三人の反応は明らかに不自然なものだった。

「え、ええ？　嘘……。今の話、聞いていなかったの？」

これではまったく話を聞いていなかったみたいではないか。セリアはひどく困惑《こんわく》して問いかける。

「今の、話……ですか？」

「ええと……」

サラ達は明らかに精彩《せいさい》を欠いた様子で話を振り返ろうとする。そして——、

「…………」

虚空でも見つめているかのように、またしてもぼーっとした顔になってしまう。

「……どういうことなの？」

いったい何が起きているというのか。セリアはますます困惑する。おかしい。明らかに異常だ。不気味ですらある。

なんだか怖くなってきた。その時のことである。とんとんと、セリアの肩《かた》を背後からそっと叩く者がいた。セリアが振り返ってみると——、

「え……？　リッ！」

そこには、割れた仮面を着けたリオが立っていた。セリアは反射的にリオの名を呼ぼうとする。が——、

「しっ……」

リオはとんと人差し指を当てて、セリアの唇《くちびる》を塞《ふさ》いだ。

「ん……」

セリアは顔を赤くして口を噤《つぐ》む。

「サラさん達がこうなっている理由を説明します。誰もいない場所で話しましょう。こちらへ」

と、リオがいまだぼーっとしているサラ達を見ながら、セリアに顔を近づけて囁《ささや》く。それから、セリアの返事を待たずに彼女の手を引いて歩きだした。

「う、うん……」

セリアは大人しく手を引かれ、その場を立ち去る。

それから――、

「……あれ、セリアさん？」

サラ達が再び我に返ったのは、リオとセリアが立ち去った数秒後のことだった。

◇◇◇

リオはセリアを連れて、船内の通路へと向かった。すると――、

「竜王《りゅうおう》様、この部屋が空いているです」

事前に空き部屋を探していたのだろう。ソラが待機していて、とある部屋の扉《とびら》を率先《そっせん》し

て開ける。そこは倉庫として使われている船室だった。

「ありがとう。さあ、こちらへ」

「……うん」

リオはセリアの手を引き、扉へ歩きだす。

(この子は……)

セリアの興味がソラに向かう。

ソラは「ああん？　お前、なにガン垂れてやがるです？　というか、なに竜王様に手を握《にぎ》られてやがるです？」とでも言わんばかりに、リオに手を握られるセリアにメンチを切った。もちろん、リオからは見えない角度で。

「え、ええと……」

セリアは敵意がないことを示すため、引きつった笑《え》みを浮《う》かべる。

「どうかしましたか？」

リオが振り返ってセリアに尋《たず》ねた。

「……か、可愛《かわい》い子ね」

「ソラちゃんというんです」

三人で入室したところで、リオが扉を閉めながらソラを紹介《しょうかい》した。

「ソラ……。よろしくね、私はセリアよ。セリア＝クレール」

「……よろしくです」

ソラはやや警戒心《けいかいしん》を滲ませながらお辞儀《じぎ》する。

「ちょっと人見知りなんですが、良い子なんです」

リオはちょっと困り顔でセリアにソラのフォローをする。と――、

「……うん」

セリアは感極《かんきわ》まった面持《おもも》ちで、いきなりリオに抱《だ》きつく。目の前にリオがいて、ちゃんと話をすることができて、もう感情を抑えることができなかったのだ。

「んなぁっ!?」

ソラが仰天《ぎょうてん》して奇声《きせい》を上げる。

「……やっぱり、覚えているんですよね？」

リオがセリアに抱きつかれたまま尋ねた。

「うん。さっきの戦いで貴方《あなた》が立ち去ろうとしたら、急に色んなことが頭の中に思い浮かんできて……。貴方とアイシアのことを思い出したの。聖女エリカとの戦いも」

「そう、ですか……」

セリアだけが記憶を取り戻した理由がわからないのか、リオは腑《ふ》に落ちない面持ちで相《あい》

槌《づち》を打つ。

「何があったの？　貴方達《たち》は急に消えちゃって、貴方達のことも忘れちゃって……。アイシアは？」

セリアはリオの胸元《むなもと》から顔を見上げる。

「アイシアは無事です。今は霊体化《れいたいか》してガルアーク王国城にいるみんなのことを見守っています」

「忘れられても、私達のこと守っていてくれたのね……。ありがとう」

「いえ……」

リオは嬉《うれ》しそうに口許をほころばせ、かぶりを振った。

「仮面、大丈夫？　割れているけど……」

怪我《けが》をしなかったか心配したのだろう。セリアは仮面が割れて露出したリオの頬《ほお》にそっと触《ふ》れた。

「ああ、これは別に攻撃《こうげき》を受けたから壊《こわ》れたわけではなくて……」

「それに、瞳《ひとみ》が……」

と、セリアは至近距離《きょり》からリオの顔を覗き込《こ》む。と――、

「お、お前！　どなたに抱きついてやがるです⁉」

硬直《こうちょく》していたソラが我に返った。

「ちょ、ちょっと……！」

「さっさと、離《はな》れろ！　です！」

ソラは慌ててリオとセリアを引き離そうとする。

「ソ、ソラちゃん、落ち着いて……！」

「むううう！」

ソラは可愛らしく頬を膨《ふく》らませながら、リオとセリアの間に割《わ》り込む。それでセリアはやむを得ずリオから離れた。ただ、リオの温《ぬく》もりが名残惜《なごりお》しいのか、もう一度抱《だ》きつきたそうに半歩を踏《ふ》み出す。だが――、

「めっ、です！」

ソラが両腕《りょううで》を広げる。七、八歳《さい》くらいのちっちゃな身体を目《め》一杯《いっぱい》使って、セリアの進行を妨害した。それで――、

「も、もう……」

子供を押《お》しのけてまでリオに抱きつくのは気が引けたのだろう。ソラに対抗《たいこう》するように、セリアも可愛らしく頬を膨らませた。

「えっと、色々あったというか、わかったことがあるんです。この子のことも含《ふく》めて説明

します。突拍子《とっぴょうし》もない話ばかりなんですが、聞いてくれますか？」

リオは少しおかしそうに、そして懐《なつ》かしそうに笑いを滲《にじ》ませながら、話の舵《かじ》を切った。

「もちろんよ。こんなおかしな事態になっているんだもの。何があっても驚《おどろ》かないわ。聞かせて」

セリアも気を取り直したのか、真面目な顔で頷く。そうして、リオは現時点で把握《はあく》している状況《じょうきょう》をすべてセリアに伝えることにした。

この世界にはかつて超越者《ちょうえつしゃ》と呼ばれる高位の存在が複数いたこと。リオの前々世は竜王と呼ばれていた超越者だったこと。アイシアが竜王の力を保管してくれていたこと。聖女との戦いの最後でリオはその超越者の力を使ったこと。聖女エリカもまた、超越者である士の高位精霊《せいれい》の力を使ったこと。それで世界から超越者として認識されてしまい、世界に存在する高位の法則に縛《しば》られるようになってしまったこと。

詳細《しょうさい》に掘《ほ》り下げて話そうとすると小一時間は説明しっぱなしになりそうなので、リオは諸々《もろもろ》の情報を概要《がいよう》だけ列挙していった。

「超、越者……」

驚かないとは言ったセリアだが、戸惑いは隠《かく》せない反応を見せる。

「信じられませんよね」

「信じるわ。……信じる。つまり、今のリオは神様に近い存在になった、ってこと？」

「……はい、神は神で別に存在するらしいですが……。限りなく神に近い存在ではあるらしい、です」

リオは少し躊躇《ためら》いながら頷き、自らがどういう存在へと変化したのか、より具体的な言葉で語った。

「……そっか。うん、わかった。理解したわ」

セリアは心を落ち着けるように、そして自分に言い聞かせるように、ゆっくりとリオの言葉を信じて受け止める。ただ、リオにも聞こえないような声で――、

「どんどん、遠い存在になってしまうのね、貴方は……」

微妙《びみょう》に俯《うつむ》き、ぽつりと呟《つぶや》いた。その瞳は寂《さび》しさを含む複雑な感情で揺《ゆ》らいでいて、きゅっと唇を噛《か》んでいる。だが、それをリオには悟《さと》られないよう、すぐに毅然《きぜん》と表情を引き締《し》め直して顔を上げた。

「正直、超越者になったという自覚はありません。自分は一人の人間だという意識の方がまだ強い。ただ、ルールによる制約を受けてしまうようになったのも確かです。そのせいでみんなから忘れられて、この世界に暮らす人達と迂闊《うかつ》に接触することもできない。これが今の俺《おれ》とアイシアが置かれている現状です」

「だから、姿を消していたのね」

「はい。接触そのものが禁止されているわけではないんですが、いくつかのルールのせいで似たような状態になっています」

「みんなから存在を忘れられるし、誰《だれ》とも接触できないようにルールが定められているなんて……。ルールを定めた人はまるで超越者を世界から隠したいみたい」

と、セリアはずばりルールの趣旨を言い当てた。

「流石《さすが》ですね。諸々のルールは誰が超越者なのか特定されるのを避《さ》けるために存在しているみたいです。超越者は一人一人が神に類する強力な権能を持っているので、超越者が安易に世界の在り方を左右しないよう、神がルールを定めたとか」

リオがルールの趣旨をより具体的に説明する。

「権能……」

「超越者が持つ特別な力だと思ってください。俺の場合は『消滅《しょうめつ》』の力で、指定した対象を消し去る光を放つことができるみたいです。その力を使って聖女エリカとの戦いで起きた天変地異を消し去りました」

「だから、あの時、すごい光が……」

この時セリアの脳裏に浮かんだのは、記憶を失う直前の場面だった。高位精霊が憑依《ひょうい》したエリカが操《あやつ》る大地の津波を、世界を埋《う》め尽くすほどの光が呑《の》み込んだ光景である。

「あの光を放って、俺は超越者だと世界から認識されました。そして権能を一緒に使ったアイシアも超越者だと扱《あつか》われたみたいです。聖女エリカの存在が忘れられた理由も、最後に操った天変地異が超越者の権能によるものだったからです」

竜王の生まれ変わりであるリオと同化していたアイシアが超越者として扱われたように、高位精霊と同化していたエリカも超越者として扱われたというわけだ。そして神のルールが三人に適用されるに至った。

「それで三人のことを忘れてしまったのね……」

「ええ。超越者のことを記憶できる存在は極一部の例外に限られているので……」

「……じゃあ、私もその例外になった、ってこと……よね？」

セリアが自覚なさげに、首を傾げながら言う。自分がその例外に当てはまる理由が皆目見当もつかないからだろう。

「まさしく、俺もその話をしたかったんです」

どうしてセリアはリオやアイシアのことを思い出すことができたのか？　ようやく、ここからが本題だ。

「リオにもわからないの？」

「ええ。他のみんなは俺のことを忘れたままなんですよね？」

「うん、サラ達は忘れたままよ。ガルアーク王国城にいる他のみんなも一緒。貴方のことを教えても、みんな思い出すどころかぼーっとしちゃって……。もしかしてこれもルールの効果？」

セリアは先ほどサラ達にリオの話をした時の、不自然な反応を思い出した。

「記憶の喚起《かんき》を促《うなが》すような真似《まね》をすると、そうなっちゃうみたいです。それでも無理に思い出させようとすると、教えようとした相手の脳に負担がかかるとか。だから俺もみんなには近づけなかったんですが……」

他にも、リオが接触することでセリア達に肩入れしていると判断されれば、リオはセリア達に関する記憶を失ってしまう、という理由もあるが、話が逸《そ》れそうなので今は言及《げんきゅう》しなかった。すると――、

「竜王様。ソラに一つ、思い当たることがあるです」

ここでソラが手を上げた。そして――、

「何？」

「こいつ、リーナのホムンクルスだった女に似ているです」

と、ソラはジト目でセリアを見ながら言う。

「リーナのホムンクルスって……、眷属の？」

リーナとは美春《みはる》の前世で、七賢神《しちけんじん》の一柱だった女性のことだ。彼女はホムンクルスとゴーレムを眷属にしていたと、ソラから聞いた。リオはその話を思い出し、瞠目《どうもく》しながら確認《かくにん》した。

「はい」

「でも、セリアは……」

ベルトラム王国の貴族として生まれ育った、ただの人間だ。

「偶然《ぐうぜん》とは思えないです！　ご存じでしょう？　リーナの権能は未来予知。あの女の眷属だったホムンクルスによく似た女が、こうして記憶《きおく》を取り戻している。権能を使って未来を予知して仕組んだことに違《ちが》いないです！　つまりは、これもリーナが絡《から》んでいるに違いないですよ！」

むきぃいい！　と、ソラはこの場にいないリーナに対して憤慨《ふんがい》する。

「どういうこと？　ホムンクルスっておとぎ話に出るような人造人間のこと、よね？　リーナって……」

セリアはリオとソラの話についていけず、困惑して疑問符《ぎもんふ》を浮かべた。

「リーナというのは……、賢神の一人です。六賢神の他にもう一人いた、七人目の賢神。

超越者《ちょうえつしゃ》はそれぞれ眷属《けんぞく》を従えていたらしいんですが、そのリーナが使役《しえき》していた眷属のホムンクルスがセリアにそっくりだとか……」

リオがソラを見ながら答えた。美春がリーナの生まれ変わりであるという話は、今ここですると話が逸れそうなのでしない。情報量が多すぎる。

「そう……、なの？　というか、え？　なんでわかるの？　いつの時代の話？」

てっきり千年以上前の、神話の時代の出来事だと思って話を聞いていたので、セリアの困惑が増す。

「それが実は……、説明が遅《おく》れましたが、ソラちゃんはかつて竜王の眷属だった女の子なんです」

リオは改めてソラという少女をセリアに紹介した。

「ふふん」

ソラは鼻高々に胸を張った。

「え、ええ……？　でも、この子……」

セリアの理解が遅れる。というか、余計に困惑したのだろう。舌っ足らずな口調といい、ソラはどう見ても子供にしか見えない。

「なんです、その目は⁉」

ソラはぷりぷりと怒《おこ》る。

「こう見えて神魔《じんま》戦争《せんそう》よりもずっと前の時代から生きているそうです。竜王の眷属になったことで肉体と精神の成長が止まったとか」

「ふ、不老ってこと？　すごいわね……」

「偉大《いだい》なる竜王様の眷属なのですから、すごいに決まっているです」

面食らうセリアを見て、ソラがドヤ顔で語った。

「強さの方も折り紙付きです。アイシアとも互角《ごかく》に戦えるほどに」

「ソ、ソラの方が強いです。本気出したら負けないんです」

ソラが控《ひか》えめに訴える。リオが相手なので強くは主張しないが、アイシアと同等だと思われるのは悔《くや》しいらしい。

「……頼もしい、味方が誕生したのね」

「ええ。超越者と眷属の間には特別な繋《つな》がりがあるんだとか。俺が竜王の力を取り戻したことで、ソラちゃんとの絆《きずな》も戻ったみたいで。色々と教えてもらって、行動も共にするようになりました」

「そう、なんだ。特別な繋がり……」

そう呟き、セリアはリオとソラの顔色を交互《こうご》に窺《うかが》う。

「記憶の喪失《そうしつ》とも絡む話なんですが、超越者を記憶できるのは同じ超越者と、超越者の眷属だけなんです」

だから、新たに超越者と認定《にんてい》されたリオとアイシアはもちろん、かつての竜王の眷属であったソラも超越者に関する記憶を保つことができている。

「……でも、私はそのどちらでもない、わよね？」

「その、はずなんですが、ソラちゃんの話が気になります」

「私がリーナの眷属だったホムンクルスと似ているって話？」

「ええ」

「じゃあ、私はリーナの眷属になった……って、こと？」

「………そうなる、のかな？　ソラちゃん」

リオがソラを見て尋ねた。

「超越者の眷属になった者は、超越者に準じる形で神のルールの影響《えいきょう》を受けます。ですが、こいつは周りから存在を忘れられていない。ですよね？」

今度はソラがセリアを見て尋ねる。

「……ええ、サラ達は私のことを普通《ふつう》に覚えているけど」

「だとしたら、説明がつかないです。こいつは超越者でもないし、眷属になったわけでもないのに記憶を取り戻したことになる」

「……となると、未来を見越《みこ》してリーナが何かを仕掛《しか》けていた、ってことなのかな？」

リオは顎《あご》に手を添《そ》えて思案してから、予想を口にした。

「ソラもそう思うです」

「記憶を取り戻した時、セリアの身体から術式の光が溢《あふ》れ出ていましたよね？　あの時のことを何か覚えていませんか？」

「と言われても……。あれ、でもそういえば……」

セリアが首を捻《ひね》る。

が、すぐに何か思い出したような顔になり――、

「ん、どういうこと、これ？　なんで、私こんなこと……」

怪訝《けげん》そうに眉根《まゆね》を寄せた。そして、いったい何を見ているのか、虚空でも見つめ始めたように焦点《しょうてん》の定まらない目になる。そのままぼうっとして――、

「……セリア？　大丈夫《だいじょうぶ》ですか？」

リオが心配そうに声をかけた。

「あ、うん」

セリアはすぐにハッとして返事をする。

「何があったんですか？」

「なんか、知らない魔法《まほう》とその使い方がわかる……気がする。あと、なんていうのかしら？　思考がすごく冴《さ》えていて、並列《へいれつ》しているというか。自分が複数いるみたいで、すごく不気味……」

セリアはバランスを崩《くず》し、ふらりとたたらを踏んだ。

「っと……。大丈夫ですか、本当に？」

リオがすかさず両肩《りょうかた》を掴《つか》んで、セリアを支える。そして念押《ねんお》しするように尋ねた。

「……う、うん、大丈夫。意識すれば一つになるから」

セリアは大きく深呼吸してから頷き、問題がないことをアピールするためか、リオからそっと離れて自力で立った。それを見て、リオも胸をなで下ろす。すると――、

「……竜王様」

ソラがぽつりと口を開いた。

「何？」

「並列思考と思考加速は賢神の眷属《けんぞく》が持つ特殊《とくしゅ》な能力《スキル》です。ソラが霊体をまとって竜人《りゅうじん》になれるように、賢神の眷属達《たち》は人並み外れた頭脳を手にする。その頭脳を使って同時に複数のことを考えることもできるようになるです。ソラの知っているリーナの眷属は並列思

考を使って複数の異なる魔法を同時に発動させたりもしていました」

「それは……、すごい、ね」

賢神の眷属が持つ能力を聞いて、リオは目をみはる。同一の魔法であれば複数の魔法陣《まほうじん》を展開して同時に魔法を発動させることも可能だが、別々の魔法を同時にというのは不可能だというのが世間的な常識だ。

「りゅ、竜王様の眷属であるソラの方がすごいです！　竜体《りゅうたい》を纏《まと》えば魔法も精霊術もはじき返せるんですから！」

リオに褒《ほ》めてもらいたくて仕方がないのだろう。ソラが持ち前の負《ま》けず嫌《ぎら》いを発揮させて、同じ眷属として張り合う。

「あはは、うん」

リオは子供をあやすように笑って頷いた。

（なんだか、兄妹《きょうだい》……というより、親子みたい？）

セリアは二人のやりとりを珍《めずら》しそうに見ている。

「すみません。話が逸れましたね」

「あ、ううん」

「記憶を取り戻《もど》した時に身体から溢れていた術式の光は、セリアが操っていたわけではないんですよね？」

リオが話を本題に戻す。

「うん。勝手に身体から術式が溢れ始めて……」

「……リーナは記憶の転写という魔術《まじゅつ》を使えたらしいんです。それを使ってアイシアに千年前の記憶を渡《わた》して、俺の魂《たましい》と一緒に転生させた」

「その転写の魔術を、私にも使ったってこと？」

「わかりません。転写とは別に記憶を復活させるような魔術を作り出してセリアに使った可能性もあるので」

「……でも、いつ、どこから、どうやって？　リーナ……というより、賢神って今もこの世界に存在しているの？」

というセリアの疑問は、もっともなものだった。リーナを含めると七賢神だが、シュトラール地方において六賢神は神話で崇《あが》められている存在である。千年前の神魔戦争を最後に、人類の前に姿を現したという話はピタリと消えた。

セリアからすれば神話の登場人物についての話を聞いているようなものだ。今もこの世界のどこかにいて、人類……というより自分に干渉《かんしょう》したと言われても、実感が湧《わ》かないのは当然だろう。

「リーナは未来を知る権能を持っていた女です。時限式か、何かしらの条件を設定して千年越《ご》しに発動する魔術を仕込《しこ》んだんでしょう」

千年前に竜王を神魔戦争に巻き込んだことで、リーナに不満を抱いているからだろう。ソラが気にくわなそうに鼻を鳴らして言う。

「せ、千年越しに発動する魔術って……」

セリアが愕然《がくぜん》と息を呑む。条件を満たした時にのみ発動するよう魔術の術式を組むことはできるが、意図したタイミングを狙《ねら》ってとなるとその難易度は一気に跳《は》ね上がる。月単位で日数や時刻を計算して発動に成功させられたという話ですら聞いたことがないのに、千年後に発動するよう計算していたと聞かされて驚くのも、無理はなかったが――、

「あの女なら訳ないです」

当時のリーナを知るソラが、さらりと断言する。

「そう、なんだ。やっぱりすごいのね、賢神って……」

「そんなことより、転写された記憶の中に記憶の転写か、失われた記憶を復活させるような魔法か魔術はないんです？」

ソラはぐいっと、セリアに詰《つ》め寄った。

「……自分でもまだよくわかっていないというか、思《おも》い浮かぶ情報がすべてである自信も

ないんだけど、そういった魔法はない……気がする。魔術に関してはそもそも知識を植《う》え付けられていないような……」

ちなみに、魔術とは術式を用いて事象を引き起こす神秘全般《ぜんぱん》を指す。そして魔法とは人の体内に魔術の術式を植え込み、呪文《じゅもん》を詠唱《えいしょう》することでいつでもその魔術を使えるようにする技法を指す。すなわち、厳密には魔法も魔術の一種ではある。

「あ、あのエセ駄賢神……」

と、リーナを相手に憤《いきどお》るソラ。仮にも神と名の付く存在を相手に、信仰心《しんこうしん》どころか敬意の欠片《かけら》もない発言である。

「エ、エセ駄賢神って。ひ、ひどい言いようね……」

「エセ駄賢神はエセ駄賢神です！　人を誘導《ゆうどう》するような真似を散々していておいて、与《あた》えてくる情報が少なすぎるです！　いったい何を考えているです⁉」

「さ、さあ、私に言われても……」

憤慨するソラの勢いに押されてたじろぐセリア。ただ、ソラの発言に頷けるところがあるのも確かだった。

（ソラちゃんの言う通りだ。転生させた俺に何かさせようとしているのに、与えられている情報が少ない）

なぜだ？　と、リオはその理由を考える。

思いつく可能性は大まかに二つ。

そもそも情報を与えることができなかったのか。あるいは、与えることができたのにあえて与えなかったのか。

（転写の魔術に何かしらの制約があるのか？　それか情報を与えすぎることで未来が変わることを恐《おそ》れている、とか？）

と、リオが推測していると――、

「頭の中に入ってきた情報は魔法だけなんです？　他に何か指示や有力な手がかりは頭の中に入ってこなかったんです？」

ソラがセリアに訊《き》いた。

「知らない魔法の術式が入り込んできたのはわかったけど……。そういえば、誰かの声が聞こえたような？」

――成功ね。今はまだ全部は無理だけど、貴方に託《たく》すわ。あの子に渡しきれなかったものを。

あの時、誰が言ったのかはわからなかったが、どこからともなく聞こえた言葉だ。もしかしたらリーナからのメッセージだったのかもしれない。

「なんて、なんて言っていたです⁉」

「えっと『成功ね。今はまだ全部は無理だけど、貴方に託すわ』とか、『あの子に渡しきれなかったものを』とか。言っていたような」

「託しきれてないじゃないですか⁉」

「だ、だから私に言われても困るわよぅ！」

ソラにぐいぐい来られ、セリアがたじろぐ。

「ま、まあまあ、落ち着いて、ソラちゃん」

リオはやんわりとソラを宥《なだ》めた。

「ですが……」

「一つ確認したいんですが、リーナは『成功ね』と言っていたんですか？」

リオは渋《しぶ》るソラに右手をかざしながら、セリアに問いかけた。

「ええ。声の主がリーナかはわからないけど、そう聞こえたわ」

「となると、状況的《じょうきょうてき》に『成功』というのはセリアに俺の記憶を取り戻させ、魔法を習得させたことに成功したと考えるのが自然……ですよね？」

「……うん、そう思う」

「じゃあ、言葉の主は成功したかどうかを、どこからか見守っていたということになるんでしょうか？」

「そう、かもしれないわね。確かに」

セリアはこくりと頷く。

「そ、そうです！　その通りです！　流石は竜王様です！」

ソラはぱああっと顔を明るくしてリオを称賛《しょうさん》した。

「けど、そうなると声の主がリーナ以外の誰かである可能性が出てくるよね」

「あ……」

確かにと言わんばかりに、ソラはハッとする。

「なぜ？　私がリーナの眷属に似ているってことは、リーナと考えるのが自然に思えるけど……」

セリアだけが不思議に首を傾《かし》げていた。

「……それはありえない、はずです」

「どうして？」

「竜王が転生して俺に生まれ変わったように、リーナも転生して生まれ変わっているらしいからです」

「え、そうなの!?」

セリアがギョッとする。

「ええ、実は……」

リーナは美春に生まれ変わった。というのが、アイシアの話だ。もしリーナが今もなお生きているとしたら、アイシアの説明と矛盾《むじゅん》してしまうことになる。

だが、他ならぬリーナが自らの神性を与えて生み出し、記憶を転写させたのがアイシアだ。アイシアが嘘《うそ》をついているとも思えない。

「リーナが転生していることを教えてくれたのはアイシアなんです。ただ、ちょっと事情が複雑で……。この話は改めてしますので、先に別の話をしてもいいですか？」

「もちろん、何？」

「今後のことについてです」

「私にできることがあったら、何でも言って」

セリアはすかさず協力を申し出る。

「とりあえずは、このままみんなと一緒《いっしょ》に行動を共にしていてください」

「……うん、わかった。リオはどうするの？」

リオと一緒に行動できないことを寂しく思ったのか、セリアがしゅんとした表情を覗《のぞ》かせて尋ねた。

「また、みんなと一緒にいたいです」

リオは何をするのかではなく、何をしたいのかを答えた。その表情はセリアと同様、しおれそうな花のように儚《はかな》げである。

「リオ……」

「けど、今のままだと、神のルールに邪魔《じゃま》をされてそれができない。だから、それをどうにかしないといけません」

「……どうにか、できるの？」

「セリアが俺のことを思い出してくれて、希望が持てました。セリアに記憶を取り戻させた誰かは、その術《すべ》を知っているはずだから」

失った記憶を取り戻す方法はあるということだ。

「そうです！　あの時、お前の身体からあふれた術式の光。あの術式が答えです！」

ソラはそう言って、びしっとセリアを指さす。

「新しく覚えた魔法の中に、術式を分析《ぶんせき》するものがあるみたいなの。それを使えば解析《かいせき》はできるかも……」

「そ、そんな便利な魔法があるならさっさと言えですよぉ！」

竜王の記憶が戻ることも期待しているのか、ソラはすっかり興奮している。

「けど、生物や生命体に使用することはできないのよ。対象となる術式を発動させている状況でなら話は別だけど」

「だったらもう一度、あの時の術式を発動させるです！」

「うーん、私の中にまだ術式が封《ふう》じられている可能性もあるけど、私が発動させたわけじゃないし、発動と共に術式が消滅した可能性もあるし……。一応、調べてはみるけど、期待はしないでほしい……かな」

使い切りタイプの魔術だと、魔術の発動と共に術式は消滅してしまう。できるかどうかわからないことで期待を持たせたくはないのか、セリアはやんわりと語った。ただ——、

「そ、それでもいい！　試《ため》してみるです！」

と、縋《すが》るように迫《せま》るソラの必死さが伝わったのだろう。

「……ええ、わかったわ。ガルアーク王国に戻ったら調べてみる」

セリアはしっかりと頷いた。すると——、

「一つ、二人にお願いをしてもいいですか？」

二人のやりとりを眺《なが》めて何を思ったのか、リオがそんなことを言いだす。

「はいです！」「もちろんよ」

ソラとセリアの返事がすかさず重なった。

「ソラちゃんはこのままセリアと一緒にガルアーク王国へ向かってくれないかな？　それで、セリアはソラちゃんがガルアーク王国城の屋敷《やしき》に何日か泊《と》まれるよう、手配をしてくれないかなと」

「え!?」「構わないけど……」

お願いの内容が斜《なな》め上をいくものだったのか、ソラもセリアも目を点にする。

「全部を説明しようとするとまだまだ時間がかかります。セリアがいなくなったことでそろそろサラさん達《たち》が捜《さが》しにくるかもしれません」

と、リオは頼《たの》み事《ごと》の理由を口にした。

「一緒にガルアーク王国城には来られない？」

セリアが寂しそうにリオを見る。

「短時間、その場で一緒にいるくらいなら問題はないと思うんですが……」

「神のルール……のせい？」

「はい。超越者になったせいで、今の俺は記憶や印象に残りづらい存在になっているみたいなんです」

「そう、なの？」

「姿を見せない時間というか、俺から意識を離す時間があると、その症状《しょうじょう》がすぐに現れるみたいです。ずっと起きたまま一緒にいるか、離れても俺のことだけを考え続けていれば防げるかもしれませんが、現実的に不可能ですから。だよね、ソラちゃん？」

自分以上にルールをよく知るソラに、リオが水を向けた。

「はい、竜王《りゅうおう》様からちょっとでも意識を遠ざけた途端《とたん》に健忘《けんぼう》していくです。仮にいま外にいる連中がこの場に来て竜王様を見ても、先ほど都市で助けてくれた相手だと気づかないはずです。覚えているのはせいぜい誰かに助けてもらったということだけ」

生きている以上、お風呂《ふろ》に入る時間だってあるし、睡眠《すいみん》だって必要だ。ちょっと意識を離した隙《すき》に忘れられてしまう以上、同じ屋敷で暮らし始めたとしても、寝《ね》て起きたら「お前は誰だ？」という事態になってしまう。

「そんな……」

想定していた以上に現実生活に支障が出るルールだと思ったのか、セリアは言葉を失ってしまう。

「というわけで、俺は一緒に付いていけません」

当のリオは事態を受け容《い》れているのか、多少は寂しそうな表情を覗かせながらも割り切った口調で告げた。そして――、

「で、ソラちゃんにはこの場でできない説明をセリアにしてほしい。頼めるかな？」

と、ソラに向き直ってお願いする。

「もちろんです！　そのお役目、竜王様の眷属であるこのソラにお任せください！」

ソラはリオから役目を与えられたことが嬉《うれ》しいのか、胸を張って請《う》け合った。

「ソラなら一緒に暮らしていても大丈夫なの？」

「はい。俺と一緒に姿を見せている時でなければ、俺よりも忘れられにくいんだとか」

裏を返せば、リオと一緒にいる時はリオと同様の速度で忘れられやすくなり、印象に残りづらくなるということだ。

「必要があれば超越者の代わりに人々の前に姿を現すのが眷属の大きな役割です。大抵《たいてい》のルールは超越者に準じる形で眷属にも適用されるですが、これは例外です」

と、ソラが語る。

「ソラちゃんのこと、セリアになら安心して任せられます。ルールのことも俺以上に詳《くわ》しいので、知りたいことがあれば都度聞いてください」

リオは改めてソラのことをセリアに頼む。

「……うん、わかったわ」

セリアは深く頷《うなず》いて引き受けた。

「よろしくお願いします」

リオはぺこりと頭を下げる。と——、

「……ねえ。仮面を外して、ちゃんと顔を見せて？」

セリアはぐいっと、リオに歩み寄った。

「そういえば、着けたままでしたね」

リオはそう言いながら、壊《こわ》れかけの仮面を右手で外す。セリアはしばし無言のままリオの顔をじっと見上げた。それから——、

「……髪《かみ》の毛、少し白く変えた？　瞳《ひとみ》の色も。紅《あか》くなっているけど」

超越者になる前のリオと比べて変化した外見的特徴《とくちょう》を、セリアは見逃《みのが》さなかった。紅くなったリオの瞳をじっと覗《のぞ》き込《こ》む。

「これは、ちょっと色が変わってしまって……」

どう説明したものかと、回答に少し困った様子のリオ。

「変わったって、どうして……」

セリアが心配そうに顔を曇《くも》らせる。と、その時のことだ。リオ達がいる船室の扉《とびら》がガチャリと音を立てて開く。

入ってきたのはクリスティーナ、サラ、オーフィア、アルマ、ヴァネッサ、そしてセリアの父ローランだった。

「あと、探していないのはこの部屋くらいですが……」

ヴァネッサが先頭を歩いて部屋の中に入ってくる。薄暗《うすぐら》い物置部屋に集まっていたリオ達をすぐに見つけると、一同は目をみはった。

「セリア先生、こんな場所で……いったい何を？」

クリスティーナがリオとソラを探《さぐ》るように一瞥《いちべつ》してから、セリアに尋《たず》ねる。

「えっと、女の子が一人で歩いていたのを見つけて……。お話を聞いていたんです。この子、どうやら迷子みたいで」

セリアは目を泳がせながらも、とっさに機転を利《き》かせてソラを迷子扱いした。

「ソラは迷子じゃないです！」

子供扱いされたのを嫌《きら》ったのか、ソラが反射的に異議を唱えた。

「と、言ってはいるんですが、仕えていた主人とははぐれてしまったみたいで」

セリアは上ずった声で説明し――、

（貴方《あなた》、私と一緒に来るんでしょ？　話を合わせて！）

と、目でソラに訴《うった》えかけた。

「むう……」

ソラが唇《くちびる》を結ぶ。不服そうではあるが、納得《なっとく》したらしい。

「そう、なんですか？　家名を教えていただければ調べさせますが……」

「ええと……、それが、ロダニアを訪《おとず》れていた他国の貴族だか豪商《ごうしょう》の方みたいで」

レストラシオンに所属する貴族の名前を言えば、嘘だと気づかれる恐れがあると思ったのだろう。セリアはまたしても機転を利かせる。

「他国の……。道理で、見慣れぬ服を着ていますね」

「で、ですね」

セリアはぎこちなく相槌《あいづち》を打つ。

「それで、そちらの人物は……？」

クリスティーナが尋ねて、一同の視線がリオに集まる。

「リオと申します」

と、リオはこうべを垂れながら、簡潔に自己紹介《しょうかい》をした。

「家名はないのかしら？」

「はい。あいにくと平民の生まれでして。ロダン侯爵《こうしゃく》家にお仕えしております」

「……貴方はなぜここに？」

「空き部屋を増やすためこの部屋へ荷物を運《はこ》び込んでいたら、そちらの子がこの部屋に入ってきたんです。続けてそちらの御方《おかた》も」

リオはそう語り、ソラとセリアを順番に見る。

「なるほど……、どこかで会ったことがあるかしら？」

妙《みょう》な既視感《きしかん》を抱《だ》いていたのだろうか？

クリスティーナが不意にそんなことを訊いた。

「いえ、お初にお目にかかりますが……」

リオは小首を傾げてとぼける。

「そう……」

クリスティーナはリオの顔をじっと見つめる。と――、

「ところで、クリスティーナ様は私に何か御用《ごよう》が？」

セリアが話題を逸らした。リオに注目が向かうのを避《さ》けようとしたのだろう。実際、それは功を奏した。

「ええ、先生にお話がありまして」

「では、場所を変えますか？」

「そうですね」

「あ、よろしければこちらの子も連れて行ってよろしいですか？　家主の方が見つかるまで面倒《めんどう》を見てあげると約束をしたので」

セリアがソラを見ながらお伺《うかが》いを立てる。

「ええ、構いませんよ。行きましょうか」

クリスティーナが一同の顔を見回す。

「はい」

一同は踵《きびす》を返し、扉に近い者から順に部屋を出ようとした。最初から室内にいたセリアとソラが最後に扉をくぐることになる。その前に……。

カランと、床《ゆか》を転がる音が響《ひび》いた。音の発生源はリオがつい先ほどまで装着していた壊れかけの仮面である。音に引き寄せられて、全員が室内を振《ふ》り返った。

「おや、落としましたよ」

リオはそう言いながら、転がった仮面を拾う。そしてセリアのもとへ近づいていき、手《て》渡《わた》そうとする。

「あ、うん。ありがとう……」

なぜリオが仮面を手渡してきたのか、意図がわからなかったのだろう。だが、何かしらの意図があるのも明らかだ。セリアはきょとんとした顔をしながらも、礼を言って仮面を受け取った。

「よく、調べてみてください」

リオは短くそう告げる。ただ、それ以上の説明をするつもりはないのか、続く言葉は口にしない。

「…………」

セリアはじっと仮面を見下ろした。すると――、

「……先生？」

既《すで》に部屋の外に出ていたクリスティーナが、立ち尽《つ》くすセリアの背中に声をかける。

「あ、はい。いま参ります！」

セリアはハッと我に返り、扉へと向かっていった。

「…………」

リオはぺこりとお辞儀《じぎ》をして、セリア達を見送る。誰《だれ》もリオのことなど気には留《と》めずに立ち去っていく。そんな中で、ソラだけが深々とリオにお辞儀を返した。

残されたリオは一人、静かに部屋を出て行く。それから、船内の通路を通って甲板《かんぱん》に出ると、リオは人目を忍《しの》んでそっと魔道船《まどうせん》を飛び去っていった。

【第三章】姉妹の絆

時は一日遡《さかのぼ》る。ガルアーク王国の王都に到着《とうちゃく》した魔道船があった。到着した魔道船はセントステラ王国籍《せき》のものだ。

訪問は突然《とつぜん》というわけではなかった。セントステラ王国に身を寄せていた千堂雅人《せんどうまさと》が勇者として突如《とつじょ》ガルアーク王国に召喚《しょうかん》され、第一王女であるリリアーナ＝セントステラも巻き込まれたとあっては、ガルアーク王国も同盟国としてセントステラ王国に連絡《れんらく》せざるをえない。ゆえに、この訪問は予期されたものである。

「セントステラ王国からの魔道船が到着したそうです」

という知らせがシャルロットの口から美春《みはる》や沙月《さつき》に告げられ、雅人やリリアーナと一緒にお城のエントランスまで出迎《でむか》えに向かうことになった。すると、程《ほど》なくしてお城の中庭へセントステラ王国の使節団が乗る馬車が複数やってくる。

「いらしたみたいですね」

と、シャルロットが先頭の馬車を見据《みす》えながら言う。一同の視線も、お城前の広場まで近づいてくる馬車の一団へと向かった。護衛の騎士達《きしたち》がひときわ厳重に取り囲んでいる馬車には、おそらくは使節の代表クラスである人物が乗っているのだろう。

やがて、馬車が美春達の眼前までやって来て止まる。それから、護衛の騎士達が素早《すばや》く動き、護衛が最も厳重だった馬車の扉が最初に開けられた。しかし――、

「…………出てこないわね？」

何秒か経《た》っても誰も降りてこず、沙月が首を傾げる。だが、さらにもう何秒かしたところで、馬車から遠慮《えんりょ》がちに降りてくる少年と少女がいた。少年が少女の手をそっと引いている。その二人の名を――、

「亜紀《あき》ちゃん……、貴久君《たかひさ》」

美春がハッと目を見開いて呟《つぶや》く。すぐ隣《となり》では雅人が難しい目つきで貴久と亜紀を見据えていて、唸《うな》るように息をついていた。

「……来たのね」

沙月が美春と雅人の横顔をちらりと窺う。もしかしたら貴久と亜紀がやってくるのではないかと、予想はしていた。なぜなら、亜紀は雅人の一つ上の義姉《ぎし》で、貴久は雅人の四つ上の実兄《じっけい》だ。心配するのが道理ではある。

だが、事はそう単純ではない。一同の関係は複雑なのだ。発端《ほったん》は各国の勇者達が集った

夜会まで遡る。

端的《たんてき》に言うのならば貴久が美春と離《はな》れるのを嫌い、本人の意思を無視して強引《ごういん》にセントステラ王国へ連れて帰ろうとしたのが原因だ。亜紀は貴久の暴走を幇助《ほうじょ》した。亜紀も貴久も、美春に依存《いそん》しすぎたのだ。

幸いリリアーナが機転を利かせ、ガルアーク王国の協力も得たことで貴久の企《たくら》みは阻止《そし》された。しかし、未遂《みすい》とはいえ二人が許されたわけではない。話し合いの末、関係する全員が許すまで、貴久と亜紀は美春との一切《いっさい》の接触《せっしょく》を禁止するという沙汰《さた》が言い渡された。そしてそれを実行するため、リリアーナと雅人は貴久と亜紀を連れてセントステラ王国へと移り、二人を美春から遠ざけた。

だから、貴久も亜紀もただちに帰れと言われても文句は言えない立場である。いったいどの面下げてこうしてガルアーク王国までやってきて、美春の前に姿を現したのか？　弁明は必須《ひっす》であろう。

「美春ちゃん、下がってなさい」

沙月が美春を守るように、スッと前に出る。そして――、

「……お二人は私とマサト様が許さない限り、ミハル様とは接触できない決まりとなっていたはずですが」

リリアーナが歩き出し、貴久と亜紀に語りかけた。この問いかけはリリアーナから貴久に手渡す試金石である。

なぜなら、もし仮に「けど、そのリリィと雅人が姿を消してしまったから」なんて、貴久が言い訳から口にするようであれば、リリアーナはすぐに「お帰りください」と告げるつもりだからだ。ゆえに、貴久がどんな返答をするのか、リリアーナは見極《みきわ》めるように目を細める。果たして――、

「ごめん！」

貴久は謝罪の言葉だけを口にして、頭を下げた。

「美春にも、みんなにも、ちゃんと謝《あやま》りたくて……。リリィの代わりに王様にお願いして渡航《とこう》許可を貰《もら》ったんだ。俺《おれ》は、いったいなんてことをしてしまったんだって。どうして、あんなことをしたんだって。本当に、謝りたくて。俺はなんて下衆な行いを……」

貴久は自らの行いを振り返っているのか、それこそ忸怩《じくじ》たる思いで自らを責める。そして――、

「本当に、ごめんなさい……！」

頭を下げたまま、重ねて、謝罪の言葉を紡《つむ》いだ。なお、国王からは現地でリリアーナから帰還《きかん》の指示を出されたら従うようにと、条件を付けられていたりする。

「私も、ごめん。ごめんなさい。ごめんなさい、美春お姉ちゃん」

亜紀も何度も謝罪の言葉を口にしながら頭を下げて、俯《うつむ》いたままぼろぼろと涙《なみだ》を流して泣き始める。

「……………これで許してもらえたなんて思っていません。でも、本当にちゃんと謝らないといけないと思ったから。本当に、それだけで……。帰ろうか、亜紀」

貴久は亜紀の背中をそっと擦《さす》って、馬車へ戻ろうとした。謝罪して、自分から帰るとまで言いだした。殊勝《しゆしよう》といえば殊勝なのかもしれないが――、

「ちょ、ちょっと待ちなさいよ。いきなり現れて、一方的に言うだけ言って……」

馬車に乗るすんでのところで、沙月が二人を呼び止めた。その上で、傍《そば》に立つ美春とリリアーナの顔色を窺《うかが》う。直接の被害《ひがい》を受けたのは美春だし、貴久の暴走に振り回されて迷《めい》惑《わく》をかけられたのはリリアーナだと思っているからだ。

それに、本人達が反省するまでいったん期間を置く、というのが当時話し合って決めたことだ。あの事件から何ヶ月も経ち、期間は空いたといえば空いた。反省の意思も見せている。本当に反省しているのかどうかを見極めるため、話を聞くくらいはしてもいいのではないか？　そう思ったのかもしれない。

「タカヒサ様とアキ様をどうなさるのか、私はマサト様も含《ふく》めたお三方のお考えにお任せ

します」

沙月から意見を求められたと思ったのか、リリアーナが自分のスタンスを表明する。

「そうですか。じゃあ、雅人君は？」

「一番迷惑を被っているのは美春姉ちゃんだ。それにリリアーナ姫《ひめ》も。その二人の意見が合致《がっち》するなら、俺から言うことは、まあないよ。二人の態度次第《しだい》だけど」

「美春ちゃんは……、どうする？　私も基本的に美春ちゃんの意見に賛同する。最終的に許すかどうかは美春ちゃん次第だと思うから。帰ってほしいと思うなら帰ってもらえばいいし、話したいと思うなら話してみればいい。もちろん、私は美春ちゃんの味方よ」

沙月は全面的に美春をサポートする姿勢を伝えた。

「沙月さん……」

美春は感謝の気持ちで沙月に頭を下げてから、亜紀を見た。

亜紀のことは生まれた時から知っている。ずっと好きだった幼馴染《おさななじみ》の少年の妹で、美春自身も実の妹のように可愛《かわい》がってきた大切な存在だ。亜紀も美春のことを実の姉のように慕《した》ってくれていて、日本ではずっと一緒に育ってきた。だから、美春は亜紀のことを家族だと思っている。

家族だから許すという結びつきに至るのかどうかはともかくとして、家族だと思っているから簡単には切り離せない。というより、切り離そうとは思えない。赤の他人相手なら許せないようなことがあったとしても、ずっと関係が続いていく。そして、貴久はその亜紀の義理の兄となった少年だ。亜紀とは切っても切り離せない。

「私は……、亜紀ちゃんとお話をしたいです。貴久君のことも、許す、許さないというのはまだよくわからないんですけど……。亜紀ちゃんは、私の大切な妹なので」

元気でやってきただろうか。離れている間に、何があったのか。心の片隅《かたすみ》では常に亜紀のことが気にかかっていた。だから、美春は自分の思いを正直に打ち明けた。それを聞いたのか、亜紀はより強く泣きじゃくってしまう。

「そっか……、うん、そうだね。そうだよね。私もそう思う」

沙月はしっかりと頷いて美春に同調した。そして――、

「というわけで、少しお話をしてみようかと思うんですけど」

と、沙月がリリアーナとシャルロットを見て言う。

「でしたら、屋敷に向かわれてはどうでしょうか？　部屋は迎賓館《げいひんかん》に用意させますが、あちらならゴウキさん達もいらっしゃいますし」

万が一、貴久が何かしたとしても、安心でしょう？　と、シャルロットは言外に示唆《しさ》しつつ提案した。

「……そうね。そうさせてもらうわ。いい、美春ちゃん？」

「はい」

美春は深く首を縦に振った。

「リリアーナ様はいかがなさいますか？　使節団の皆様《みなさま》はこれからお父様と謁見《えっけん》する運びになっていますけれど……」

シャルロットはその案内役なので、沙月達とは別行動することになる。当初の予定ではリリアーナも同行することになっていた。

「予定通り、私も謁見に参ります」

リリアーナは国王フランソワとの謁見を優先させる。

「然様《さよう》ですか。では、ここからは別行動ということで。お二人のことは皆様にお任せしてもよろしいでしょうか？」

「ええ、大丈夫《だいじょうぶ》よ」

「では、リリアーナ様と使節団の皆様はどうぞこちらへ」

沙月が頷いたのを確認《かくにん》して、シャルロットは使節団の城内への案内を開始した。

「どうぞ、よろしくお願いいたします」

そう言い残して、リリアーナもシャルロットと一緒に入っていく。かくして、その場には美春、沙月、雅人、亜紀、貴久の五人が残ることになった。正確には、周囲には美春達を屋敷まで送り届けるために女性騎士達が護衛として付いているが――、

「じゃあ、行きましょうか」

最年長の自分が仕切らねばと思ったのだろう。沙月が亜紀と貴久を見ながら、屋敷への移動を促《うなが》した。だが、亜紀は泣きじゃくっているし――、

「…………」

貴久は実に気まずそうに立ち尽くしている。

「ちょっと、聞いているの？　貴久君？」

沙月が軽く嘆息《たんそく》してから、貴久に声をかけた。

「は、はい……。その、俺も行っていいんですか？」

貴久は萎縮《いしゅく》して返事をしながら、遠慮がちに確かめる。

「さっきの美春ちゃんの話を聞いていなかったの？」

「いや、その、聞いてはいましたけど……」

「キミは亜紀ちゃんと雅人君のお兄ちゃんだからね。二人に免《めん》じて執行猶予《しっこうゆうよ》付きで様子を見てあげるって言っているの。許すんじゃないわよ。様子を見るの。二人のお兄ちゃんじゃなかったら貴方だけ論外で拒絶《きょぜつ》されていてもおかしくないんだから、二人に感謝するの

ね」

それだけのことをしたのよと、沙月はしっかりと釘《くぎ》を刺《さ》す。

「……はい。ありがとう、亜紀も。雅人も。それに、ごめん」

貴久はまだ俯いて泣いたままの亜紀と、美春の傍に立つ雅人に頭を下げた。

「……俺がこっちに転移して、なんだか急に人が変わったみたいだな」

雅人は自分が勇者としてガルアーク王国に召喚される前のことを思い出す。

貴久と雅人は何度も衝突《しょうとつ》し、兄弟喧嘩《げんか》を繰《く》り広げていた。折に触《ふ》れて自分を糾弾《きゅうだん》してくる雅人のことを、貴久は疎《うと》ましくすら思っていたはずだ。実際、貴久は自室に引きこもって、亜紀以外の誰かと会うのを拒絶するようになった。

だから、貴久が人前に出てここまで素直《すなお》に反省している姿を見るのは、新鮮《しんせん》を通り越《こ》して不気味ですらあった。いったい何があったというのか？　本当に人が変わってしまったのではないか？　と、警戒《けいかい》すらしてしまうほどに……。

「本当に、な。自分でもそう思うよ。けど、雅人とリリィが急にお城から姿を消して行方《ゆくえ》不明になったって聞いて、すごく心配して慌《あわ》てたんだ。本当に、すごく……。それで俺、今まで何やっていたんだろうって……」

貴久は自虐《じぎゃく》の笑《え》みを刻んで同意してから、自分の気持ちを吐露《とろ》した。これが嘘だとしたら、相当な演技力だと思わせるほどに自責の念を覗かせる。

「……急にいなくなって心配してくれたのは嬉しいよ。けど、兄貴は信頼《しんらい》を失っている状態なんだ。だから、言葉じゃなくてちゃんと態度で示せよな。じゃないと、最低限の信用すらできねえから」

貴久が急に改心した様子を見せているからか、雅人はなんだかやりづらそうな口調で突《つ》き放《はな》すように注意勧告《かんこく》する。

「……ああ」

と、貴久はやはり素直に頷く。

そんな兄の姿を見せられて――、

（……なんだか、日本にいた頃《ころ》の兄貴みたいだな）

雅人はこう思った。美春を無理やりセントステラ王国へ連れて行こうとし、つい少し前まで雅人と喧嘩を繰り広げていた貴久が闇墜《やみお》ちした貴久であるのなら、今ここにいるのは綺麗《きれい》な貴久だ、と。

人が変わったというより、もしかしたらこの世界へ来る前の貴久に戻《もど》ったのかもしれない。少し前までの兄弟喧嘩《きょうだいげんか》の印象が強すぎて忘れていたけど、いま目の前にいる貴久の人物像は雅人が地球にいた頃のよく知る兄の印象と重なった。

「とにかく、妙な真似《まね》をしたらすぐに追い出すから。他に言いたいことがなければそろそろ移動するけど？」

貴久が不貞腐《ふてくさ》れた様子を微塵《みじん》も見せないせいで調子が狂《くる》っているのは、沙月も同じようだ。ただ、改心した様子を見せているからといってすぐに許すこともできない。貴久がしたことはそれだけのことだから、素っ気ない態度を貫《つらぬ》こうとする。

「はい、もちろんです。その、本当にすみませんでした」

貴久はもう一度、頭を下げる。

「……そのすみませんは私に対して言っているの？」

と、沙月が美春を見ながら言う。貴久がまだ一度も、ちゃんと美春を見て喋《しゃべ》っていないと思ったからだ。実際、その指摘《してき》は的を射ていた。

「いえ……。ごめん、美春」

貴久はここでようやく、意を決したように美春に向き直って、深く頭を下げる。

「……うん」

「ごめん、本当に……」

「その、謝るのはいいから。亜紀ちゃんを悲しませるようなことはもう絶対にしないで。それに、雅人君のことも」

赤《あか》ん坊《ぼう》の時から知っていて、実の妹のように思ってきた相手だから、美春はこれからも亜紀と向き合っていきたい。そして、亜紀が大切に思っている兄である以上、美春は貴久とも一定の関係を続けていかなければならない。だから、美春は貴久に謝罪の言葉を口にしてほしいのではなく、亜紀と雅人に恥《は》じぬ兄でいてくれることを願った。

「……うん、わかった」

貴久は後ろめたくてそれ以上は美春と目を合わせることができないのか、俯くように頷いた。すると――、

「……亜紀ちゃん」

美春はずっと泣いて俯いたままの亜紀に近づいていき、優《やさ》しく語りかける。こうして名前を呼ぶのは、もう数ヶ月ぶりのことだった。

「っ…………」

亜紀はびくりと身体を震《ふる》わせる。

「顔を上げてくれるかな？」

「ぐすっ…………」

美春が声をかけるが、亜紀は声を押《お》し殺しながら俯き続けた。

「久しぶりに話をしない？」

「……私っ……」

「何？」

と、美春は小さな子をあやすように、穏《おだ》やかな声音《こわね》で続きを促す。

「私、そんな資格ないっ……」

「……何の資格？」

美春は不思議そうに尋ねる。

「私……、美春、お姉ちゃんに、ひどいことをしちゃったから。美春お姉ちゃんに、優しくしてもらったら駄目《だめ》なの。また仲良くお話をする、資格もない」

「私は亜紀ちゃんのこと、嫌いになっていないよ。また亜紀ちゃんと仲良くなりたいよ。だって……」

美春はゆっくりと、はっきりと、自分の気持ちを亜紀に伝えた。その上で——、

「だって、私は亜紀ちゃんのお姉ちゃんだもん」

と、亜紀に告げる。

果たして、その気持ちはきちんと届いたのか——、

「……美春、お姉ちゃん」

亜紀は真っ赤に腫《は》れ上がった瞳から、さらに熱い涙を溢《あふ》れさせる。

「亜紀ちゃんは私のこと、お姉ちゃんだと思っていない？」

「思って、いる。思っている、よ。けど、けど……」

　亜紀はぶるぶると全身を震わせていた。どの面下げて美春と仲直りすればいいのか、亜紀にはわからないのだろう。後ろめたくて、美春に合わせる顔がない。だから、本当は今すぐにでも美春に抱きついて泣きたいのに、その場で踏《ふ》みとどまっている。

「ごめんね」

　美春は自分から亜紀を抱きしめて、とんとんと背中を叩《たた》いた。

「なんで美春お姉ちゃんが謝るの？」

　亜紀は美春にされるがまま、ぼろぼろと涙を流しながら疑問を口にした。

「きっとね、私達は姉妹喧嘩《しまいげんか》をしちゃっただけなの。だからきっと、仲直りできるよ。何がいけなかったのか、どうするべきだったのか、ちゃんとお話しよう。私もああしておくべきだったたってこと、たくさんあるから。亜紀ちゃんもこうしておくべきだったたって思っていることがあるなら、聞かせて」

　たとえ血が繋《つな》がっていなくとも、美春は亜紀を妹として受け容れる。それが痛いほど伝わったのだろう。

「うわああぁ！　ごめ、ごめ、んなさい、美春、お姉ちゃ、ん!!」

亜紀は堰《せき》を切ったように、わんわんと声を上げながら泣きだしてしまう。

「うん」

美春は短く頷き、泣きつく亜紀を受け容れる。

「……こんなこと本当は言いたくないけど、これが貴方のしたことよ、貴久君。貴方が亜紀ちゃんを巻き込んだんだから」

沙月は厳しく貴久に釘を刺す。

「………………はい」

貴久は俯き、苦虫を噛《か》み潰《つぶ》したような顔で返事をした。

それから数分、泣き止《や》まない亜紀を美春は抱きしめ続ける。一同が屋敷へ移動したのは、亜紀が泣き止んだ後のことだった。

◇◇◇

美春が亜紀の手を引き、一行は屋敷へと移動した。

なお、貴久と亜紀が屋敷を訪れるのは初めてのことである。通常は見知らぬ者の屋敷への立ち入りは厳重に禁止されているが、住民である美春達が同行させているのならば話は別だ。屋敷の警備をしている女性騎士達に挨拶《あいさつ》をして、そのまま屋敷へと入る。

「あ、お帰り……なさい？　あっ、亜紀ちゃん！」

屋敷《やしき》の中で最初に美春達《たち》の帰還に気づいたのは、ラティーファだった。美春達の帰還を察知してエントランスホールに現れる。初対面の見知らぬ貴久を見て一瞬訝《いっしゅんいぶか》しんだが、美春と手を繋いでいる亜紀の姿を見ると、すぐにハッとしてその名を呼んだ。

「ぁ………」

亜紀はやはり後ろめたそうな、申し訳なさそうな表情を覗《のぞ》かせる。臆病《おくびょう》になったのか、口を開きながらも言葉に詰《つ》まってしまった。だが――、

「亜紀ちゃん！」

ラティーファがまっしぐらに駆《か》けだして、亜紀に抱きつく。

「……ラ、ラティーファちゃん」

亜紀はたまらず泣きそうな声を出してしまう。すると――、

「あ……、えっと、私ね、この場所だとスズネって名乗っているんだ。だから、本当の名前の方はしーっ、でお願い」

このまま人前でラティーファと呼ばれてはまずいと思ったのか、ラティーファがごにょごにょと亜紀に耳打ちしだす。

そう、ラティーファには幼少期にシュトラール地方で奴隷《どれい》の暗殺者として使役《しえき》されていた過去がある。当時の主人であったユグノー公爵《こうしゃく》に名前を聞かれると疑われる恐《おそ》れがあるため、今はラティーファではなくスズネと名乗っているのだ。

幸い今この場にいる者達は貴久を除いて全員が事情を知る身内であるが、シャルロットやリリアーナには伝えていないし、護衛で屋敷に顔を見せることがある騎士達には当然教えていない。亜紀は小声でラティーファの名前を呟いただけなので貴久が聴《き》き取っていたかどうかはわからないが、以降はスズネと呼んでもらえばおそらくは大丈夫だろう。

「……え？」

想定外のお願いをされたので、亜紀がきょとんとする。

「いい？　スズネだよ、スズネ」

ラティーファは念押《ねんお》しするようにごにょごにょと耳打ちした。

「う、うん。スズネちゃん……」

亜紀は戸惑《とまど》いながらもラティーファのことをスズネと呼んだ。

「いったい何のお話をしていたの？」

沙月が微笑《ほほえ》ましそうに尋ねる。

「えへへ、内緒《ないしょ》のお話。ね？」

と、ラティーファが亜紀に抱きついたまま答えた。

「……うん」

亜紀はまたしても涙をにじませながら、俯きがちに頷《うなず》く。亜紀にとってラティーファはサラの妹であるベラと並んで、この世界に来て最も親しくなった同い年の友人だ。その友人が以前と変わらない態度で接してくれている。

自分がどんな過《あやま》ちを犯《おか》したのか知っているはずなのに、こうして友達でいてくれる。だから、後ろめたくもあるが、嬉《うれ》しかったのだ。

「大丈夫、元気だった？」

ラティーファは気《き》遣《づか》うように亜紀の顔を覗き込む。

「……うん」

「ちゃんとお別れできないまま離《はな》れ離《ばな》れになっちゃったからさ。心配していたんだよ」

「……ごめん。ごめんね、ラティーファちゃん」

「謝ることじゃないよ」

ラティーファは俯いたまま謝る亜紀の隣に回り、優しく背中を擦る。すると──、

「お客人ですかな」

ゴウキが妻カヨコと愛娘《まなむすめ》のコモモを引き連れて、エントランスへとやってきた。従者で

あるサヨとアオイも背後から付いてくる。

「ゴウキさん。私や美春ちゃんの友人が来たんです。雅人君のお姉さんの千堂亜紀ちゃんと、お兄さんの千堂貴久君」

沙月がゴウキ達に千堂兄姉《けいし》の紹介《しょうかい》をする。

「ほお……」

ゴウキは興味深そうに唸り、まず亜紀に視線を向けてから、続けて貴久に視線を向けた。そして――、

「ご挨拶が遅《おく》れましたな。某《それがし》はサガ＝ゴウキと申します。こちらは妻のカヨコ、そして娘のコモモです。こちらは従者のアオイとサヨ」

と、ゴウキに紹介されて、カヨコ達は順番にお辞儀をする。

「サガ＝ゴウキ……。日本人、ですか？」

貴久が瞠目《どうもく》して尋ねる。ゴウキ達の風貌《ふうぼう》は日本人に見えなくもない。これだけ多くの日本人がこの世界に迷《まよ》い込《こ》んだのかと勘違《かんちが》いし、面食《めんく》らったのだろう。

「はっはっ、サツキ殿《どの》にもそう尋ねられましたが、違《ちが》います。某どもはヤグモ地方と呼ばれる土地からやってきた移民です」

ゴウキは人柄《ひとがら》の良さそうな笑い声を上げて、貴久の勘違いを解く。

「仲良くしている子達の知人でね。私達とも知り合って一緒《いっしょ》に暮らすようになったの。すごく強い人なのよ。日本でいうお侍《さむらい》さんって感じかしら。私や雅人君も稽古《けいこ》をつけてもらっているの」

「そう、なんですか……」

「立ち位置としては客将《かくしょう》になるのですかな。一家と従者の者達と共にこちらの屋敷の警護を行いつつ、お世話になっております。どうぞ、よろしく」

「は、はい。こちらこそ」

親子ほど歳《とし》の離れたゴウキから深々と頭を下げられ、貴久も慌ててお辞儀を返す。

「友人同士、水入らずの再会となれば、某どもは退散した方がよろしそうですな。何かございましたらお呼びくだされ」

この場には挨拶目的で来ただけなのだろう。ゴウキは手早く挨拶を済ませ、振り返って立ち去ろうとする。だが――、

「あ、えっと……」

「……どうかなされましたかな？」

ゴウキが立ち止まって振り返る。

「これから美春ちゃんと亜紀ちゃんが二人で話をするんです。で、私はちょっとゴウキさ

んとカヨコさんにお話ししておきたいことがありまして……」

沙月はそう言いながら、雅人と貴久を見る。組み合わせとしては雅人と貴久の二人が余ることになるが、ほんの少し前まで兄弟喧嘩を繰り広げていた二人だ。いきなり二人きりにすれば、気まずい空気になるか、話に詰まってしまうのは透《す》けて見える。

「……なるほど。でしたらアオイにマサト殿とタカヒサ殿を案内させましょう。コモモとサヨ、そなた達も」

なんとなく沙月が雅人と貴久を二人きりにしたくないと察したのだろう。伊達《だて》に人生経験を積んではないのか、ゴウキは空気を読んでそんな指示をコモモ達に出す。

「はい、父上！」

コモモが元気よく返事をすると、従者のアオイとサヨがぺこりとお辞儀をして頷く。

「スズネちゃんも。私もゴウキさんとカヨコさんとの話が終わったらすぐに行くからさ。雅人君と貴久君のこと、ちょっとお願いしていい」

「うん、いいよ」

ラティーファも快く引き受けた。

「ありがとうね、みんな」

美春が少女達を見て礼を言う。

「いえいえ」

屋敷に暮らす者の中では雅人に並んで最年少のコモモだが、はきはきと返事をして愛想《あいそ》良くかぶりを振る。

「亜紀ちゃんも雅人君も友達だもん。またたくさんお話ししようね、亜紀ちゃん」

ラティーファがそう言って、ぎゅっと亜紀に抱《だ》きつく。

「……うん」

亜紀がはにかみながら首肯《しゅこう》する。かくして、一同はいったん別々に話し合いの時間を設けることになったのだった。

◇　◇　◇

千堂貴久と千堂雅人の兄弟二人は、ラティーファ、コモモ、アオイ、サヨに連れられて屋敷のダイニングルームへと移動した。

「私、お茶とお菓子《かし》をご用意してきますね」

と、サヨが率先《そっせん》してキッチンへと向かう。そして――、

「さあ、どうぞ、座《すわ》ってください」

ラティーファが貴久に着席を促す。他の者達は全員が屋敷に暮らしているので、客人はこの中で貴久だけだ。初対面の少女達に囲まれているからか――、

「……うん、では失礼して」

貴久はやや緊張《きんちょう》した様子で椅子《いす》に腰《こし》を下ろす。

「私達も座ろう」

と、ラティーファが促し、それぞれダイニングのテーブルに着席していく。

それから――、

「まだちゃんと自己紹介《しょうかい》も済んでいませんから、まずは私から。雅人君とも友達のスズネといいます。よろしくお願いしますね」

ラティーファが率先して貴久に自己紹介を行った。人見知りの気があるラティーファだが、コモモや雅人より年上という自覚もあるのだろうし、周りにこれだけ親しい友人がいるのも幸いしているのだろう。

「……さっき見ていたからわかると思うけど、亜紀姉ちゃんとも友達な。俺達《おれたち》がこの世界に迷い込んで兄貴とはぐれていた間に世話になって、仲良くなったんだ」

雅人が軽く溜息《ためいき》をついてから、会話に加わる。もし貴久と二人きりになっていたらしばらく無言を貫いていたか、悪態をついていたかもしれないが、ラティーファのおかげで意

外と普段《ふだん》通りの調子で喋ることができた。

（ありがとな、ラティーファ姉ちゃん）

と、雅人は視線でラティーファに感謝を伝える。ラティーファは「何のこと？」とでも言わんばかりに小首を傾《かし》げて微笑む。

「で、こちらはサガ＝コモモちゃんと、お仕えしているアオイさん。それと、今キッチンに向かったサヨお姉ちゃんも見習いとしてサガ家にお仕えしているそうです」

「コモモと申します。アオイとサヨ共々、どうぞよろしくお願いしますね、タカヒサ殿」

ラティーファからの紹介を受けて、コモモが姿勢を正してぺこりと頭を下げる。アオイはあくまでもコモモの側仕《そばづか》えであるので前に出る意思はないのか、言葉は発さずに深くお辞儀《じぎ》だけをした。

「……雅人と亜紀の兄の、千堂貴久です。どうも初めまして」

貴久はいったん椅子から立ち上がると、おずおずとお辞儀を返す。何やら気になっているのか、不思議そうに一同の顔を見回している。

「はい。では自己紹介は終わりということで。何か聞きたそうな顔をしていますけど、どうかしましたか？」

ラティーファが貴久に尋《たず》ねる。

「あ、えっと、やっぱりみんなの名前が日本人……、俺や雅人が暮らしていた国で聞くような響《ひび》きで、なんだか不思議な感じがするんだ。黒髪《くろかみ》の皆《みな》さんは特に、日本人っぽく見えるし……。本当に日本人じゃない、んだよね？」

と、貴久は困惑《こんわく》している理由を語ってから、質問を返す。

「ああ、なるほど」

二人で並んで座るラティーファとコモモが、顔を見合わせて得心した。

「正真正銘《しょうしんしょうめい》、我々はこの世界で生まれ育った者ですよ。ここシュトラール地方とは遠く離れたヤグモ地方と呼ばれる土地で、ですが」

コモモが自らの出生地について語る。

「ヤグモ地方か。日本にありそうな地名だよな……、雅人」

貴久はそう語ってから、ちょっと遠慮がちに雅人に水を向けた。

「……まあな」

と、雅人は相槌《あいづち》を打つ。

「俺達だってこの世界に召喚《しょうかん》されたし、俺や雅人がもともといた世界とこの世界はもしかしたら何か繋がりがあるのかもしれないな」

「かもな。そこら辺は沙月姉ちゃんや美春姉ちゃんとも話し合って、調べようがないって結論になったけど。ただの偶然《ぐうぜん》の可能性もあるって言っていたし」

というのも、確かに名前の響きも人種的な特徴《とくちょう》も日本人と似ているが、ヤグモ地方で用いられている文字は地球にはないものだし、話している言葉も地球にはない言語だ。以前話し合った時はただの偶然である可能性も十分あり得るだろうという話になった。

「地球に帰る手がかりが何かあればいいんだけどな……」

元いた地球への未練は少なからずあるのか、貴久がぽつりと漏《も》らす。

「どこにあるともわからない遠い世界からこの世界へやってきたのです。元いた世界のことがさぞ恋《こい》しいことでしょう。我々も遠い場所からこの地へ移住してきた身ですから、気持ちはわかります」

と、コモモが流麗《りゅうれい》に語り、貴久に共感してみせる。

「ヤグモ地方っていうのは遠い場所にある……んだよね？　このシュトラール地方とは簡単には行き来できないの？」

「はい、道なき道を進む命がけの旅です。未開地と呼ばれるだけあって人は住んでいませんし、大抵《たいてい》の土地が人間には過酷《かこく》な大自然ですから。歩いて向かおうとすれば手練《てだ》れの武人でも年単位の時間を要します」

未開地には危険な生物が蔓延《はびこ》っているし、移動が困難な地形の土地もあるし、一年を通じて異常気象で覆《おお》われていて人が立ち入るのが困難な土地もある。

「へえ……。海路は海の生物が危険すぎるから発展していないって聞いたことがあるけど、空路じゃ駄目なの？　魔道船《まどうせん》で飛んでいけば簡単に行けたりとか」

という貴久の疑問に――、

「過去にガルアーク王国とヤグモ地方の国の間で交流があったみたいだけど、魔道船で向かうのは現実的じゃなかったらしいぜ。未開地にいる空の生物も危険だとか、燃料になる魔石《ませき》も途中《とちゅう》で足りなくなるだろうとか」

雅人が答えた。燃料の魔石を補充《ほじゅう》できないのは、未開地には魔石の入手先となる魔物《まもの》がほとんど存在しないからだ。人間が保有する魔力《まりょく》を供給することもできるが、通常の魔道士が保有する魔力量を前提に移動に必要な燃費を確保しようとすると、編成する乗員の相当数が魔道士で埋《う》め尽《つ》くされてしまうことになる。

「そもそもヤグモ地方には魔道具が存在しないので魔道船も存在しないのですが、マサト殿が仰《おつしや》るように空路は空路で危険を伴《ともな》うと思います。未開地には亜竜《ありゅう》を始め、飛行する危険な生物も多いですから」

と、補足するコモモ。未開地を空路で移動するのなら、危険に対処できるだけの戦闘力《せんとうりょく》を持っているか、危険な存在に察知されそうになったら逃《に》げるなり隠《かく》れるなりできるだけの機動力を持ち合わせていることが望ましい。

その点、見晴らしの良い空だと図体《ずうたい》が大きい魔道船は悪目立ちしやすい。仮に現代地球のある地域で凶暴《きょうぼう》かつ高速で飛翔《ひしょう》できる竜《りゅう》が出没《しゅつぼつ》するようになったとして、離着陸《りちゃくりく》できる場所が限定される航空機で当該《とうがい》区域の上空を旅したいかと考えると、イメージが湧《わ》きやすいだろうか。そもそもそのエリアは飛行禁止区域になるだろう。

例えば飛翔可能な精霊術士《せいれいじゅつし》やグリフォン騎乗《きじょう》する騎士《きし》のように、小回りが利《き》く航空手段の方がよりリスクを抑《おさ》えて移動ができるはずだ。まあ、未開地を旅する危険がどれほどのものなのかは、実際に旅をしなければわからないのだろうが――、

「コモモちゃんはまだ子供なのに、よくそんな場所を通ってきたね」

と、貴久が感心した口調で言う。

「私がいた国では齢《よわい》十で嫁《とつ》ぐおなごもおります。私は武家の娘として幼少の折から父上に鍛《きた》えられて育ちましたので、そのくらい訳ありません」

と、コモモは涼《すず》しい顔で語った。

「そうそう、コモモちゃん強いんだぜ。身体強化なしで手合わせしたら俺《おれ》、普通《ふつう》に負けたし……」

ガルアーク王国城にやってきてからも、雅人は剣術《けんじゅつ》の訓練を続けている。それでゴウキ

に稽古をつけてもらったり、コモモとも手合わせをしたりすることがあったのだ。同い年の女の子に負けたのはショックだったのか、雅人は肩《かた》を落としながら語った。

「雅人、負けたのか」

貴久が意外そうに目を丸くする。

というのも、コモモは同年代の少女と比較《ひかく》しても小柄《こがら》だ。とてもじゃないが、体格で勝る男子の雅人に勝つとは思えないのだろう。

「兄貴も手合わせさせてもらってみろよ。勝てないぜ、たぶん」

雅人がニヤリと笑って言う。

「お望みとあらば、私は喜んで」

コモモも勝ち気な笑みを覗かせて頷いた。こういった負けん気の強さはゴウキ譲《ゆず》りであるし、武家で生まれ育ったことも影響《えいきょう》しているのだろう。

「あはは、機会があればね」

しょせんは子供レベルという先入観が拭《ぬぐ》えないのか、貴久はあまりまともには取り合わずに笑って流した。自分が負けることはないとでも思っているのか、はたまた怪我《けが》をさせるわけにはいかないと思っているのかもしれない。すると――、

「どうぞ」

サヨが戻ってきて、テーブルにお茶とお菓子を並べ始めた。

「ありがとう、サヨちゃん」

貴久がサヨに礼を言う。

「……私の名前、覚えていてくださったのですね」

「女の子の顔と名前を覚えるのは不思議と得意なんだ。サヨちゃんは可愛《かわい》いしね」

「……恐れ入ります」

サヨは愛想笑《あいそわら》いを浮《う》かべ、ぺこりとお辞儀をする。

「さ、サヨお姉ちゃんも座って、座って」

ラティーファがぽんぽんと、自分の隣《となり》の椅子を叩く。

「うん」

サヨは嬉しそうに頷いてから、ラティーファの隣に移動して腰を下ろす。

「で、何の話をしていたんだっけ……。そうそう、ヤグモ地方の話か。そんなに遠い場所から異国の地に来て、寂《さび》しくはないの？」

貴久がコモモを始めとするヤグモ組の面々を見て問いかけた。

「兄上はヤグモ地方に残っているので、寂しく思う時はございます。ですが、こうして親しい皆と一緒にいますし、未来永劫《みらいえいごう》会えないわけでもありませんので」

だから大丈夫だと、コモモは落ち着き払《はら》った笑みをたたえて答える。

「……そっか。コモモちゃんはまだ小さいのに強いね。大人だ」

境遇《きょうぐう》が似ている自分の答えと照らし合わせているのか、貴久は自嘲《じちょう》めいた笑みを口許《くちもと》に浮かべたのだった。

◇　◇　◇

時はわずかに遡《さかのぼ》る。美春は亜紀を連れて、二人だけで自室へ移動した。その直後のことだ。美春は亜紀をベッドに座らせ、自らもその隣に腰を下ろした。

「……亜紀ちゃん」

「っ……」

亜紀は見るからに緊張していて、思《おも》い詰めたように顔を強張《こわば》らせている。美春はそんな亜紀に優しく声をかける。

「今は頭の中が真っ白だろうし、無理してすぐに何か言おうとしないでいいよ。亜紀ちゃんの考えがまとまって、落ち着くまで待つから。それまではこうしていようか」

美春はそう言って、亜紀の背中をそっと擦《さす》った。だが——、

「……ううん。今、話す。今、話したい」

亜紀は意を決したようにかぶりを振《ふ》る。底なしに優しい美春の優しさに甘《あま》えたい衝動《しょうどう》に駆られるが、甘えるわけにはいかなかった。いま甘えたら、きっと溺《おぼ》れてしまう。そう思ったからだ。

「うん、じゃあ聞くね」

美春は亜紀の背中に手を回すのを止め、両手を太ももの上に置いてじっとする。

「私……。私ね、もうみんなの信頼を裏切りたくない。美春お姉ちゃんを裏切って騙《だま》すようなことも、もう絶対にしたくない。取り返しの付かないことをした私に優しくしてくれるみんなの目を、またまっすぐ見て生きていけるようになりたい」

亜紀は己《おのれ》の胸中をありのままに吐《は》き出した。

「……そっか」

美春はまず、相槌を打ってから――、

「けど、私はね。亜紀ちゃんに裏切られたとは思っていないよ」

と、付け加えた。

「そんなこと……、私は裏切ったんだよ。美春お姉ちゃんの信頼を。美春お姉ちゃんが望まないとわかっていたのに、無理強《むりじ》いに加担した」

亜紀は自分の罪を口にする。

「うん、無理強いはされた。けど、それはきっと、会話が不十分だったからだよ。お互《たが》いがしたいこと、こうなってほしいこと。言わなくてもわかってくれるって、受け容《い》れてくれるって、期待しすぎていた。相手の期待に添《そ》えないかもしれないって気づいているのに、そこに触れなかった。少なくとも私はそうだった。亜紀ちゃんに自分の気持ちを伝えることを、怠《おこた》っていた」

美春は美春で、自らの過ちを言語化した。

その上で、少し溜《た》めてから——、

「……私はね。貴久君のことは異性として好きじゃない。だから、亜紀ちゃんの選択次第《せんたくしだい》では、貴久君も含《ふく》めて全員で一緒にいることはできない」

と、亜紀にはっきりと伝えた。

「…………うん」

亜紀は辛《つら》そうに、だがはっきりと声に出して頷いた。

「ごめんね。亜紀ちゃんが私と貴久君をくっつけようとしていたこと、本当は薄々《うすうす》わかっていたの。それが亜紀ちゃんの思い描《えが》く理想の関係だって気づいていた。けど、私は気づかないフリをした。拒絶《きょぜつ》しようともしなかった。亜紀ちゃんをがっかりさせたくなくて」

「……いいの。私もね。本当は知っていたから。美春お姉ちゃんには他に好きな人がいるんだって」

「え……？」

美春はきょとんとした顔になる。

「隠さなくてもいいんだよ。好きなんでしょ？　あの人、天川春人《あまかわはると》のことが、今でも」

と、亜紀は美春が好きな相手の名前を出す。

不思議だった。名前を聞くだけでも拒絶反応が出るほど忌《い》み嫌《きら》っていたのに、自分から名前を口にしても苛立《いらだ》つ気持ちが微塵も湧いてこない。一方で――、

「………」

美春は戸惑いがちに言葉に詰まる。

違和感《いわかん》があったからだ。

確かに、美春は天川春人のことがずっと好きである。初恋《はつこい》の相手で、大切な約束をして、子供の頃の思い出を大切にして育ってきた。その気持ちは今でも色あせず鮮明《せんめい》に残っている。だが、どうしてだろう？

何かが、致命的《ちめいてき》に欠けている気がするのだ。幼馴染《おさななじみ》の天川春人……とは別にもう一人の異性が、好きな人がいるんだろうと言われて、頭の中で浮かんだ気がした。そうして、突《とつ》

に、霧《きり》の粒子《りゅうし》のように霧散《むさん》していく。

「……どうしたの、美春お姉ちゃん？」

亜紀がそっと覗き込む。それで、美春の中で思い浮かんだ人物像は、霧の粒子のように霧散していく。


「あ……、うん。好き、だよ。今でも、ハルくんのことを」

美春はハッと我に返ると、自らの気持ちを確かめるようにゆっくりと口を動かした。

「……私、あんなにあの人のことを嫌っていたのに、今は憎《にく》くないみたい」

亜紀もぽつりと自分の心情を吐露《とろ》する。

「何か、心境の変化があったんだね」

「お母さんが離婚《りこん》した時、あの人は七歳で、私は四歳で……、本当はわかっていたの。別にあの人が悪いんじゃないって。あの人にはどうしようもないことだったって。でも、少し前までの私はそれじゃ納得《なっとく》できなくて……。ずっと、理不尽《りふじん》に嫌っていたの。そのことに、ようやく気づけたんだと思う」

亜紀は滔々《とうとう》と自らの変化について語る。

「そっか……。亜紀ちゃんがハルくんのことを嫌いになっちゃったって、私も気づいていたの。だからハルくんのことも、亜紀ちゃんの前ではずっと話さないようにしていた。亜紀ちゃんのことを傷つけると思っていたから……。けど、亜紀ちゃんが嫌いになっても、私は好きなままだって、ちゃんと伝えておくべきだったんだよね」

と、美春は色濃《いろこ》く後悔《こうかい》を滲《にじ》ませて主張した。

「……ううん。話をされても、昔の私は拒絶していたと思う。美春お姉ちゃん、何度かあの人のことを話題に出したことあったでしょ？　けど、私が強く怒《おこ》っちゃったから、それで空気を読んでくれて……」

と、亜紀は語り――、

「私、美春お姉ちゃんのそういう優しさにつけ込んで、美春お姉ちゃんとお兄ちゃんをくっつけようとしていたの。美春お姉ちゃんがお姉ちゃんで、お兄ちゃんがお兄ちゃん。一生そうあってほしいって、私の理想を美春お姉ちゃんに押しつけようとした」

そう続けて、自らの過去の行いを分析《ぶんせき》した。

「まだ四歳の時に理不尽に離《はな》れ離《ばな》れになって、辛かったんだよね。昔の亜紀ちゃんはハルくんのこと大好きだったって、私は知っているよ」

美春は亜紀の辛い境遇に、言葉でそっと触《ふ》れる。

「……私、お兄ちゃんをあの人の代わりにしようとしていた。だから、あの人がもともといた位置に、美春お姉ちゃんの隣に、お兄ちゃんを代わりに収めようとした。けど、そんなの……、そんなの、お兄ちゃんにも、美春お姉ちゃんにも失礼だったんだよね」

　亜紀は苦虫を噛み潰したような顔で、自らを強く責める。

「……正直に言うとね。私も思った時はあったの。亜紀ちゃんは貴久君をハルくんの代わりだと思っているんじゃないかって」

「そう、だよね……。やっぱり」

　亜紀はぶるりと身体を震《ふる》わせながら、美春の言葉を受け止めようとした。だが――、

「ううん。それは違うって、亜紀ちゃんは貴久君をハルくんの代わりにしようとしているんじゃないって、すぐに思うようになったよ」

　美春はかぶりを振って、亜紀の早とちりを正す。

「……どうして？」

　亜紀は瞠目し、恐る恐る尋ねた。

「だって、亜紀ちゃんは貴久君のことを本当に好きなんだなって思ったから」

「…………」

「ハルくんの存在が影響しているところもあるのかもしれない。けど、ハルくんの存在がなくたって、今の亜紀ちゃんは貴久君のことを本当に好きなはずだよ。本当のお兄ちゃんだって、そう思っているはずだよ。ハルくんの代わりだから、亜紀ちゃんは貴久君のこと

を慕《した》っているわけじゃない。私は亜紀ちゃんの傍《そば》にずっといたから、そのくらいのことはわかるよ」

と、美春が指摘《してき》すると――、

「っ………………」

亜紀はぐしゃりと顔を歪《ゆが》め、泣きそうな顔になってしまった。涙《なみだ》が瞳《ひとみ》から滲み出すのを堪《こら》えることができない。

「けどね。私、一つだけ怒っているかもしれない」

「……何を？」

「別に貴久君とくっつかなくたってね。私は亜紀ちゃんのお姉ちゃんなんだよ。少なくとも私はそう思っている。血は繋がっていないけど、私は亜紀ちゃんのことを本当の妹だと思っている。こんなこと、本当は訊《き》きたくないけど、亜紀ちゃんは違った？」

――私のこと、本当のお姉ちゃんだと思っていなかった？　と、美春はほんのわずかに憤《いきどお》ってみせながら問いかけた。

「そっ、そんな、そんな、ごとっ、ない！　ごめっ、ごめん、ごめんなさい！　美春お姉ちゃん！」

亜紀はぼろぼろと涙を流しながら、必死に縋《すが》りながら謝罪した。

「……ごめんね、変なことを訊いて」

美春は亜紀を強く抱きしめる。きっと、亜紀は保障が欲《ほ》しかったのだろう。まだ四歳の時に、幸せな家庭を失ってしまったから。温かな家族であっても、失う時は一瞬《いっしゅん》なんだと知ってしまったから。目に見えて、わかりやすい絆《きずな》が欲しかったのだ。それが美春と貴久が結ばれることだった。

「ハルくんのことも、貴久君のことも、関係ないから。亜紀ちゃんと私は、これからもずっと姉妹《しまい》だよ。妹のワガママを聞いてあげるのもお姉ちゃんの役目だから、こんなことで亜紀ちゃんのことを嫌いになったりなんかしないから、甘えてくれていいんだよ」

「……うん、うん！」

ありがとう、ありがとう、美春お姉ちゃん。ごめんなさい、ごめんなさい――と、亜紀は美春の胸元《むなもと》に顔を埋めて、わんわん泣き声を上げながらも必死に叫《さけ》ぶ。

「うん。私の方こそ、ありがとうね、亜紀ちゃん」

美春はそう告げながら、愛《いと》おしそうに亜紀のことを抱きしめ続ける。それから、亜紀は何分も泣き続け、美春に抱きついたまま最後は泣き疲《つか》れた子供のように眠《ねむ》ってしまう。美春は眠った亜紀をベッドに横たわらせると、いったん沙月のもとへ向かうのだった。

◇◇◇

その頃《ころ》、屋敷の一室で。

沙月もちょうどゴウキとカヨコに説明を終えたところだった。話したことはもちろん貴久と亜紀を巡《めぐ》る人間関係についてである。貴久と亜紀が屋敷へやってきた以上、状況《じょうきょう》はきちんと共有しておくべきだと考えたからだ。

「というわけで、色々と気を遣《つか》わせてしまったりするかもしれないんですが、何卒《なにとぞ》、よろしくお願いいたします」

沙月が最後にぺこりとお辞儀する。

「委細承知。そういうことであれば、できることがあれば何でも協力しましょう。必要であれば嫌われ役でも、お節介《せっかい》役でも、喜んで請《う》け合いましょうぞ」

ゴウキは深々と頷き、朗々と語った。

「ありがとうございます。けど、そこまでしていただくわけには……」

「なに、某どもは居候《いそうろう》の身ですからな。遠慮《えんりょ》なくこき使ってくだされ。のう、カヨコ」

「ええ」

などと、サガ夫妻は気さくに申し出る。

「居候だなんてそんな。皆さんのことは家族だと思っていますから」

「嬉しいお言葉です。ですが、そう思ってくださるのであれば、なおさら遠慮はせず頼《たよ》ってくだされ」

「ゴウキさん、カヨコさん……。あら、誰《だれ》？」

扉《とびら》がノックされる音が響いて、沙月が誰何《すいか》する。

「私です」

「美春ちゃん？　入って」

ガチャリと音が鳴り、美春が入室してきた。

「沙月さん、ゴウキさんにカヨコさんも……」

「ちょうど説明が終わったところよ。そっちはどう？」

と、沙月は美春の顔色を窺《うかが》いながら訊く。

「大丈夫《だいじょうぶ》。ちゃんと気持ちは共有できました。たぶんほとんど寝《ね》ていなかったんだと思います。ちょっと疲れていたみたいで、今は眠っています」

「……そっか」

実に穏《おだ》やかな表情で答える美春を見て、沙月はほっと胸をなで下ろす。

「それで今日、亜紀ちゃんに泊《と》まっていったらって勧《すす》めようと思ったんですけど」

「いいと思うわよ。まあ、貴久君には屋敷《やしき》からお帰りいただくけど」

「ありがとうございます」

「亜紀ちゃんのことに関しては美春ちゃんを信用しているからね。ま、貴久君も夕飯くらいは食べてから帰ってもらうとしましょうか。話もしておきたいし」

◇　◇　◇

その日の晩。美春達《たち》が暮らす屋敷で、ささやかな晩餐会《ばんさんかい》が催《もよお》されることになった。出席者は屋敷の住人はもちろん、雅人にリリアーナ、そして今日新たに訪《おとず》れた亜紀と雅人も含まれている。

美春がいて、亜紀がいて、沙月がいて、雅人がいて、貴久がいて……。日本から迷い込んだ少年少女達は、久方ぶりに集って食事をすることになった。

穏やかに時間が流れていく。この時ばかりは暗い話題も口にせず、表面上は地球にいた頃と変わらぬ関係が戻《もど》ったようにも見えた。

「……こんなに楽しい時間、久しぶりに過ごせた気がする」

貴久も嬉しそうに本音を漏らす。だが、楽しい時間はあっという間に終わるのが定めで

ある。食事が終わって、歓談《かんだん》したところで――、

「じゃあ、そろそろお開きにしましょうか」

と、沙月が切り出した。

その瞬間《しゅんかん》――、

「……………」

貴久はわずかに身構える。外は既《すで》に真っ暗だ。あと他にすることといえば、お風呂《ふろ》に入って、寝るくらいである。

この後どういう流れになるのか、もしかしたら自分はこのままここに泊まることになるのではないのかと、期待しなかったといえば嘘《うそ》になるかもしれない。

果たして――、

「亜紀ちゃんは今日ここに泊まっていくことになったけど、貴久君はお城に客室が用意されているみたいだからそっちでね」

沙月は貴久に妙《みょう》な期待を抱かせなかった。ディナータイムが終わって開口一番に貴久の宿泊《しゅくはく》問題について言及《げんきゅう》する。

「え…………、あ、はい」

都合の良い期待が外れ、貴久は唐突《とうとつ》な喪失感《そうしつかん》に襲《おそ》われる。

「お部屋は私が手配しておきました。我《わ》が城自慢《じまん》のゲストルームですから、ごゆるりとおくつろぎくださいな、タカヒサ様。ふふ」

と、シャルロットが貴久を見てにこやかに言う。肩透《かたす》かしを食《く》らった貴久の反応を、内心で面白《おもしろ》がっているのを――、

(もう、悪趣味《あくしゅみ》よ、シャルちゃん)

いい加減付き合いも長くなってきたので、沙月はなんとなく見抜《みぬ》いていた。沙月はジト目でシャルロットを見る。

(だって面白いんですもの。それに、これくらいの灸《きゅう》は据《す》え続けてさしあげないと)

とでも言わんばかりに、シャルロットはにこやかな笑《え》みを崩《くず》さない。ただ、だからといって沙月も貴久に同情することはできなかった。

「ごめんなさいね。ここ、もともと男子禁制だからさ」

と、沙月は小さく嘆息《たんそく》してから告げる。

「えっ、でも雅人はここに泊まっているん……ですよね？　ゴウキさん達も……」

貴久は面食らって尋ねた。

「それは信頼《しんらい》の差かな」

自分が美春にした行いを鑑《かんが》みてほしいと、沙月は暗に呼びかける。

「あ……、そう、ですよね」

貴久は声を萎《しぼ》ませながら相槌を打つ。屋敷に来てからの時間が楽しすぎてつい忘れていたが、今の自分にはその信頼がないのだと、改めて突《つ》きつけられた。まだ元通りになれたわけではないのだと、認識《にんしき》せざるをえなかった。そのことがショックだったのだろう。

「使節団の者達と話があるので、今夜は私も迎賓館《げいひんかん》でお世話になることにしました。お部屋の前までご一緒《いっしょ》しましょう」

と、リリアーナだけは貴久と共に迎賓館へ向かうことを告げる。セントステラ王国の第一王女として、この機会に貴久と二人だけで話をしておきたいのかもしれない。

「リリィ……、うん」

貴久はしょんぼりと頷《うなず》くと、リリアーナと共にすごすご屋敷を後にしたのだった。

間章 勇者達の決意

貴久《たかひさ》とリリアーナが屋敷を去ってから、小一時間後のことだ。貴久は迎賓館のゲストルームで一人、ベッドに腰を下ろしていた。

（帰り道、リリィから何があったんだって言われた。当然だよな。少し前までの俺は本当に塞《ふさ》ぎ込《こ》んでいた）

灯《あか》りを消して真っ暗になった室内で、貴久が自嘲を刻んでいる。セントステラ王国のお城で引きこもっていた時のことを思い出しているのだ。その頃の自分はそれだけ心が病《や》んでいた自覚もある。ただ――、

（わからない。俺はどうしてあそこまで焦《あせ》って突き動かされたのか）

貴久は自分自身、当時の心境を計りかねていた。美春《みはる》と一緒にいたくて、けどそれは無理だと他ならぬ美春に断られて、焦って、無理やり美春をセントステラ王国へ連れて行こうとした。

（美春のことは、好きだ。けど……）

自分で振り返ってみても強引《ごういん》すぎる。万が一成功したとしても、その後のことを何も考えていないとしか思えない。いったいその時の自分は何を考えていたというのか？

（……それだけ、あの頃は精神的に不安定だったのかな）

たった一人でこんな世界に迷《まよ》い込んで、家族や友人に美春といった心の拠《よ》り所《どころ》を失った状態で勇者という役割を押《お》しつけられて、ようやく再会できた美春達とは一緒にいることが叶《かな》わなくて……。

精神的にひどく追い詰《つ》められて、現実を受け容れられるほどの心の余裕《よゆう》がなかったのは確かだろう。と、貴久は自己分析《ぶんせき》する。

だが、その分析には大きく欠けている要素もあった。

それは、神のルールによって忘れ去られたリオの存在である。貴久があれだけ自暴自棄《じぼうじき》になって心を病んだのは、美春の想《おも》いがリオに向けられていることを貴久が知ってしまったことが最大の理由だ。すなわち……。

——自分の方が先に美春を好きだった。こんな世界に迷い込むまで、美春の傍にずっといたのは自分だった。そう、美春にとって、最も近しい異性は自分だったのだ。

——なのに、後からポッと出てきた男が、それも人を殺したこともあるような男が、善人面をして美春の傍にいる。

――あまつさえ、美春がその男と一緒にいることを望んでいる。自分が一緒にいてあげられなかった間に、美春は騙されてしまった。

――美春は、自分が守らなければならない。

などと、その正当性はともかく、自分と美春との関係を奪《うば》われそうになったと思い込んだから、貴久は危機感を抱《だ》いて行動を起こした。どっちがより長く美春と一緒にいたのかとか、どっちが先に美春を好きになったのかとか、そんな時系列に縋ってまで自己を正当化しようとし、リオの粗探《あらさが》しをしようと血眼《ちまなこ》になった。

だが、つい最近になってリオが超越者《ちょうえつしゃ》となり神のルールが発動した結果、貴久はリオに関する記憶《きおく》を失ってしまって……。

（俺、あまりメンタルが強くないのかな。あんな強引な誘《さそ》い方をしたら、断られるに決まっているなんて普段《ふだん》なら絶対わかっているのに……。あんな真似《まね》、まともな精神状態だったら絶対にしない。ああ、もうっ！）

大好きな美春になんてことをしたのだろうと、貴久は強い自己嫌悪《けんお》に駆《か》られて激しく身悶《もだ》えた。どうして自分があんな真似をしたのか、本気でわからない。

自分はあんな真似をするような人間ではないと信じているからだ。自分が善良な価値観の持ち主だと、本気で信じている。実際、リオと美春のことさえ絡《から》まなければ、貴久はそういう自分なりの高い倫理観《りんりかん》を持つ正義感の強い人間である。

だからこそ、リオに関する記憶を失った今となっては、過去の自分の行いを理解できなくなってしまった。今の貴久は本気で反省と後悔をしている。

倫理観を捨ててまで美春を手に入れようとしたなんて、そんなジレンマを抱《かか》えていたなんて、想像もつかなかった。そんなことをすれば、美春と自分の関係が悪化するだけだと、まっとうな倫理観で考えればわかりきっているからだ。

現に、今の貴久と美春の関係は最悪である。いや、最悪の一歩手前だろうか。なぜならば、名誉《めいよ》挽回《ばんかい》のチャンスを与《あた》えてくれたから。

（いつまでもくよくよしていても仕方がない。これからの俺を見てもらって、信用を取り戻すんだ。俺はやっぱり、美春のことが好きだから……）

また一緒に、美春といられるようになりたい。少しでも長く、美春と一緒にいたい。美春の存在が貴久にとって心の拠り所だから、貴久は美春のことを諦《あきら》めていなかった。

（まだだ、まだ、これからだ。美春は、俺が守りたい）

もう間違《まちが》えてはならない。もう二度と過《あやま》ちは犯《おか》せない。貴久は興奮交じりの決意を胸に、眠れぬ夜を過ごしたのだった。

◇　◇　◇

一方で、時は翌日の午前まで進み、場所はベルトラム王国内へと移る。レストラシオンの拠点《きょてん》であったロダン侯爵《こうしゃく》領の領都ロダニアは、ベルトラム王国本国軍の進軍によって占領《せんりょう》されるに至った。

リオの密《ひそ》かな奮闘《ふんとう》により、クリスティーナ達も乗る数隻《すうせき》の魔道船だけが辛くもロダニアを脱出《だっしゅつ》した。その後のことだ。

レストラシオンの魔道船が避難《ひなん》のためにガルアーク王国城を目指す道中で――、

「……あ？」

勇者、坂田《さかた》弘明《ひろあき》が船室のベッドで目を覚ました。

「ヒロアキ様！」「弘明さん！」

船室にはロアナ、フローラ、浩太《こうた》に怜《れい》の姿がある。弘明が目覚めたことに気づくと、四人とも弘明の身を案じるように座《すわ》っていた椅子《いす》から腰《こし》を持ち上げた。

「お前ら……」

弘明はぱちぱちと目を瞬《まばた》いて、四人の顔を見回す。

「どこか、痛みを感じる場所はございませんか？」

ロアナが心配そうに尋《たず》ねる。

「……大丈夫だ。特に痛みを感じる場所はねえ」

弘明はむくりと上半身を起こし、軽く身体を捻《ひね》りながら答えた。

「良かった……」

一同の顔に安堵《あんど》の色が滲む。

「……俺はあのスカしたキッズに負けたのか。くそっ……。心配をかけたみたいだな。すまん」

気を失う直前の出来事は覚えていたのか、弘明が顔をしかめる。だが、それでもこうして心配してくれている四人には素直《すなお》に謝罪した。

「ヒロアキ様……」

四人とも嬉《うれ》しそうに口許をほころばせる。

「だが、あの状況でよく逃げられたな？　……何があった？」

弘明は訝《いぶか》しそうに眉《まゆ》をひそめて訊く。

あの場にいたのは非戦闘員《ひせんとういん》が大半だったはずだ。都市の上空には敵の部隊が押し寄せていたし、相当に劣勢《れっせい》だったのは明らかだった。

「いやあ、それがすごかったんですよ。あの後、騎士の誰かが助けに来てくれて、魔道船が湖から出発する時も八岐大蛇《やまたのおろち》が出てきて」

　怜が興奮気味に説明すると——、

「……八岐大蛇だと？」

　弘明の表情に浮かんでいた怪訝《けげん》の色が強まる。

「神装の方じゃなくて、技の方ですよ。以前、弘明さんが使っているところを見せてくれたじゃないですか。アレ、弘明さんが操《あやつ》っていたんじゃないですか？」

「俺が……？　操ったも何も、俺は気絶して眠っていたんだろ？」

　いったいどうやって操ったというのか？

「……ですが、ヒロアキ様以外にあの技を使える者はおりません」

　だから、弘明以外の誰かが使ったとは思えないと、ロアナは言外に推測する。ただ、気を失っていた弘明にずっと付き添っていたのもロアナだ。状況的《じょうきょうてき》にそうとしか考えられなくはあるが、釈然《しゃくぜん》としないところもあるのか、戸惑《とまど》いの色もわずかに見て取れる。

「いや、そうかもしれんが……、眠っている間に使ったっていうのか？　俺の眠れる勇者の力が覚醒《かくせい》したとでも？」

「……はい、そうではないかという話になっています」

　フローラはロアナと顔を見合わせながら、おずおずと首肯《しゅこう》した。

「……まあ、物語の中じゃお約束の展開ではあるが」

操った自覚は皆無《かいむ》なので、釈然としないのだろう。

「ヒロアキさんのおかげで脱出できたって、船にいるみんな感謝していますよ」

と、怜が報告する。

「……そうか」

「喜ばないんですか？　弘明さんの手柄《てがら》になったのに」

「実感がねえのに、誇《ほこ》れねえよ。それに……」

俺《おれ》はあのスカした蓮司《れんじ》とかいうキッズに負けたんだ——という言葉を、弘明は苦々しく呑《の》み込んだ。

真偽《しんぎ》がどうであれ、ちょっと手柄を上げたところで喜べる気分ではなかった。

「それに、どうしたんです？」

浩太が不思議そうに尋ねる。

「いや、なんでもねえ……。それより、レストラシオンは今後どうなる？」

どれだけの人数が避難できたのかはわからないが、乗船しているのは非戦闘員が大半だろう。価値のある財産や物資を持ち出せたとも思えない。そんな状態では組織としての体を保つことさえ難しいのではないだろうか？　弘明はそう思った。

「……今はガルアーク王国城に向かっています。到着後《とうちゃくご》はそのまま亡命できるよう、クリスティーナ様からフランソワ国王陛下にお願いすることになるかと」

ロアナが硬《かた》い表情で説明する。もちろん、亡命を受け容れてくれるかどうかはガルアーク王国次第《しだい》だろう。もし断られたら行く先などない。

「……そうか。俺にできることが何かあれば言えよ」

先行きが厳しいことは、弘明にもわかっているのだろう。レストラシオンという組織に愛着も生まれてきたのか、あるいは蓮司との戦いに負けたことに何か思うところがあるのか、少々ぶっきらぼうな口調ではあるものの、協力を申し出た。

「…………」

ロアナとフローラはわずかに息を吞み、互いに顔を見合わせてから——、

「ヒロアキ様はいらしてくださるだけで、レストラシオンにとっては大きな恩恵《おんけい》です」

「はい。お姉様もいらっしゃいますから、きっと大丈夫です！」

などと、本当は不安なはずなのに、そんな気配はおくびにも出さないで健気《けなげ》に語った。

「…………そうか」

と、言ってから、弘明は大きく息をつく。そして——、

「あー……」

二人に何かを言おうと口を開いた。だが、具体的な言葉を発することはせず、代わりにごしごしと頭を掻《か》き始める。

（目標のために必死に努力するのも、誰かのためにできることをするってのも、正直柄《がら》じゃねえんだが……）

なぜだろうか？　自分よりも何歳《なんさい》か幼い二人の姿を見ていたら、自分にもできることがあるのではないかと思ってしまった。

（呑気《のんき》にラノベを作っている場合じゃねえのかもな……。いや、あのラノベはなんとしても完成させるが）

いったい自分に何ができるのか？　それはこれからじっくりと考える必要があるが、自分がもっと強くなれば勇者としての影響力《えいきょうりょく》もより強くなるのではないか？　何より、あんな中二病の蓮司に負けたのが心底気にくわない。

だから――、

（とりあえず、次にあのキッズと戦うようなことがあれば絶対負かす）

自分のためにも、弘明は強くなると密かに決意したのだった。

◇　◇　◇

さらに一方で、ロダニアでの戦闘の後に目を覚ました勇者はもう一人いた。プロキシア帝国《ていこく》のレイスと行動を共にし、ベルトラム王国本国軍に協力している菊地《きくち》蓮司だ。

「ん……」

蓮司が目を覚ましたのは、ロダニアの貴族街だった。肌寒《はださむ》い外気によって意識が覚醒していく。それに伴《ともな》い薄《うっす》らと目を開けると、瀟洒《しょうしゃ》な貴族街の景色が視界に映った。どうやら自分は壁《かべ》にもたれかかったまま気を失っていたらしいと気づく。と——、

「よお、目が覚めたか？」

男の声が響《ひび》いた。

「お前達は……」

蓮司は声が聞こえた方を見る。そこには、漆黒《しっこく》の剣《けん》を腰の鞘《さや》に差した大柄《おおがら》な男が立っていた。すぐ隣《となり》にはもう一人、男が立っている。

確か、この二人の名前は……。

「アレインだ。こいつはルッチ。いい加減、名前くらい覚えろ。すぐ忘れやがって」

「だな。誰がお前をここまで運んでやったと思ってやがる」

そう、アレインとルッチだ。レイスが外注の戦力として便利に使っている傭兵達《ようへいたち》。立場

としては同じく傭兵のように使われている蓮司と変わるところはない。

蓮司とルッチ達は対等な立場ではあるが、現状では特段親しくなったわけでもなかった。そもそも蓮司は人の顔と名前を覚えるのが苦手だ。

というより、自分に刃向《はむ》かってくるような相手でもない限り、人にあまり興味を持たないのだ。人と交わろうともしない。群れから離れた一匹狼《マーベリック》が性に合っているのだと、本人自身も強く思っている。

だが、人に感謝すべき場面と、そうでない場面の区別くらいはつく。その上で感謝したくない時は感謝を伝えない図太さも持ち合わせているが――、

「……そうか。すまなかったな……、ルッチ、アレイン」

蓮司は軽く嘆息してから、二人の名を呼んで謝罪した。

「ふん」

ルッチとアレインは互いに見合うと、満更《まんざら》でもなさそうに鼻を鳴らす。

「それで、ここは？」

礼を伝えて気恥《きは》ずかしく思うところもあるのか、蓮司は早々に話題を変えた。

「ロダニアだよ」

「そんなことはわかっている。…………何があった？」

蓮司は記憶を振《ふ》り返ろうとしたのかしばし押し黙《だま》ってから、怪訝な面持《おもも》ちで尋ねた。どういうわけか、気を失う直前の記憶が不明瞭《ふめいりょう》なのだ。

港へ向かう避難民達《ひなんみんたち》を確保しようと襲撃《しゅうげき》を仕掛《しか》け、実力の差もわからない水の勇者を倒《たお》した辺りまでは覚えているのだが……。

「……妙な野郎《やろう》が現れて、お前を倒した」

ルッチがわずかに間を開けてから説明した。

「………そうだ。俺は……」

誰かと戦った。そこまでは覚えている。だが、相手の顔や特徴《とくちょう》が思い出せない。思い出せるのは、相手の手や足の朧気《おぼろげ》なイメージ。そして、後頭部を強打されたことだ。それで気絶してしまったのだろう。

蓮司はそっと後頭部に触れてみた。幸い痛みはない。アレインはそんな蓮司の様子をじっと観察していて――、

「その様子だと、お前も戦った相手のことはよく覚えていないみたいだな」

と、語った。

「……どういうことだ？」

「俺達《おれたち》もあの場を立ち去るまでは覚えていたはず、だったんだがな。どういうわけか、ど

んな野郎がお前を倒したのか、特徴すらわからなくなってやがる」

「…………何が起きている？」

「知らん。レイスの旦那《だんな》が言うには、相手の認識を阻害《そがい》する強力な魔道具《まどうぐ》でも持っていたんじゃねえかって話だが……」

アレインもルッチも釈然としない表情をしている。

「……そんな便利な品があるのか？」

効果を聞いただけで興味をそそられる品だったのか、蓮司が目をみはる。

「わかんねえよ。この世に存在するすべての魔道具を把握《はあく》している奴《やつ》なんていないないからな。使い方もわかっていねえ古代の魔道具だって多いんだ。どういう効果の魔道具があったっておかしくはねえ」

と、ルッチ。

「なるほどな……。まあいい。レイスはどこに行った？」

蓮司が周囲を見回しながら言う。

「アルボー公爵《こうしゃく》のところだ。クリスティーナ王女の身柄《みがら》を確保できなかったらしいからな。今後のことについて話があるんだとよ」

「あの状況で逃《に》げられたのか」

「お前が意識を失った後、他にも騒《さわ》ぎがあってな。湖から巨大《きょだい》な水の化け物が現れて王女が乗る魔道船を守ったんだ。あちらさんの勇者が眠っている力を引き出したんじゃねえかって、レイスの旦那は睨《にら》んでいたな」

などと、アレインが蓮司の疑問に答えると――、

「何、あの水の勇者が……？　水の化け物だと？」

聞き捨てならないとばかりに、蓮司が眉をひそめた。

「神装で水を操ったみたいだぜ。船が飛んでいったらただの水に戻ったが、とんでもねえでかさで都市ごと薙《な》ぎ払《はら》いそうな威力《いりょく》のブレスも吐《は》き出しやがった。お前の決《き》め技《わざ》、エンドレスフォースブリザード、だったか？　規模のでかさはそれと良い勝負かもな」

ルッチは蓮司のプライドが刺激《しげき》されたことを見透《みす》かしたのか、あえてさらなる燃料を投下するようなことを言う。

「……いくら規模が拮抗《きっこう》しようが、水の属性では氷を操る俺には勝てない」

と、蓮司は涼《すず》しい顔で告げるが、他の勇者が強くなるのは面白くないのだろう。ルッチとアレインからは、蓮司が内心で対抗《たいこう》意識を燃やしているのが容易に見て取れた。

（もっとだ。俺はもっと強くなる……。どこの馬の骨とも知れない、正体を隠《かく》しているような相手に負けている場合じゃない）

蓮司は自らが操る氷の属性とは裏腹に、内心ではメラメラと闘志《とうし》を燃やしていた。

（強さこそが、俺を証明してくれる）

蓮司の負《ま》けず嫌《ぎら》いというか、強さに対する執着心《しゅうちゃくしん》は凄《すさ》まじい。強い奴には誰も逆らえない。ゆえに、強い奴が正しくて、誰にも負けたくないと、本気で思っている。

だから、蓮司は強くなりたかった。強くなりたかった。それこそ、誰も刃向かおうなどとは思わないほどに強くなりたかった。強くならなければならないのだと、強く思い込んでいた。

そんな蓮司の負けん気の強さを高く買っているのか――、

「もっと強くなりたいってんなら、付き合ってやるぜ？　俺もこいつを使いこなせるようにならないといけねえからな」

ルッチは腰の鞘から漆黒の剣を抜《ぬ》いて、不敵な笑みを浮かべながら、蓮司の修行《しゅぎょう》相手を買って出た。

「…………」

蓮司はわずかに顔をしかめ、ルッチが手にする漆黒の剣に強い眼差《まなざ》しを向ける。蓮司にとって、ルッチが持つ漆黒の剣は曰《いわ》く付《つ》きの品だからだ。かつてその漆黒の剣を装備したルシウスに、蓮司はボロ負けしてしまった。

蓮司はその時の苦い記憶を一生忘れない。もともと負けず嫌いだった蓮司が、より強さに執着《しゅうちゃく》するようになった大きな一因でもある。あの絶望を、あの屈辱《くつじょく》を、あの不甲斐《ふがい》なさを、もう二度と味わいたくはない、と……。

もともとの持ち主であったルシウスは死んでしまったが――、

「どうしたよ？　臆《おく》したか？　お前を負かした団長が使っていたこの剣に」

押し黙る蓮司に、ルッチが愉快《ゆかい》そうに尋ねた。

「……いいや、いいだろう。修行に付き合ってやる。ただし、お前がその剣の効果を碌《ろく》に引き出せないようなら話は別だがな」

「はっ、抜かせ。こちとら団長を殺した野郎を探して仇《かたき》をとらねえといけねえんだ。この剣の力、是《ぜ》が非《ひ》でも余すことなく引き出してみせる」

と、ルッチが語るように、天上《てんじょう》の獅子《しし》団《だん》の者達もまた、リオに関する記憶を失っていたりする。ゆえに、ルシウスを殺した人物がリオであることも忘れているのだが、それはさておき……。

（こいつの剣は死角からの攻撃《こうげき》を得意としているはず。さっきも背後からの不意打ちで不覚を取ったからな。良い訓練になりそうだ）

もう二度と負けてなるものかと、蓮司は己《おのれ》が強くなることだけを貪欲《どんよく》に見据《みす》えていた。

【第四章】 セリアの帰還

ロダニアがベルトラム王国本国軍の襲撃を受けたその日のことだ。昼過ぎ。ガルアーク王国の王都に、レストラシオンの避難船《ひなんせん》が到着した。

ただ、レストラシオンの船が到着するよりわずか先に、ガルアーク王国の王都近郊《きんこう》にたどり着いた者がいた。リオだ。

リオは避難船の中でセリアやソラと別れると、一足先にガルアーク王国の王都ガルトゥークへ移動を済ませた。そして、人里離《はな》れた王都近郊に広がる森の中に着地する。すぐ傍《そば》には泉もあり――、

（確か、この辺りの……、あの木か）

リオはとある木に近づくと、洞《ほら》に手を突っ込んだ。中には神のルールを肩代《かたが》わりしてくれる仮面があり、それを取る。

この仮面は王都に残ったアイシアのために残していったものだ。霊体化《れいたいか》しているアイシアは仮面を装着できないので、隠していたのである。アイシアと別行動している間に何か

が起きればこの仮面を使うように指示していたが、仮面が使われた形跡《けいせき》はない。ということは、何事も起こらなかったのだろう。すると――、

「春人《はると》」

アイシアがリオの傍で実体化した。契約《けいやく》状態にあるリオとアイシアは魂《たましい》で結びついている。リオが王都へ戻って距離《きょり》が近づいたことで、アイシアもリオの帰還に気づいてやってきたのだろう。

「アイシア。何事もなかったみたいだね」

「……うん、大きな問題は起きていない。お帰りなさい」

と、微妙《びみょう》に間があったのは、昨日のうちに貴久《たかひさ》と亜紀《あき》がガルアーク王国城へやってきたことを思い浮《う》かべたからだ。

「ただいま」

「……ソラは？」

ソラの姿が見当たらなくて、アイシアがきょろきょろと周囲を見回して尋ねた。

「遅《おく》れてやってくるよ。セリア達が乗っている魔道船もこっちに向かってきているんだ。ちょっと色々とあってね。説明するから……、《解放魔術《ディスチャージ》》」

リオは時空の蔵《くら》を使用し、泉の傍に岩の家を出す。そして――、

「中に入って話そうか」

と、アイシアに移動を促《うなが》した。セリアが記憶を取り戻したことを始め、説明しなければならないことがいくつもあるからだ。

「うん、こっちでも変化があったから話す」

かくして、二人はお互《たが》いがいぬ場で何が起きたのか、セリア達がガルトゥークにやってくるまでの間に話し合うのだった。

◇◇◇

そして数分後。

まずはリオから、ロダニアで起きた出来事をアイシアに伝えた。

「…………セリアが、記憶を取り戻したの？」

アイシアがぱちぱちと目を瞬いて、珍《めずら》しく驚《おどろ》きの色を覗かせる。

「流石《さすが》のアイシアも驚いたみたいだね。俺もすごく驚いた。時間がなくて十分に話せなかったけど、それでも少しはセリアと話ができたよ」

「……良かった」

アイシアは心底ホッとしたように、安堵の笑みをたたえた。

「うん……。ソラちゃんにはこのまま何日かセリアと一緒にお城で暮らしてもらうつもり。情報交換《こうかん》もだけど、この機会にソラちゃんにもみんなのことを知ってもらえたら嬉しいなって思ったんだ」

リオも安らかな表情で語る。

「ソラがいれば、セリア達《たち》は安全。セリアがいれば、ソラのことも安心」

と、アイシア。人と接するのが苦手な節があるソラだが、セリアと一緒なら大丈夫《だいじょうぶ》だろう、ということなのだろう。

「あはは、だね。夜になったら、様子を見に行ってくれるかな？　セリアがアイシアに会いたがっていたから」

仮面を着けていれば、実体化した精霊《せいれい》特有の気配を抑《おさ》えることができる。屋敷《やしき》にサラ達がいても、彼女《かのじょ》達の契約精霊《けいやくせいれい》に気づかれず密会することができるだろう。いざ見つかったとしてもアイシアなら霊体化して姿をくらますこともできる。

「うん。私もセリアに会いたい」

表情の変化が少ないアイシアだが、今日ばかりは嬉しそうに見えるのは気のせいではないのだろう。ただ――、

「それで、アイシアからの話っていうのは？」

「亜紀が、貴久と一緒にお城にやってきたの」

と、今度はわずかな翳《かげ》りを浮かべて報告するアイシア。明るい話題ばかりというわけにはいかなかった。

「……そっか。それで、様子は？」

リオは瞠目《どうもく》したが、その声色《こわいろ》は落ち着いていた。アイシアの様子から、現状で大きな支障が出ているわけではないと窺《うかが》えたからだろう。

ただ、かつて貴久が起こした事件が脳裏《のうり》をよぎって、一抹《いちまつ》の不安がよぎるのも確かだった。それに、亜紀のこともある。

美春《みはる》と亜紀の関係に亀裂《きれつ》が入った一因に、天川《あまかわ》春人の存在が絡んでいることはリオもなんとなく察していた。

けど、どうすればいいのかわからなくて……。天川春人の記憶を持ちながらも、天川春人以外の人間として生きている今の自分には、二人の仲を取り持つこともできなくて、それがやるせなくて、申し訳なさもあって……。

リオはずっと、晴れない靄《もや》を抱え続けていたのだ。

「二人とも反省して、美春達に謝罪している。美春と亜紀の仲は良好。ちゃんと仲直りできたはず」

「なら、良かった」

と、リオ。アイシアのことを疑っているわけではない。だが、自分の目で見て確かめたわけでもないので、少々実感がないようにも見える。

「亜紀はたぶん、もう大丈夫」

「……そう、なの？」

「うん。しっかり見届けてきた」

美春と亜紀のやりとりを、霊体化した状態で陰《かげ》ながら見守っていたのだろう。アイシアは確かな確信を込めて頷いた。

「……そっか」

結局、自分には何もできなかったけれど、美春と亜紀が仲直りできた。いや、自分が何かする必要なんてなかったし、何もしないからこそ良かったのかもしれない。

なぜなら、亜紀は天川春人のことを嫌《きら》っていた。そして、天川春人の記憶を持つリオに対して複雑な思いを抱いていたはずだ。けど、リオが超越者になったことで、亜紀はリオに関する記憶を失った。つまりは、リオが天川春人の記憶を持つ人物だという情報も忘れ去ったことを意味する。

それがきっかけで美春と亜紀が仲直りできたのならば、存在を忘れられた意味も少しはあったのかもしれない。リオは少し寂《さび》しそうな表情を覗かせながらも、そんなふうに思った。だが――、

「……亜紀はリオのことを忘れていても、天川春人のことは覚えている。その上で、亜紀は春人のことも乗り越《こ》えた。仮にいま亜紀がリオのことを思い出しても、亜紀が出した答えが変わることはないと思う」

アイシアはリオのネガティブな考えを払拭《ふっしょく》する。

「……そう、なんだ」

なんだか胸の内の不安が少し軽くなった気がした。自分の思考をすっかり見透かされてしまい、心に残っていた閊《つか》えをアイシアが取り除いてくれたのだろう。それでアイシアには敵《かな》わないなと、リオは苦笑《くしょう》する。

「貴久の方は様子見になっている」

「……美春さんを攫《さら》おうとした事実が消えたわけではないからね」

甘《あま》い対応な気もするが、亜紀と雅人《まさと》の兄だ。二人のことも考慮《こうりょ》した上での沙汰《さた》なのだろう。それに、貴久は大国の国王と同等以上の要人とされる勇者でもある。

「貴久の方が春人の記憶を失った影響《えいきょう》は大きいのかもしれない。春人のことを忘れている

から強く反省しているけど、そのことがどう作用するのかはわからない」

仮に今、貴久がリオのことを思い出したら？　もしかしたら元の貴久に戻《もど》ってしまうかもしれない。アイシアは暗にそう分析《ぶんせき》した。

「なるほど……」

やはり一抹の不安は拭《ぬぐ》えないのか、リオの表情も少し硬い。だが、貴久が記憶を失い反省していて、新たな問題を引き起こしていない以上、不安だからという理由だけで罰《ばつ》を与えるような真似をするのも理不尽《りふじん》だ。

再犯を予防するにしても、超越者になって行動制限がかかっている今のリオにできることは何もない。となると――、

「まあ、屋敷に戻るセリアにもしばらく様子を見てもらって、問題なさそうなら特に何かする必要もない、のかな？」

やはり様子を見るしかないのだろうと、リオは暫定的《ざんていてき》な判断をしたのだった。

◇　◇　◇

リオが王都ガルトゥークに先回りして到着した数十分後のことだ。ロダニアから避難し

てきたレストラシオンの魔道船五隻《せき》が、王都の湖に着水した。

事前のアポイントメントなどあるはずがない、突然《とつぜん》の訪問だ。船に乗る避難民《ひなんみん》全員がぞろぞろと下船しても行く先があるわけではないので、とりあえずは一部の代表者達だけで王城へ向かうことになった。

クリスティーナ、ユグノー公爵、セリアの父ローランを始め、王城内に住居があるセリア、サラ、オーフィア、アルマも下船し、リオから預かったソラも引き連れ、複数の馬車に分かれて王城へと向かった。王城へ続く道を進む中、セリア、サラ、オーフィア、アルマ、ソラが乗っている車内で――、

「じゃあ、お城に着いたら私はクリスティーナ様とご一緒《いっしょ》して陛下に謁見《えっけん》してくるから」

セリアはサラ達といったん別行動することが決まる。

「はい。先に屋敷に帰って、皆《みな》さんに状況《じょうきょう》を説明してきますね」

「ありがとう」

「それで、その子はどうします？」

サラがソラを見て尋ねた。自分達と一緒に屋敷へ行くか、あるいはセリアと一緒に謁見についていくのか。

「どうする、ソラ？　先に屋敷に行っていてもいいけど」

と、セリアが隣で大人しく黙って座るソラを見て尋ねる。

「なっ、ソラを知らない奴らがいる場所に一人で行かせるつもりです⁉」

ソラはギョッとして、見るからに嫌《いや》そうな反応をした。

「一人じゃないわよ、サラ達がいるし……。もしかしてソラ、人見知り？」

「し、知らない連中に囲まれて話をさせられるのが嫌いなだけです。ソラは人混みが苦手なだけで、人見知りじゃないです。竜王《りゅうおう》様に頼《たの》まれたんですから、ソラの面倒《めんどう》はお前が責任を持って見るです」

と、言ってはいるが、ソラも伊達《だて》に千年にわたって山奥《やまおく》で一人暮らしをしてきたわけではない。本人は絶対に認めないだろうが、彼女《かのじょ》が人見知りであることは反応から明らかだった。そんな彼女は見た目相応の子供にしか見えなくて――、

「なんだかすっかりなつかれたみたいですね」

オーフィアが微笑《ほほえ》ましそうに言う。

「そう、なのかしら？」

セリアが困ったように首を傾《かし》げる。

「べ、別になついていないです！」

ソラはすかさず異議を唱えた。

「まあ、このくらいの年齢《ねんれい》になると素直じゃない子もいますからね」

アルマがフッと笑う。

「ふふ、アルマもそうでしたからね」

「わ、私はいつだって素直でした」

サラにからかわれ、アルマがむうっと唇《くちびる》を尖《とが》らせる。

「ソラだって素直ですぅ！」

ソラもぷっくりと頬《ほお》を膨《ふく》らませて異議を唱えた。

「はいはい。じゃあ、私と一緒にお城に来てもらうけど、お話の間はどこかの待合室で待っていてもらうことになるかもしれないわよ？　勝手にお城の探索《たんさく》とかしちゃ駄目《だめ》だからね？」

セリアが小さな子供を心配するように、注意事項《じこう》を口にする。

「しないです！　ソラを何だと思ってやがるです⁉」

賑《にぎ》やかなソラの声が、馬車の外まで響いたのだった。

◇　◇　◇

突然の訪問ではあったが、クリスティーナ達によるフランソワへの臨時の謁見が速《すみ》やかに実現する運びとなった。

それだけ、事態は深刻である。謁見にはクリスティーナ、フローラ、ギュスターヴ＝ユグノー公爵、ローラン＝クレール伯爵《はくしゃく》、それにセリア、弘明《ひろあき》、ロアナも参加することになった。ソラには待合室を用意してもらって、そこで待ってもらっている。ともあれ、謁見が始まり、クリスティーナから簡単に一連の出来事の報告が行われると――、

「よもやロダニアが陥落《かんらく》するとはな……」

ガルアーク国王フランソワが、難しい顔で大きく唸《うな》った。

「会談による協定締結《ていけつ》直後のタイミングに、気が緩《ゆる》んでいるところを狙《ねら》って襲撃してきたのでしょう」

クリスティーナは口許《くちもと》を強く結んで渋面《じゅうめん》を作る。

「それにしても、性急かつ強引《ごういん》すぎる気もするがな。なりふりを気にしないほどに実現したい狙いもあったであろうが……」

フランソワはそう語り、含《ふく》みのある眼差しをクリスティーナに向けた。クリスティーナはその意図を的確に読み取ったのか――、

「……例の品はこちらで確保して持ち出しました」

と、意味深長な回答をもって返す。

「であるか……」

「守りを固めている城塞《じょうさい》都市を攻め落とそうとしたのは確かに強引ですが、それだけ勝算があると踏《ふ》んだのだと考えます。勝利を確信できるほどに、あちらに手を貸していた勇者の力は凄まじかった……」

「氷の勇者一人の攻撃《こうげき》に後《おく》れを取ったという話であったが……」

「一撃《いちげき》です。氷の勇者が放ったたったの一撃で、ロダニアを守護しようとしていた空挺騎《くうていき》士《し》達《たち》が氷漬《づ》けになりました。空に広く展開していた百数十の空挺騎士達が、文字通り全滅《ぜんめつ》しました」

と、クリスティーナは蓮司《れんじ》が操っていた力の強大さを強調する。

「……それほどのものか」

「アレほどの広範囲《こうはんい》に被害《ひがい》が及《およ》ぶ攻撃魔法《まほう》を私は知りません。地上で密集する軍勢に放てば千人単位で被害が出てもおかしくはありません」

一般《いっぱん》に広域殲滅《せんめつ》向けの最上級攻撃魔法の中でも上位の威力があるものを人が密集した位置に放てば、最大で二、三百人もの敵を一掃《いっそう》できると言われている。クリスティーナがロダニアで見た蓮司の一撃は最低でもその数倍……、下手をすると十倍にも届きそうな威力があるものだった。

「勇者の力は伝承通りのものであった、ということか……。ふうむ……。ん？」

フランソワはそう語りながら、訝《いぶか》しそうに首を傾げた。妙《みょう》な既視感《きしかん》を抱《だ》いたのだ。もとより勇者の力が脅威《きょうい》だと知っていたというか、以前にも似たような事態が発生したようなデジャブを抱く。

「……いかがなさいましたか？」

クリスティーナが不思議そうにフランソワの顔色を窺う。だが、彼《かれ》が抱いた既視感はすぐ霧散《むさん》したらしい。

「……いや、なんでもない。それより聞きたいのだがな、ヒロアキ殿《どの》よ」

フランソワは悩《なや》ましそうに大きく溜息《ためいき》をついてから、弘明に語りかけた。

「なんだ？」

「それほどの攻撃。ヒロアキ殿にも操《あやつ》れるものなのか？」

「………どうなんだろうな。あの糞《くそ》ガキが放った一撃は空を覆《おお》っていた。以前、俺が八岐大蛇《やまたのおろち》を全力で放った時は最上級の攻撃魔法に勝る威力だとロアナは言っていたが、空を埋《う》め尽《つ》くせるほどかというと……」

無理だろう。ただ、それが悔《くや》しいのか、皆までは言わない。とはいえ、弘明の表情は如実にそう物語っていた。

「ふむ……」

フランソワは思案するように唸る。と――、

「ですが、ロダニアを出る際に湖から出現した水の竜達《りゅうたち》は、氷の勇者が操っていた一撃に勝るとも劣《おと》らない規模でした。ヒロアキ様もアレほどの規模の攻撃ができる潜在《せんざい》能力はお持ちだということではないでしょうか？」

ユグノー公爵はロダニアの湖に出現した八岐大蛇が弘明の操ったものだという前提で、意見を述べた。

「……かもしれないが、気を失っていた時の話をされてもな。改めてできるか試《ため》してみてもいいが……」

以前、八岐大蛇を操った時だってかなり本気を出していたのだ。最低でもその数倍の規模の八岐大蛇を出せる自信はなかった。

（アレはリオが操っていたんだけど……）

セリアだけが唯一《ゆいいつ》、この中で真実を知っている。しかし、説明したところで理解してもらえないし、話がややこしくなるだけだろう。セリアはもどかしさを抱きながらも、じっと口を噤《つぐ》んでいた。

「こういった事態が発生した以上、勇者の力の真価を改めて見極《みきわ》めておく必要はあるだろう。サツキ殿にも話を通してみるが、どうだろう？　試すようで申し訳ないが、ヒロアキ殿が勇者としてどれほどの力を振るえるのか、検証に協力してはもらえぬか？」

「……いいぜ。だが、場所はどうする？　加減なしでやれってんなら、城の中で試すのはおすすめしないぜ？」

弘明はその気があるのか、フランソワからの頼みを前のめりに請《う》け合った。

「それだけの規模の力だ。無論、城内で試してもらうわけにはいかぬな。王都の外へ出向いて検証するとしよう。クリスティーナ王女もよいか？」

「……是非《ぜひ》もございません」

「では、諸々《もろもろ》の手配を進めるとしよう。ただし、検証は可能な限り秘密裏《ひみつり》に行う。口外はせぬように」

そうして、フランソワは勇者の力を見極める検証を行うことを早々に決めるが――、

（正直、気乗りはせぬが、な……）

頭の中ではそんなことも考え、物憂《ものう》げな嘆息《たんそく》を漏《も》らす。

気乗りしないのは、人は強大な力を手にすると豹変《ひょうへん》しかねないと知っているからだ。さらには、集団の中で突出《とっしゅつ》して強大な力を手にする者が現れると、当該《とうがい》集団はその力に振り

回されかねないことも国王としてよく知っている。

これまでフランソワが勇者の力を軍事活用するのに消極的だったのも、そもそも沙月《さつき》に戦ってもらう必要がなかったからというのもあったが、沙月が強大すぎる力を手にすることで人が変わってしまうことを恐《おそ》れていたからである。

さらには、強大な力を手にした沙月を巡《めぐ》って派閥《はばつ》争いが生じるようなことが起こり、沙月が戦いを強要されるのではないかと疑心暗鬼《ぎしんあんき》になったら目も当てられない。これまで築き上げた信頼《しんらい》関係が崩壊《ほうかい》しかねない事態だ。

だが、もはやそのようなことを言っている場合ではない。氷の勇者が操る力がいつガルアーク王国に向けられるともわからない以上、一国の主としては自国を守るために対抗できるだけの抑止力《よくしりょく》を模索《もさく》しなければならない。一国の軍事的な抑止力が一個人に委ねられるのは健全とはいえないが、その役目を沙月に頼むかもしれない状況になっている。

「それで、ヒロアキ殿とサツキ殿の力を検証する件はさておき、レストラシオンは今後どうするつもりなのだ？」

他に頼《たよ》る先がないから真っ先にここまで避難《ひなん》したのは当然理解した上で、フランソワはクリスティーナにずばり問いかけた。

「……現在、避難してきた魔道船には千人近い難民が乗っております。その者達がいる限り、いいえ、たとえ私一人になろうとも、私は今後もアルボー公爵と対立する所存です」

拠点《きょてん》を失ったからといって活動を止《や》めるつもりはないと、クリスティーナは決然と語った。その瞳《ひとみ》には静かだが力強い決意が宿っている。

「であるか」

クリスティーナの意志が微塵《みじん》も折れていないことを、フランソワはその眼でしかと確かめた。

「そのためにも、恥《はじ》を忍《しの》んでお願いしたいことがございます」

「……なんだ？」

「ロダニアを失った今、我々にはもはや行く先がございません。今後の活動のため、どうか我々に居場所をお与《あた》えいただけないでしょうか？」

クリスティーナはそう語り、本来ならば決して軽率《けいそつ》に下げてはならないその頭をフランソワに向けて深々と下げた。すると、セリア、フローラ、ロアナ、ユグノー公爵も一斉《いっせい》に頭を下げ始める。立場上、中立であるはずのローランも静かに頭を下げた。そしてそんな姿を見て――、

「………………」

弘明までもが、無言のまま頭を下げた。

「ふうむ……」

フランソワは即答《そくとう》しない。レストラシオンの残党勢力であるクリスティーナ達を迎《むか》え入れれば、ガルアーク王国とベルトラム王国本国との対立はいよいよ避《さ》けられないことになるのは火を見るより明らかだからだ。一国の王である以上、決して即断《そくだん》できるような問題ではない。

「皆、貴族あるいはその使用人として高い教育を受けてきた者達ばかりです。いつかベルトラム王国に舞《ま》い戻るその日まで、粉骨砕身《ふんこつさいしん》の思いでガルアーク王国のお役に立てるよう努力することを誓《ちか》います」

クリスティーナは頭を下げたまま、必死にお願いをした。第一王女として生まれ育った彼女がここまで必死にお願いをしたことなど一度もなかったが、それをも厭《いと》わずにただただ頭を下げて懇願《こんがん》した。

「何卒《なにとぞ》、何卒……」

クリスティーナは全身を震《ふる》わせながら声を絞《しぼ》り出す。

もしフランソワに断られたら、組織に所属する避難民達は潔《いさぎよ》く自決するか、ベルトラム王国本国に投降するか、没落《ぼつらく》してでもアルボー公爵と戦うか、放浪《ほうろう》するか、いずれの道を選ぶかの選択《せんたく》を強《し》いられることになる。投降したところで受け容《い》れてもらえるかどうかはわからないし、いずれを選んでもきつい未来が待ち受けているのは明らかだ。

果たして――、

「……当面の住居と、今後の職を可能な限り斡旋《あっせん》することを約束しよう」

フランソワは重い口を開いた。クリスティーナ達を受け容れるかどうかにかかわらず、ガルアーク王国とベルトラム王国が対立する可能性が高いと踏んでの判断だった。

「ありがとうございますっ！」

のしかかっていた重圧が一気に軽くなったのだろう。クリスティーナは声が裏返りそうなほどに歓喜《かんき》して礼を言った。他の者達も腰《こし》が折れ曲がりそうなほどに深く頭を下げ直して謝意を示す。ただ――、

「喜ぶのは早いぞ。斡旋を行うのはレストラシオンに残る者に対してのみとする。ロダニアにいた頃《ころ》よりも劣悪《れつあく》な生活になることも覚悟《かくご》してもらいたい」

と、フランソワは条件を付け加えた。保護されるだけの無駄飯《むだめし》食らいをいつまでも抱《かか》えるつもりはないのだろう。

「当然の条件かと存じます」

「では、何日かの猶予《ゆうよ》を与える。その間の仮住まいとして迎賓館《げいひんかん》も貸《か》し与えよう。今後は貴族としての体面を保つことができなくなる者も少なからず現れるやもしれぬからな。そ

れを理解した上でなおレストラシオンに残るかどうか、各々《おのおの》によく考えさせて決断させるとよい。その間に我々もより条件を煮詰《につ》めるとしよう」

「幾重《いくえ》にのご芳情《ほうじょう》を賜《たまわ》り、感謝の言葉もございません」

クリスティーナは再度、こうべを垂れる。と——、

「発言してもよろしいでしょうか？」

セリアの父、ローランが手を上げた。

「うむ」

フランソワが許しを出すと——、

「私は一度ベルトラム王国へ戻ろうと思います」

ローランがしれっと申し出る。ベルトラム王国からガルアーク王国へ避難してきた矢先に再びベルトラム王国へとんぼ返りすると言いだしたからか、一同はギョッとした。

「あちらの状況を探《さぐ》っておくに越《こ》したことはないでしょう。この状況で様子を見に動けるのは私だけですし」

と、ローランはベルトラム王国へ戻る理由を語る。もちろん降伏《こうふく》しにいくわけではないし、レストラシオンが負け馬だから見切りをつけて、ベルトラム王国本国政府に寝返《ねがえ》ろうとしているわけでもなかった。

ローランはロアナの実家であるフォンティーヌ公爵《こうしゃく》家に次いで、親王派貴族の代表格とも言える家の当主なので、その辺りのことは誰《だれ》も疑ってはいない。

「……先の協定があるから、か」

と、フランソワは渋《しぶ》い顔で言う。

先の協定というのは、クリスティーナとアルボー公爵がそれぞれレストラシオンとベルトラム王国本国政府を代表して締結した合意のことである。その協定の中で、クレール伯《はく》爵家《しゃくけ》の取扱《とりあつか》いについても合意が結ばれていた。

すなわち、レストラシオンがシャルル＝アルボーの身柄《みがら》を返還《へんかん》する代わりに、ベルトラム王国本国政府はクレール伯爵家に連なる者達の地位と身の安全を保障しなければならない。そして、今後はクレール伯爵家の者をベルトラム王国本国政府とレストラシオンの間の伝令役とする。ただ、協定で身の安全が保障されているクレール伯爵家の立場が、現状でどれだけ守られるのか？

「あちらはレストラシオンが協定の条件を履行《りこう》する前に奇襲《きしゅう》を仕掛《しか》けてきました。先の協定を遵守《じゅんしゅ》する気がどれだけあるのか、かなり怪《あや》しいものですよ？」

クリスティーナは大いに訝しんだ。そして、ローランの娘《むすめ》であるセリアの反応を窺う。

セリアは不安そうに表情を曇《くも》らせていた。

「かもしれませんな。ですが伯爵家の当主である私がこのままガルアーク王国に留《とど》まれば、中立の立場を捨てたとあちらから見なされかねません。ですからここは一つ、堂々と戻ってやろうではありませんか。はっはっはっ」

ローランは愉快そうに哄笑《こうしょう》してみせる。

「……それを仰《おっしゃ》ったら、私だってこのままここに残るわけには……」

自分もついていった方がいいのではないか？　と、セリアが今にも言いだそうとしたところで――、

「二人一緒に同じ場所に居続けることが問題なんだよ、セリア。レストラシオンとベルトラム王国本国政府。別々にいれば『中立の立場だから、どっちの勢力にも人員を置いている』という方便も立つ」

周囲には国王フランソワもいる公の場だからか、普段《ふだん》のようにちゃん付けで名前を呼ぶことはしなかったが、ローランは父の表情を浮かべてセリアに言い聞かせる。

「でしたら、私が行くという手だって……」

「子供の頃から研究漬けで顔が広くないセリアが行ったところで、やれることは多くないだろう？」

「それは……」

セリアは否定できなかった。

「私が適任なんだよ。それに、セリアにはセリアにしかできないことがあるはずだ」

「お父様……」

「セリアは自分にできることをこっちで頑張《がんば》りなさい。いいね？」

「……わかりました」

「ということで、ベルトラム王国には私が戻ります。明日の早朝にでも。よろしいですかな、殿下《でんか》？」

親子の会話が終わったところで、ローランがクリスティーナの同意を求める。

「……承知しました」

かくして、ローランは単身でベルトラム王国へと向かうことになったのだった。

◇　◇　◇

クリスティーナ達がフランソワへの謁見を開始して小一時間が経《た》った頃。沙月や美春達が暮らす屋敷のダイニングでは、サラ達がロダニアでの出来事を報告していた。一通りの説明を終えると――、

「…………」

室内には重い空気が流れ、皆の口数が少なくなる。ちょうど貴久もリリアーナに付いてきて屋敷を訪《おとず》れていたので、話を聞いていた。

沙月、美春、亜紀、雅人、貴久の五人は、戦争など経験したことがない時代の日本で生まれ育った者達だ。話を聞いていた最中はもちろん、報告が終わった後も誰もが表情を硬《かた》くしていた。すると——、

「嫌ですのう、戦は。関わるつもりがなくとも、自分は関わっていなくとも、起きてしまえば他人事ではいられなくなる。そういう気にさせられる」

ゴウキが溜息をつきながら、的確に皆の心境を言い当てた。過去には幾度《いくど》も戦に参加したことがある歴戦の猛者《もさ》だけあって、実体験によるものだろう。

「……本当に、その通りですね。まさかセリアさん達が巻き込《こ》まれるだなんて」

沙月が苦々しく顔を曇らせる。確かに、ベルトラム王国本国とレストラシオンとの関係は悪いと聞かされてはいた。だが、まさか本当にこうして紛争《ふんそう》が起きるなんて思ってもいなかったのかもしれない。

この辺りは平和ボケした日本人ならではの感覚なのかもしれないが、ゴウキが言う通り、一気に他人事ではいられない気分になってしまった。

「……サラお姉ちゃんやセリアお姉ちゃん達が無事に帰ってきてくれて、私すごく嬉《うれ》しいの。帰ってきてくれてありがとう、サラお姉ちゃん、オーフィアお姉ちゃん、アルマお姉ちゃん」

と、ラティーファはしんみりとした面持《おもも》ちで三人の帰還《きかん》を喜んだ。

「スズネ……」

「ありがとう」

「ええ」

サラ達は嬉しそうに口許をほころばせる。と――、

「……許せない。駄目です。本当に駄目です、戦争は。普通《ふつう》に生きていれば犯罪になるようなことを国家ぐるみでやって、たくさんの人を平気で殺して、力尽《ちからず》くで相手を従えようなんて、絶対に間違《まちが》っている」

貴久が戦争を唾棄《だき》するように、熱い怒《いか》りの籠《こ》もった口調で吐き捨てた。かつて力尽くで美春をセントステラ王国へ連れ出そうとした人物の発言とは思えないが、そこで揚《あ》げ足《あし》を取るのはまた論点が変わる。

「そうね……。戦争に反対なのは同感だわ」

沙月が貴久よりは落ち着いたトーンで同意した。

「殺人なんて、駄目だ。絶対に駄目だ。殺人を肯定《こうてい》する戦争も絶対に駄目だ……」

貴久は自分に言い聞かせるように、ぶつぶつと呟《つぶや》く。その様からは殺人や戦争が駄目だという道徳的な価値観を超《こ》えて、怨念《おんねん》のような強い負の感情を宿しているようにも見てとれる。それこそ、精神的に病《や》んでいるようにも見えた。

「……タカヒサ様、どうかなさいましたか？」

リリアーナが異変を感じ取り、貴久の横顔を隣《となり》の席からそっと覗《のぞ》き込む。

「あ、リリィ……」

貴久はハッとし、我に返ると――、

「いや、どうして自分達の利益のために戦争を起こして、どうして人を殺すことを平気で選べるんだろうって思って。人を殺して利益を得て喜ぶなんて、絶対に間違っている。秩《ちつ》序《じょ》を乱す外道《げどう》の行いだ。だよね？」

と、自分なりの正義を語って、戦争に対する嫌悪《けんお》を示した。

「……完全に否定はできません。ですが、それでも戦争は起きてしまいます。我々人類が血塗《ちぬ》られた歴史を歩んできて今があることも隠《かく》しようのない事実です。争いをなくすために、我々はどうすればよいのでしょうね」

リリアーナは単純に貴久に同調することはせず、人類が幾度も戦争を繰《く》り返してきた事実に言及《げんきゅう》した。そして、困ったように苦笑する。

「きっと、他人《ひと》の痛みを理解できない奴《やつ》が戦争を起こすんだ。もっとみんながみんな、人のことを思いやれるように生きていかないと。人が死んだっていうのに、戦いが終わったら平気で笑っていられるような不謹慎《ふきんしん》な奴だってたくさんいるから」

と、貴久は苦い顔で持論を語った。

「……うーん。まったく理解できないわけではない、けど……。モノの見方というか、感じ方というか、心の強さというか、そういうのって十人十色だと思うのよ。戦争じゃなくても暗い出来事が起きたときに、日常に戻ろうと無理して笑う人だっているかもしれないし、平気かどうかも傍《はた》から見ただけじゃわからないし……」

沙月は貴久の意見に思うところがあるのか、自分の意見を述べる。だが、咄嗟《とっさ》には上手《うま》く考えをまとめられないのか、言葉に詰《つ》まってしまった。すると——、

「……私、サラお姉ちゃん達やセリアお姉ちゃんが帰ってきて嬉しいって、思ってもいいのかな？　いい、んだよね？」

ラティーファが不安そうな顔で、自信なげに疑問を口にする。

みんなが無事に帰ってきてくれて本当に良かった。そう思う気持ちが強く込み上がってくる。だがその一方で、争いによって大勢の死傷者も出たはずなのだ。

なのに、自分がよく知る者達の生還《せいかん》を手放しで喜んでいいのか、不謹慎ではないのか？

今の貴久の発言を聞いて、そんなことを思ったのかもしれない。

「ほらね、そういうことになりかねないでしょ？　でも、大切な人達が生きて帰ってきてくれたんだから、喜んだっていいと思うのよ。笑ったっていいと思うのよ。別に平気で笑っているわけじゃないと思うし……。思い込みで不謹慎だと決めつけて、話を聞かないで怒《おこ》ったらそれこそ争いになるというか、話してみないとわからないというか……」

まだ考えはまとまらないのか、沙月は大きく唸る。と――、

「喜んで、よいではありませんか、スズネ様、サツキ殿」

ゴウキがラティーファと沙月の心の霧を振《ふ》り払《はら》うように、朗々と意見を口にした。

「友の生還を喜ぶことと、死者に弔《とむら》いの念を抱くこと。それらの感情は両立しうるものです。盟友の生還を喜んだからといって、故人への弔いの念がないなどということにはならないのです」

「……ゴウキさん」

似たような悩みを抱える者を何人も見てきたからだろう。ゴウキは人生の先達として的確に助言を口にした。その上で――、

「守るために戦って亡《な》くなった者達がいて、守られて生還した者達がいる。なれば、なく

なった者達《たち》のことは称《たた》え、生還した者達のことは祝福してやるべきでしょう。そうでなければ亡くなった者達も浮《う》かばれぬ。少なくとも某《それがし》個人《こじん》は、そう思います」

そう語って、話を締め括《くく》った。

「……流石《さすが》です。なんだかすっきりしました」

沙月が瞠目《どうもく》して小さく拍手《はくしゅ》した。

「なに、ただ皆様《みなさま》より長生きしているだけのこと。戦に参加したことも、戦に向かう者を見送ったこともございますからな。戦の中で人を殺したことも……。っと、これは少々生々しすぎました。申し訳ない」

ゴウキは過去を振り返って遠い目になったが、失言をしたと思ったのかすぐに慌《あわ》てて謝罪した。

「その上、説教臭《くさ》いかと。話も長いです。失礼いたしました、皆様」

カヨコもやれやれと嘆息して、ゴウキの隣に座《すわ》ったまま一同に頭を下げる。

「ふはは、これは耳が痛い」

ゴウキは呵々《かか》と声を上げて哄笑した。そんな夫妻のやりとりによって、暗かった雰囲気《ふんいき》も払拭される。

「よし。セリアさんが帰ってきたら、ちゃんと喜んであげないとね、スズネちゃん」

「うん！」

などと、沙月とラティーファの表情からも迷いが綺麗《きれい》に消えていた。

「……私、今夜は温かい料理を作ります。いつもより腕《うで》によりをかけて」

と、美春も意気込《いきご》んで宣言する。

セリアやサラ達の帰還を喜ぼうと思ったのだろう。

「あ、じゃあ私も一緒に作るね、ミハルちゃん」

オーフィアがすかさず参加を申し出る。

「無事に帰ってきたオーフィアちゃん達のために料理を作るんだけど……」

「いいの、私も一緒に作りたいんだから。いつもみたいに、ね？」

「そっか、うん」

美春は嬉しそうに頷《うなず》く。

「私も一緒に作るよ！　亜紀ちゃんも久々に一緒にご飯を作ろうよ、ね？」

「うん、そうだね」

ラティーファに誘《さそ》われ、亜紀も嬉しそうに首を縦に振る。他の少女達も続々と参加の意思を表明し、結局はいつもの仲良しメンバーで今夜の食事を用意することが決まったのだった。そんな光景を眺《なが》めながら――、

「……この屋敷《やしき》はいいなあ。みんな温かくて、家族みたいで。ずっとここで暮らしていたくなりそうだ」

と、貴久が羨《うらや》ましそうに本音を漏らしたのを、傍に座るリリアーナや雅人だけが聞き取っていた。すると、ダイニングに入ってくる者達がいた。お城での謁見を終えて帰ってきたセリア、ローラン、そしてソラの三人だ。

「ただいま……。あ、やっぱりみんな食堂にいたのね」

セリアはダイニングに集まるお馴染《なじ》みの顔ぶれを発見すると、ほっと安堵《あんど》したように表情筋を弛緩《しかん》させた。

「お帰りなさい、セリアさん」

皆、セリアに温かな視線を向けて、嬉しそうに言葉を送る。

「……どうかした、みんな?」

なんというか、普段とはまた異なる空気の温度を肌《はだ》で感じ取ったのだろう。セリアはきょとんとした顔になった。

「セリア様が無事お帰りになって、皆嬉《みなうれ》しいのですよ」

ふふっと、シャルロットが口許をほころばせて告げる。

「シャルロット様……、ありがとうございます」

セリアは目尻《めじり》を緩ませ礼を言った。

「クレール伯爵もご機嫌《きげん》よう。ロダニアでの出来事は聞きました。愛娘《まなむすめ》のセリア様とご一緒に、今宵《こよい》はごゆるりとおくつろぎくださいな。皆さんでディナーをお作りになるみたいなので」

シャルロットは当然のようにローランが屋敷に宿泊《しゅくはく》する前提で話をする。セリアと一緒にやってきた時点で気を利《き》かせたようだ。

「……誠《まこと》に、痛み入ります」

ローランは胸元《むなもと》に手を添《そ》え、深々と謝意を示した。

「ところで、そちらの子は？」

沙月がセリアの背後に隠れるように立っているソラを見て尋《たず》ねる。

「あっ、そうそう。そうでした。その子の説明がまだでした」

サラがソラの説明を怠《おこた》っていたことをはたと思い出す。完全に忘れていたわけではないようだが、神のルールが発動して健忘《けんぼう》の兆候が現れていたのかもしれない。

「大丈夫《だいじょうぶ》よ、私から説明するから」

セリアはサラにそう告げると――、

「この子はソラっていいます。ロダニアの騒《さわ》ぎで保護者と離《はな》れ離《ばな》れになったみたいで預かることになったんですけど、しばらくこの屋敷に住まわせてあげてもよろしいでしょうか？　私の部屋のベッドが一つ余っているので、そこに寝泊《ねと》まりさせますから」

ソラのことを一同に紹介《しょうかい》し、屋敷に住まわせてもいいかとシャルロットに向けて問いかけた。屋敷の主は対外的に沙月ということになっているが、こういった決定はシャルロットを通すことになっているからだ。一同の視線がソラに集まる。

「むぅ……」

ソラは注目を浴びるのが苦手なのか、セリアの背後にささっと隠れてしまう。そんな姿が庇護欲《ひごよく》を刺激《しげき》したのか、沙月が椅子《いす》から立ち上がってソラに近づく。そして──、

「へえ、可愛《かわい》い子ですね。私は沙月よ。よろしくね、ソラちゃん」

沙月はしゃがみ込んで、ソラと視線の高さを合わせながら微笑みかけた。

「本当、可愛い！　私はスズネだよ！」

「私はコモモといいます！」

年少組の少女二人も率先《そっせん》して椅子から立ち上がり、ソラのもとに押《お》しかける。他の者達もつられて立ち上がると、セリアとソラ達を囲むように近づいて輪を作った。皆《みな》、愛らしい子供の姿をしたソラに好意的な視線を向けている。

「ほお……」

　ゴウキを始め、ヤグモ組の大人達は興味深そうに目をみはってもいた。ソラという名前の響《ひび》きもそうだし、ソラが身につけている衣服もヤグモ地方で見かけるような装束《しょうぞく》によく似ていると思ったからだ。

「ちょ、ちょっと？」

「う、鬱陶《うっとう》しいです！　近寄るな、近寄るなです！　ソラを見るなです！　しっ、しっ」

　ソラはセリアを掴《つか》んで盾《たて》にし、近寄ってくる者達から距離《きょり》を置こうとする。

「大丈夫だよ、怖《こわ》くないよ」

　と、回り込んで顔を覗き込もうとするラティーファ達を――、

「ふしゃっー！」

　ソラは警戒《けいかい》する猫《ねこ》みたいに威嚇《いかく》を行う。

「可愛い！」

　どうやらソラは皆の心を射止めたらしい。

「ご覧の通り、ちょっと口が悪い子なんですが……、悪い子ではないので、どうか、よろしくお願いいたします。ほら、貴方《あなた》もちゃんとお願いしなきゃ駄目よ」

　セリアはぺこりと頭を下げつつ、ソラを隣に立たせた。

「むぅ……、よろしくお願いしますです」

ソラはおずおずとお辞儀《じぎ》する。

「預かってあげましょうよ、シャルちゃん」

沙月がすかさずシャルロットに水を向けた。

「ええ、構いませんよ。この屋敷はセリア様にとっての自宅でもありますから」

シャルロットは二つ返事で許可を出す。

「ありがとうございます」

セリアはソラの背中もそっと押して、一緒《いっしょ》に頭を下げる。

と、そこで——、

「……そういえば、この中にアヤセミハルはいるです？」

ソラが室内の面々を見回しながら、美春がいるか尋ねた。綾瀬《あやせ》美春は七賢神《しちけんじん》リーナの生まれ変わりである。そのことを思い出したのだろう。

「え、私だけど……」

まだ自己紹介《しょうかい》をしていないのに名前を呼ばれて、美春が不思議そうに手を上げる。ソラはすたすたと美春に近づいていった。

（……こいつがリーナの生まれ変わり）

ソラは至近距離から美春の顔を見上げ、「ああん？」と言わんばかりにメンチを切り始

める。ただ、愛らしく幼い容姿のせいで、迫力《はくりょく》は皆無《かいむ》だった。

「……お前、本当に忘れているです？　何も覚えていないんです？」

と、ソラは美春に尋ねる。

「えっと……、何を？」

美春はいっそう困惑《こんわく》して小首を傾《かし》げた。

「……本当に、別人みたいですね」

ソラがぽつりと呟く。

「ん？」

どうしてソラが美春の名前を知っていたのか、いったい何の話をしているのか、皆きょとんとしている。

「えっと、私が来る途中《とちゅう》にみんなの名前を教えたんですけど、どうしたの、ソラ？」

不思議に思ったのはセリアも一緒だったが、咄嗟に名前を教えていたと嘘《うそ》の説明をして皆の疑問を払拭《ふっしょく》させた。ただ、セリア自身の疑問が解消したわけではないので、その真意を探るべくじっとソラの顔を覗き込んだ。

「……別に何でもないです」

ソラは溜息をついてかぶりを振った。

「時に、その格好はヤグモ風の装束に見えますな。どこで手に入れた品なのでしょう？」

ゴウキがソラの衣装《いしょう》を見て、好奇心《こうきしん》から尋ねる。

「これは……、旅の途中でそこら辺の市場で売っていたのを買ったやつです」

ソラはヤグモ地方寄りの未開地にそびえる山頂で一人暮らしをしていて、衣類は時おり山を下りてはヤグモ地方で買っていた品だ。だが、それをそのまま説明しても面倒《めんどう》になるとわかっているのか、ソラは説明を省いた。実際、ヤグモ地方のどこかの国の市場で買った品であるので、間違いは言っていない。

「ほお。となると、やはりこちらにも過去にヤグモから流れてきた者の子孫でもおるんでしょうなあ」

ゴウキはソラの回答から、勝手に得心する。と——、

「……ところで、アキが戻《もど》ってきたんですね」

セリアが亜紀を見て話を振った。室内に亜紀の姿があったことには途中で気づいていたので、話を切り出すタイミングを窺《うかが》っていたのだ。

「そうそう、私達もさっき屋敷に着いて驚《おどろ》いたんですよ」

「昨日、ガルアーク王国にやってきたんです」

などと、オーフィアと美春がセリアに経緯《けいい》を語る。美春が隣に立つ亜紀の肩《かた》に優《やさ》しく手

を回したことで、セリアは亜紀が美春達と仲直りしたのだと悟《さと》った。

「そう、なんだ。久しぶり。また会えて嬉しいわ、アキ」

「はい、私も嬉しいです。……すみませんでした、お騒がせして」

亜紀は申し訳なさそうな顔で頭を下げた。

「仲直りできたのなら私から言うことは何もないわ。本当に良かった」

セリアは亜紀に柔《やわ》らかく微笑《ほほえ》みかける。と――、

「亜紀、そちらの方は？」

貴久が亜紀に近寄って、セリアの紹介を求めてきた。

「あ、お兄ちゃん。この人はセリアさんっていって。夜会の直前までお世話になっていた人なの」

と、亜紀がお兄ちゃんと呼んだのを聞いて――、

「えっ……？」

セリアがギョッとする。夜会の時に貴久が何をしたのかについては、セリアも事後説明を受けて知っている。つまりは、貴久は美春とリオがくっつくのではないかと焦《あせ》り、それを阻止《そし》しようと美春を無理やり連れ去ろうとした、と……。

「どうも、初めまして。亜紀の兄の千堂《せんどう》貴久です」

貴久はセリアの表情がわずかに強張《こわば》っているのには気づかず、かつて闇墜《やみお》ちした頃の暗さなど微塵も感じさせず、爽《さわ》やかな笑顔《えがお》で自己紹介をした。

「あ……………、どうも初めまして、セリアといいます」

――え？　いったい何があったの？　どういうこと？　あんなことしたのに、なんでこんな爽やかに打ち解けているの、この人？

という疑問が立て続けに頭をよぎり、動転しかけたセリア。だが、彼女《かのじょ》も伊達《だて》に貴族の令嬢《れいじょう》として生まれ育ったわけではない。ぎこちない笑《え》みを貼《は》り付けて、なんとか言葉を絞り出した。その間に――、

（……もしかして、リオのことを忘れたから？　それで亜紀と一緒にこっちにやってきたとか……）

「アキやマサトと親しくさせていただいていました。どうぞ、よろしくお願いいたします、勇者様」

セリアは貴久がこの場にいる理由を何となく察し、心を落ち着けて挨拶《あいさつ》をした。

「勇者様だなんてそんな。貴久と名前で呼んでいいですよ。俺《おれ》の方もセリアちゃんって呼んでも？」

と、貴久がこそばゆそうに頬《ほお》をかいて語る。

「お兄ちゃん、セリアさんはお兄ちゃんより年上なんだよ。ちゃん付けは馴《な》れ馴れしすぎると思う」

亜紀が呆《あき》れ、貴久を咎《とが》めるように抗議《こうぎ》する。

「え、そうなの⁉」

亜紀より年上で、自分よりは年下だと勘違《かんちが》いしていたのだろう。貴久は鳩《はと》が豆鉄砲《まめでっぽう》を食《く》らったように驚く。

「今は二十一歳《さい》です」

「に、にじゅうっ……、ええ……？」

貴久は信じられないと言わんばかりに、まじまじとセリアを見つめた。どう見ても中学二、三年生くらいの容姿だからだ。

「どうも、セリアちゃんの父でクレール伯爵家《はくしゃくけ》の当主、ローランと申します。お初にお目にかかり光栄です、セントステラ王国の勇者様」

可愛い愛娘に粉をかけないでくれよとでも言わんばかりに、ローランが貴久とセリアの間に割って入った。

「ど、どうも、初めまして。クレール伯爵」

貴久はローランの凄《すご》みに押されてたじろぐ。沙月はそんな貴久の姿を見て、やれやれと

嘆息《たんそく》する。そして――、

「それはそうと、クリスティーナ王女とフローラ王女の様子はどうなんでしょう？　お元気、ですか？」

と、セリアに話を振った。

「ええ、お二人とも表向きは元気とお見受けします。ただ、まったくショックを受けていないと言ったら嘘になるかもしれませんね」

セリアもクリスティーナとフローラの心境を案じているのだろう。わずかに憂《うれ》いを含んだ笑みを浮かべながら答えた。

「そうですか……」

この屋敷に暮らしている少女達は皆、クリスティーナともフローラとも少なからず交流がある。セリア同様、誰もが物憂《ものう》げな面持ちで二人のことを案じていた。

「色々と気を揉《も》まれるでしょうし、またこちらにご招待してみましょうか。私もお二人のことは友人だと思っていますし」

と、シャルロットが提案する。

「ぜひ。お二人ともきっと喜んでくださると思います」

セリアは嬉しそうに頷いたのだった。

【第五章】 ❈ 密談

セリア達が屋敷へ帰還した日の晩。ディナータイムが終わり、お風呂《ふろ》に入り、就寝《しゅうしん》時刻となって各自が寝室《しんしつ》へ向かった後のことだ。

セリアもソラを連れ、自分の寝室へと入った。

「あなたはそっちのベッドを使って」

「はいです」

ソラが頷きベッドにすとんと腰を下ろす。と、セリアも自分のベッドに座って、ソラと向き合った。そして――、

「どう、屋敷のみんなとは上手くやっていけそう？」

初手、セリアはそんな問いを投げかける。

「別にソラは馴れ合うつもりはないです」

ソラはそっけなく答えるが――、

「その割には美味《おい》しい美味しいって、夢中でご飯を食べていたじゃない。みんなから料理

のことを教えてもらって楽しそうにお話もしていたし」

「つ、作られた料理に罪はないです。それに全然、そんなことなかったです。あいつら鬱陶しかったです」

　ソラは上ずった声で白を切った。

「素直《すなお》じゃないわね、もう」

「そ、そんなことより、ようやく邪魔者《じゃまもの》なしに話ができるです。他に話しておくべきことが色々とあるはずです」

　という話題逸《そ》らしを兼《か》ねたソラの指摘《してき》を受けると――、

「……そうね」

　セリアはわずかに物憂げな息をつきながら首肯《しゅこう》した。

「どうしたです？　急にしんみりした顔をして」

「だって、みんな本当にリオのことを忘れちゃっているんだなって。今日一日みんなと一緒にいてみて、改めて思い知ったの。私だけが覚えていて、みんなが忘れていて、時折すごい疎外感《そがいかん》を覚えて……」

　みんなと一緒に思い出を共有してきたはずなのに、まるで自分だけが別の過去を歩んできたみたいだった。

「けど……」

そう続けて、セリアはじっとソラを見た。

「……何です？」

ソラは訝《いぶか》しそうに首を傾げる。

「リオにアイシア、それに貴方も。私なんかよりずっと孤独《こどく》なのよね。みんなから忘れられて、会えなくなって、絆《きずな》を断《た》ち切られて……」

と、セリアはやるせなさそうに言う。

「……ソラは別に、竜王《りゅうおう》様との絆さえあればいいんです。竜王様さえいてくだされば、寂《さび》しくなんかないです」

強がっているのか、本心なのかはともかく、ソラは俯《うつむ》きがちに語った。そんな姿がなんとなく孤独に見えたのか――、

「……貴方、今こうしてリオに会うまではどうしていたの？　神魔《じんま》戦争《せんそう》で竜王が亡くなって、千年も時間があったのよね？」

セリアはソラの表情を探ろうと、そんな質問を投げかける。

「別に、そこら辺で適当に暮らしていたです」

「…………もしかして、ずっと一人だったの？」

「だったらなんです？　竜王様がいなくなっても神のルールは眷属《けんぞく》であるソラに適用されるんだから、当然そうなるです」

「……すごく、寂しかったんじゃない？」

「だから、別に。ソラは竜王様さえいれば一人でも寂しくないです」

「ソラ……」

セリアの方が寂しそうな顔になる。

「そんな顔をするなです。ソラを憐《あわ》れんでいるんですか？」

ソラはつんと唇《くちびる》を尖《とが》らせて問いかけた。

「違《ちが》うわ。違うわよ。ただ……」

千年だ。千年もの間、ソラは神のルールにたった一人で縛《しば》られてきた。

もしかしたら神のルールがあるから、ソラは端《はな》から人と交わろうとはしてないのかもしれない。どうせ忘れられてしまう。だから、仲良くなっても仕方がないと、諦《あきら》めてしまっているのかもしれない。別に仲良くなりたくもないと、心の中で強く予防線を張るようになったのかもしれない。

そんな考えが、セリアの頭をもたげる。もちろん、ソラが本当に友達はいらないと思っている可能性もある。だが、もしそうでないのなら……。

覚えていてくれる人がいない。だから、友達を作らない。もしそれだけのことであるのなら……。

「ただ、なんです？」

「……私、貴方ともっと仲良くなりたいって思ったの。だから私達、お友達にならない？ううん、もう友達よね！」

セリアはソラと友達になりたいと思った。だから、自分達はもう友達だと、セリアは勇んで宣言した。

「はあ？」

ソラの声が素《す》っ頓狂《とんきょう》に裏返る。

「だって私達、リオと深い繋《つな》がりがあるでしょ？　友達の友達は友達っていうし」

「な、なんですか、その頭の悪い理屈《りくつ》は……」

「友情に理屈なんかないわよ。仲良くなりたいから仲良くなるの」

「…………お前、ソラと仲良くなりたいんです？」

ソラは瞠目し、なんとも訝しそうに尋ねた。

「そうよ。というより、もう友達だと思っているわよ。そう言ったでしょ？」

セリアは臆面《おくめん》もなく頷いてみせる。

「な、なんて勝手な奴……」

「そうよ。勝手よ。私はソラのことを友達だと思っている。勝手にね。で、そのことを勝手に伝えておきたいと思った。それだけ」

「…………」

ソラは堪《たま》らず言葉を失ってしまう。

（……こいつの勝手さはリーナを彷彿《ほうふつ》とさせやがるです）

どうしてだろうか？

——私達、もう友達でしょう？

そういえば大昔にも、似たようなことを言っていた奴がいたと、ソラはふと思い出してしまった。すると——、

「ソラはどう？　私のこと、もう友達だと思ってくれている？」

と、セリアが尋ねて、ソラの顔を覗き込んだ。

「………勝手にするです。ソラがお前を友達と思わないのも勝手です」

ソラはつんと視線を外して、セリアを袖《そで》にした。

「強情《ごうじょう》ねえ……。けど、いいわ。今はまだそれでも」

友達になるのを断られたというのに、セリアは優しく微笑んでいる。

「ふん。変な奴です。馴れ馴れしい」

ソラはそう言い捨てながらも、突《つ》き放《はな》したセリアの反応を探《さぐ》るようにちらりと視線を向けた。

「あ、でもね。一つだけ言わせてもらうと……」

「……何です？」

「お前じゃなくて、セリアよ。私の名前はセリア。名前で呼ぶ時もあるみたいだけど、人のことをお前って言うのは止めた方がいいわよ？　もう」

セリアが軽く頬を膨《ふく》らませてソラを注意する。

「ソラが敬意を抱《だ》くのは竜王様だけです」

「敬意に関係なく、よ。誰《だれ》かを呼ぶのにお前は綺麗な言葉《ことば》遣《づか》いじゃないんだから。特に偉《えら》い人を相手にお前なんて呼んだらそれだけで問題になりかねないし、せめて名前の後に敬《けい》称《しょう》をつけて呼ぶようにしなさい。シャルロット王女とか、リリアーナ王女とか」

幸い今日のところはそういった問題は発生しなかったし、人格者であるシャルロットやリリアーナは大目に見てくれるとは思うが、屋敷の外でそんな呼び方をしたら周りの誰かが問題視するのは大いにありえることだ。

「……説教臭い奴です」

「そうよ、私の職業はもともと先生だからね。リオの先生でもあったんだから」

「竜王様の？　お前がです？」

ソラは意外そうに目をみはった。

「セリア」

「………セリアが、です」

ソラは渋々《しぶしぶ》セリアの名を呼んだ。

「そうよ。リオが貴方くらい小さい頃《ころ》から五年間、リオの先生だったの」

と、セリアは誇《ほこ》らしげに答える。

「むう、ソラは小さくないです。子供扱《あつか》いするなです」

ソラは不貞腐《ふてくさ》れたように唇をすぼめ、ふくれっ面《つら》になった。

「まあ、私よりもずっと年上なんだもんねえ……」

とてもそうは見えないけど――と、セリアはまじまじとソラを見る。日頃《ひごろ》から十代前半の少女と見間違《みまちが》われることが多いセリアだが、そういう勘違いをする側の気持ちがなんとなくわかった気がした。

「だから子供扱いするような目でソラを見るなです。そもそも、付き合いの長さで言うならソラと竜王様の絆だって千年単位で続いているもの。ポッと出のお前とは歴史が違うです。わかりますか？」

と、セリアに負けず、実に誇らしげなソラ。

「またお前って言った……」

セリアがジト目で指摘する。

「と、とにかく、ソラを子供扱いするのは駄目《だめ》です。ソラを子供扱いしていいのは竜王様だけです」

ソラはバツが悪そうに、声を上ずらせて誤魔化《ごまか》した。

「……わかったわよ。その代わり、偉い人を呼ぶ時は名前の後に敬称をつけて呼ぶように努力してよね？　子供じゃないんなら、できるでしょ？」

「ぐ……、それとこれとは話が別です」

「だとしても、リオにも迷惑《めいわく》をかけたくないでしょう？　貴方が問題を起こしたと知ったらリオが困るわよ？」

セリアはリオの名前を出してソラを注意した。

すると、効果はてきめんだったようだ。

「むう……、わかったです」

ソラは渋々ながらも、素直に頷いたのだった。

「よろしい。じゃあ、そろそろ真面目な話もしましょうか」

セリアはそう前置きすると――、

「……この割れた仮面は何なの？」

ベッド脇《わき》の棚《たな》にしまっておいた仮面を手にとって、ソラに尋ねた。

「これは神のルールの適用を肩代《かたが》わりさせて回避《かいひ》するための特殊《とくしゅ》な魔道具《まどうぐ》です」

「え……？　でも、リオもアイシアもみんなから存在を忘れられたままよね？」

超越者《ちょうえつしゃ》となった者は権能を行使する度《たび》に世界中から存在を忘れられてしまう。以降は誰かと会っても記憶《きおく》や印象に残りづらい存在になる。それが現時点でセリアの知る神のルールだったので、回避できていないではないかと首を傾げた。

「回避できるのはそのルールじゃないです。これは超越者が世界に介入《かいにゅう》する際に受けるペナルティを肩代わりするために存在している品です」

ソラがセリアの勘違いを正す。

「そんなものもあるんだ。どういった内容なの？」

「世界を変えるほどの力を持つ超越者は、むやみやたらと世界の当事者になってはならない存在です。だから、超越者は神のルールによって特定の個人や集団のために力を行使することを禁止されているです。もし破れば……」

「……破れば？」

セリアはごくりと唾《つば》を呑《の》む。果たして――、

「超越者は肩入れしようとしている者達のことを綺麗に忘れてしまうです」

「え……？」

「神に類する力を持つ超越者が、特定の個人や集団にだけ肩入れするのは不公平だと神は考えたです。それを阻止するためのルールです」

ソラは感情を押し殺しているかのように、むすっとしながらも淡々《たんたん》とした口調でルールを説明した。

「……もし、リオとアイシアが私達のために戦ったら、二人とも私達のことを忘れてしまうってこと？　私達がリオとアイシアのことを忘れるだけじゃなくて」

「そう言っているです」

と、ソラがぶっきらぼうに首肯すると――、

「だ、駄目よ！　そんなの、駄目！　絶対、駄目！」

セリアはみるみる血の気が引いた顔になり、焦燥《しょうそう》して叫《さけ》んだ。

「いくらお前が駄目と言っても、現実は変わらないです」

「……この仮面が割れているのって、もしかして？」

「今日、あの戦いで、竜王様はリスクを負ってまでお前らのことを助けてやったです。だからこの仮面は消耗《しょうもう》して割れた。そういうことです」

「そんな……」

リオが自分の記憶を失うリスクをかけてまで守ってくれたのだと知り、セリアは言葉を失ってしまった。

「仮面が残っている内はいいです。竜王様は記憶を失わずに誰かのために戦うことができる。けど、現状で仮面はこれを含《ふく》めて五枚だけしかないです。あんな調子でお前らのことを助けていたら、すぐに全部使い尽《つ》くしてなくなる。そうなればいよいよ、竜王様は自らの記憶を代価に戦うことを強要されるです」

ソラはそう語り、厳しい表情を浮かべた。そして――、

「……………竜王様なら、それでもお前らのことを助けそうですけどね」

とてもやるせなさそうに、ぽつりと続ける。

「……貴方、まだ出会ったばかりなのに、リオのことをよく知っているのね」

セリアは強く感心した眼差《まなざ》しをソラに向けた。

「だから、竜王様の絆は千年単位で続いているものだと言ったはずです。生まれ変わったって竜王様は竜王様です。ソラにはそれがわかるです」

馬鹿にするなと言わんばかりに、むくれるソラ。

「……貴方のことを侮《あなど》ってごめんなさい、ソラ。よく、わかったわ」

正直、すごいなと思った。だけど、負けたくないとも思った。自分だってリオのことを誰よりも大切に思っている自負があるからだ。だからこそ、セリアはこれから長く付き合っていくことになる対等な仲間として、ソラに素直に謝罪した。

「わかればいいです」

うむと、ソラも素直に頷く。

「……どうにかしないといけないわね。もうリオとアイシアが戦わなくても済むのが一番なんだけど……」

「それができたら苦労はしないです。お前らみんな弱っちいんですから」

「……今は、まだ言い返せないわね。私達《たち》、ずっとリオとアイシアに守られてばかりだったから。でも……」

今日、セリアは記憶の復活と共に、いくつもの魔法《まほう》を習得した。それらを使えば、今までとは比較《ひかく》にならない強さを発揮できるようになるかもしれない。そう思って、セリアは自分の手をじっと見下ろした。

だが、あえて言葉にしてソラに反駁《はんばく》することもしなかった。今ここでいくら自分が強くなったと訴《うった》えても、虚勢《きょせい》にしか聞こえないだろうと思ったからだ。自分の力は言葉ではなく、今後の行動で証明してみせる。そう思った。

「しっかりするですよ。強さはともかく、お前の頭脳にはちょっとは、ちょ～っとは、期待しているですから」

と、ソラはちょっとの部分を強調した。が、単にセリアを素直に認めるのが恥《は》ずかしいだけなのは透《す》けて見えた。だから――、

「あら、そうなの？」

セリアは嬉《うれ》しそうに尋ねる。

「業腹《ごうはら》ですが、七賢神とその眷属共の頭脳は本物です。お前はリーナの眷属だったホムンクルスと似ているですし、記憶の覚醒《かくせい》と一緒にその特徴《とくちょう》を受け継《つ》いだみたいですから、期待しているです。もしかしたら神のルールをかいくぐる鍵《かぎ》も握《にぎ》っているかもしれないんですし……。あとは、アヤセミハルです」

「……そういえば貴方、私が教えていないのに美春《みはる》の名前を知っていたわよね？　あれは何だったの？」

セリアは今日、ソラが屋敷を初めて訪《おとず》れた時のことを思い出した。ソラは屋敷の者達を見回して、綾瀬《あやせ》美春はいるかと尋ねていた。

「そういえばまだ言ってなかったですか。アヤセミハルは七賢神リーナの生まれ変わりらしいです」

と、なかなかに衝撃的《しょうげきてき》な事実をさらっと告げられたものだから——、

「……え？」

セリアは理解が追いつかなかったのか、聞き逃《のが》したような反応をしてしまう。

「お前とあのアヤセミハルの間にも何かしらの繋がりがあるかもです。何か心当たりはないんですか？」

「え？　ちょ、ちょっと待って。アヤセミハルって、ミハルのこと？　ミハルが賢神《けんじん》の生まれ変わりなの？」

嘘でしょう？　と言わんばかりに、セリアは念押《ねんお》しに確認《かくにん》する。

「そうだと言っているです。で、何か心当たりはないんです？」

「こ、心当たりと言われても……。本当なの？」

ようやく、美春が七賢神の一柱であるリーナの生まれ変わりだという情報を受け止めることができたようだが、セリアはそれでも真実なのか疑った。

「アイシアが言っていたです。自分はリーナが竜王様のために生み出した存在で、アヤセミハルはリーナの生まれ変わった存在だと。アイツが嘘をついていなければ本当です。な

んでそんなに疑うです？」

「だってミハルは、普通《ふつう》の女の子よ？　六賢神って神様で、シュトラール地方では信仰《しんこう》の対象で……」

「そういや連中、六賢神とか呼称《こしょう》してシュトラール地方でふんぞり返っていたんでしたっけね。けど、リーナは追放された七人目だからお前らが信仰している神じゃないです。というより、そもそも賢神共は別に本当の神じゃないです。本当の神から神の役割を与《あた》えられただけのエセ駄賢神です」

と、ソラは七賢神達のことをこき下ろす。

「……いや、それはもう、神様、なんじゃないかしら？」

本当の神から神の役割を与えられたのだからと、セリアが小首を傾げながら言う。いずれにせよ、人類から見れば神に近しい超常的《ちょうじょうてき》な存在であることは確かだ。

「ま、どう思うかは自由です。かくいうソラだって竜王様を神様のように思っているですから」

ソラはなんとも誇らしそうに、畏敬《いけい》の念たっぷりに胸を張った。

「そう、なのよね。リオの前々世？　の竜王も、七賢神と並ぶ存在だったのよね」

「気の抜《ぬ》けた顔をしてやがるですが、ちゃんとわかっているんです？　竜王様がとっても、と〜っても偉大《いだい》な御方《おかた》だということを」

ソラは大きく両腕《りょううで》を広げて、リオの偉大さを表現した。そんな姿がとても愛らしくて、リオのことを本当に好きなんだなというのがよく伝わってきて――、

「リオの話限定なのね」

セリアはくすりと笑った。

「……その様子だと全然わかっていやがらないですね」

ソラはやれやれと溜息《ためいき》をつく。

「だって、なんだか雲の上の話すぎて、全然実感が湧《わ》かないんだもの。リオの前々世が竜王だったとか、美春の前世が七賢神だったとか」

それに、セリアにとってリオはリオだ。前世の前世がかぎりなく神に近しい存在であったとしても、そのことに変わりはない。セリアはそう思っていた。

「まあ、竜王様が雲の上すぎる御方だというのは当たっています。で、アヤセミハルは性《しょう》悪女神《わるめがみ》リーナの生まれ変わりで、お前はそのリーナの眷属の生まれ変わり、かもしれないです。最低限、そのくらいの認識《にんしき》と自覚は持っておくですよ」

「私の前世についてはなんとも推測に満ちた話だけど……、いいわ。私のやることに変わりはないものね」

「やる気があるのは良いことですが、何をするつもりです？」

「まずはこの仮面の解析《かいせき》かな。で、可能なら複製の目処《めど》を立てる。並行《へいこう》して私の身体に妙《みょう》な術式が埋《う》め込《こ》まれていないか調査をする。どうして超越者でも眷属でもない私が記憶を取り戻せたのか、手がかりがあるかもしれないから」

セリアは手にした仮面をじっと見下ろす。

「……できそうなんです？」

「やってみないとわからないけど、取り戻した記憶と一緒に便利そうな魔法を覚えたから可能性はゼロじゃない……かな？」

セリアがまだ使ったこともない魔法だから、いま言えるのはこれだけだ。

「じゃ、じゃあ、早速《さっそく》仮面を調べてみるですよ！」

ソラが期待を滲《にじ》ませてセリアを促《うなが》す。と――、

「ん？」

ソラは何かを感じ取ったのか、部屋の窓に視線を向けた。その直後に、窓をノックする音が室内に響《ひび》く。

「……誰かしら？」

セリアが声を潜《ひそ》めて疑問を口にした。あえてノックをしたということは、敵意がないこ

とを示すアピールではあるのかもしれない。だが、就寝時刻を過ぎて窓からやってきた得体の知れぬ来訪者に警戒心《けいかいしん》を抱かないわけにもいかない。

「……お前、ちょっと下がっていろです」

ソラはセリアを守るように指示を出して、一人で窓に近づいた。そしてサッとカーテンを開く。すると、そこにいたのは……。

「アイシア⁉」

セリアが嬉しそうに表情を明るくする。

「ふん。お前か、です」

ソラは素っ気なく鼻を鳴らしながらも、アイシアのために窓を開けてやった。

「久しぶり、セリア。ソラも、ちょっとぶり？」

アイシアは仮面を着けたまま軽く右手を上げて挨拶をし、きょとんと小首を傾げる。

「竜王様はどうしているです？」

ソラはベランダから身を乗り出し、きょろきょろと上空を眺《なが》めた。

「春人《はると》から話を聞いて、セリアに会いに来た。春人は岩の家にいる。そろそろ行くわけにはいかないからって、私一人で来た」

「ちぇっ、です」

リオに会いたかったのだろう。ソラは寂しそうに小さく舌打ちしながら、部屋の中へ戻っていった。

「まあまあ、ソラ。さあ、中に入って、アイシア。会いたかったわ」

ソラの気持ちはわかる。セリアだってリオには会いたい。けど、アイシアにだって会いたかったのだ。セリアはソラを宥《なだ》めつつ、口許《くちもと》をほころばせてアイシアを室内へと誘《いざな》った、のだが――、

「春人も本当は二人に会いたがっているはず。三人で会いに行っちゃう?」

と、アイシアがちょっと散歩でも誘うようなノリで提案する。

「え? ……いいの?」

アイシアが来てくれただけでも嬉しいセリアだが、リオにも会えるのならなおさら嬉しいのはいうまでもない。リオに会える選択肢《せんたくし》を提示されて、本音が表情に出るのは隠《かく》せなかった。

「うん、屋敷《やしき》のみんなにバレなければ大丈夫《だいじょうぶ》」

リオから三人で楽しんでくればいいと見送られて忍《しの》び込んできたアイシアだが、そのまま二人を連れて岩の家に戻ってきたら駄目とは言われていない。だから、リオに二人を会わせてあげようと思ったようだ。

「じゃ、じゃあ……」

リオに会いに行きたい、という気持ちをセリアはもう抑《おさ》えることができなかった。

「行きましょう」と勇んで口にしようとする。

だが、それよりも先に――、

「お前ら何をしているです？　来ないなら置いていくですよ。さあ、早く行くです」

ソラが既《すで》に一人でバルコニーから飛び立とうとしていた。出発するのはもはや確定事項《じこう》で、セリアとアイシアを急《せ》かしてくる。

「ま、待ってよ。部屋の灯《あか》りとか消していかないと……」

セリアは大慌《おおあわ》てで、深夜に屋敷を抜け出す準備を始めたのだった。

◇◇◇

アイシアがセリアを抱きかかえ、ソラは一人で空を飛び、三人は王都近郊《きんこう》に広がる森の中に隠して設置された岩の家を訪れていた。

玄関《げんかん》をくぐり、三人でエントランスに立ち並んだ状態で――、

「というわけで二人を連れてきた」

と、アイシアが言った。

「あはは……」

まさかアイシアがセリアとソラを連れてそのまま戻《もど》ってくるとは思っていなかったのだろう。面食らって苦笑《くしょう》したリオに――、

「ごめんなさいね、来ちゃった」

と、セリアが気恥《きは》ずかしそうに謝罪する。

「謝《あやま》らないでください。また会えて俺も嬉しいですから」

ゴウキを始め手練《てだ》れが多く暮らしていて、警備も厳重な屋敷に二人で押《お》しかけるのは少し目立つかもな――という理由で遠慮《えんりょ》したのだが、こうなるのであればリオも最初から同行していても一緒《いっしょ》だったかもしれない。

だがまあ、多少の手間が増えても目立つリスクを最小限に抑えることは大事だ。ただでさえ今のリオは超越者になって目立つ真似《まね》は避《さ》けた方がいい立場に置かれているので、いつでも霊体化《れいたいか》して逃《に》げ出せるアイシアに様子を見に行ってもらった上でセリアを連れてきてもらったのも無駄《むだ》な手間ではなかったはずだ。岩の家の方が声を潜める必要もない。

と、リオは思うことにした。ともあれ――、

「早めに戻った方がいいとは思いますが、せっかくなので少しお話ししましょうか。とりあ

えずリビングへ」

　リオはそう言って、セリア達を中へと誘う。

「うん！」

　セリアは嬉しそうに頷《うなず》いて、移動を開始した。アイシアも歩き出し、リオも続こうとする。だが、そわそわした様子のソラに見られていることに気づいて――、

「ソラちゃんも行こうか」

　と、リオはソラに語りかけた。

「はい！　お供するです！」

　ソラは瞬時《しゅんじ》に返事をすると、リオの左隣《ひだりどなり》に並んで歩きだす。別にエントランスからリビングまでは目と鼻の先なのだが――、

「まだ始まったばかりだけど、屋敷の生活はどう？　上手《うま》くやっていけそう？」

　リオがソラに話を振《ふ》る。

「はい！　このソラ、竜王様から賜《たまわ》ったお役目をしかと果たしてみせます！」

　ソラは胸を張って答えた。

「そっか。ソラちゃんがセリアと一緒にいてくれて心強いよ。ありがとうね」

「当然、当然のことです。えへへ、えへへ」

リオから褒《ほ》められ、ソラはだらしなく破顔する。

「ソラが色々と教えてくれて助かったわよ」

と、セリアがソラを褒めると——、

「セリアはなかなか見どころのある奴《やつ》です」

ソラも満更《まんざら》でもなさそうにセリアのことを褒めた。

「もう、調子が良いんだから」

「あはは、仲良くなったみたいで良かった。さあ、座《すわ》りましょう」

そうこうしているうちに四人でリビングに入る。リオに促され、一同はソファに足を運ぼうとする。

「すさっ、すささっ。さあ、竜王様はどうぞこちらへ」

ソラが先回りして上座の席を確保し、リオに献上《けんじょう》しようとした。

「ありがとう。じゃあそこに」

子供のごっこ遊びに付き合うような感覚なのだろう。リオはおかしそうに笑って、ソラが確保した席に座った。それを見逃《みのが》さず、セリアはセリアですさっと移動し、ほぼ同じタイミングでリオの真正面に着席した。

（ここならリオの顔がよく見られるわ）

としていた。が――、

ふふ、と嬉しそうに微笑《ほほえ》むセリア。一方で、アイシアも自然な流れでリオの隣《となり》に座ろう

「ちょっ！　ちょっと待て、待ちやがれです、アイシア！　お前、なにしれっと竜王様の隣に座ろうとしていやがるです!?　竜王様のお隣には竜王様の唯一《ゆいいつ》にして第一の筆頭眷属であるこのソラが座らせていただくです！　図々《ずうずう》しいにもほどがあるですよ！」

ソラがギョッとして待ったをかけて、アイシアにたたみかけた。

「私も春人の唯一にして第一の筆頭契約精霊《けいやくせいれい》」

「パ、パクるなです！　やんのかです？　しばくぞです！　ああん？」

ライバル意識を刺激《しげき》されたのか、あるいはリオの隣を譲《ゆず》れないのか、ソラは今にも臨戦態勢に入らんとする。

「ま、まあまあ。このソファなら三人で並んで座れるから。ソラちゃんは左、アイシアは右に座って」

幸いリオが座ったのは三人掛《が》けのソファだ。ソラは子供サイズだし、アイシアも小柄《こがら》だから、セリアが入ってきても四人で並んで座れるかもしれないくらいには余裕《よゆう》がある。リオは慌《あわ》てて仲裁《ちゅうさい》に入り、ソファの端っこから真ん中にずれてアイシアとソラが両脇《りょうわき》に座るスペースを作った。そうして、リオ達は三人で並んで座る。

「…………」

セリアは無言のまま、真向かいに座る三人を窺《うかが》った。

アイシアもソラも自分がリオの片腕だと言わんばかりに、左右からリオに密着して存在感を放っている。実際、この二人ならそれぞれリオの片腕として申し分のない実力を持ち合わせているのだろう。アイシアもソラも世界でも有数の強さを誇るはずだ。だが、だからといって、負けたくない。負けるつもりもない。

（……やっぱり私も隣に座ろうとするべきだったかしら？　ううん、今はお話をする時だもん。今はここでいい。リオに私を見ていてほしいから）

セリアはアイシアとソラに張り合うように、横にずれたリオに合わせて、自分も横にずれて真向かいに座り直した。そして――、

「これまたずいぶんと強烈《きようれつ》な個性の持ち主が仲間に加わったわね」

と、余裕を感じさせる笑《え》みをたたえて、リオに語りかける。

「ですね。おかげで賑《にぎ》やかにやっています」

リオは両脇を一瞥《いちべつ》し、微妙《びみよう》にはにかんで応えた。

「そっか」

「そちらはどうですか？　みんな、元気ですか？」

「……うん。みんな元気よ」

みんな、リオがいなくても当然のように日々を過ごしている。皆《みな》の記憶の中に、リオはもういない。そのことが堪《たま》らず切なくて、セリアは俯きがちに頷いた。

「なら、良かった」

自分のことは今は気にしないでと言わんばかりに、リオは皆の安寧《あんねい》を心の底から祝福する言葉を口にする。

「……ただね。私達がロダニアに行っている間にアキとそのお兄さんが屋敷に来たの。そのことは、知っている？」

セリアはそう語り、ちらりとアイシアを見た。

「はい、アイシアから聞いています。現状で特に問題はなさそう、なんですよね？　美春さんと亜紀《あき》ちゃんについては特に。ちゃんと仲直りできたとか」

「うん、ミハルとアキはすっかり元通りね。というより、アキが少し大人になったのかも。ミハルに対する申し訳なさがそうさせているのかもだけど、ミハルと接していく上での適切な距離《きょり》感《かん》を覚えたのかしら？　以前よりもべったりしていないし、落ち着いているように見えるわ。問題があるとすれば、アキとマサトのお兄さんというか」

「……貴久《たかひさ》さんが、何かしたんですか？」

リオは恐《おそ》る恐る尋《たず》ねる。

「何かしたわけではないの。ないんだけど……、リオのことを忘れて、あったことがなかったことになっているのが問題というか……」

と、セリアは貴久が潜在的《せんざいてき》に抱《かか》えている問題の本質を――、

「……彼《かれ》はミハルのことが好きよ、今でもたぶん。ううん、絶対」

見事に言い当てた。

「そう、なんですかね？　いや、そう、なんでしょうね」

アレだけ美春に執着《しゅうちゃく》して、美春の傍《そば》にいた自分をアレだけ目の敵にして、美春から遠ざけようとしていたのだ。貴久が美春のことを好きなのはリオにもわかっていたし、その気持ちが今になって消えているとも思えなかった。

「うん。見ていればわかるわ。でも、美春の気持ちは貴久には向いていない。私はそれを知っている」

美春が誰を好きなのか。セリアはその答えを視線で示さんばかりに、じっとリオを見据《みす》えた。

「…………」

リオは自覚がないのか、あるいは忘れられた自分であるはずがないと思っているのか、

いずれにせよ何も言うことはしなかった。

「だから、彼だけは潜在的な問題を抱え続けたままなのかもしれないって思ったの。まあやらかしたことを強く反省しているのは本当みたいだし、今の彼が何かをしたわけじゃないから様子を見るしかないんだけど……」

セリアは物憂《ものう》げに溜息を漏《も》らす。

「……すみません、みんなから俺《おれ》の記憶がなくなったせいで気を揉《も》ませてしまい」

「貴方《あなた》が謝ることじゃないでしょ。貴方達《たち》のことをみんなに思い出してもらえるように、早くどうにかしないと」

「はい」

どうにかする方法はまだ見つかってすらいないが、二人とも悲観はしていなかった。お互《たが》いに顔を見合わせ、決然と首を縦に振る。

「ソラから聞いたわ。あの仮面のことや美春の前世のこと」

「そうですか……」

「大切な仮面を使って、記憶をなくすリスクを冒《おか》してまで私達のことを助けてくれて、本当にありがとう」

セリアはとても切なそうな顔でお礼の言葉を口にした。

「それこそお礼を言われることじゃありませんよ」

自分が記憶を失うかもしれないのに、リオは笑ってかぶりを振る。

「でも、でもね。私は貴方達に大切なみんなの記憶を失ってほしくない」

と、セリアは自らの思いをそのままリオにぶつけた。そして――、

「忘れる対象には私も入っているかもしれないのよね？　超越者と眷属《けんぞく》のことは忘れないみたいだけど、私はそのどちらでもないもの。せっかく貴方達のことを思い出せたのに、今度は忘れられてしまうなんて……」

絶対に嫌《いや》よ――と、セリアはまっすぐにリオを見つめながら訴えた。

「……ですね。俺もみんなのことを忘れるのは怖《こわ》いです」

リオは寂《さび》しそうに微笑んで頷く。

「そうならないように、今後はなるべく貴方達が戦うようなことがあってはならないと思ったの」

「……善処します」

「頑張《がんば》らないといけないのは私達の方よ。貴方達におんぶに抱っこのままじゃ、すぐに全部の仮面を使い尽くしちゃうってソラから聞いた。仮面を複製できないか調べてみるけど、私が預かっているやつはこのまま持っていていいのよね？」

セリアはそう言いながら、壊《こわ》れかけの仮面をテーブルに置いた。屋敷を出る時にこの話もしようと考え、一緒に持ってきたのだ。

「ええ。完全に壊れるまでは効果が続くらしいので大丈夫だとは思いますが、完璧《かんぺき》な状態の仮面が欲《ほ》しければ言ってください」

「なら、とりあえずは壊れかけので大丈夫よ。明日からでも本格的に調べてみるつもりだったけど……、せっかくだし、ちょっとこの場で調べてみる？」

「……できるんですか？」

「ええ。私も初めて使う魔法だけど、たぶん」

「なら、ぜひ」

「了解《りょうかい》。じゃあ……、《術式解析魔法《コードアナリシス》》」

セリアは小さく深呼吸すると、仮面に手をかざして未知の呪文《じゅもん》を詠唱《えいしょう》した。直後、セリアの手先に複雑な術式が浮《う》かび上がる。

術式はそのまま仮面を包み込んでいくが……。

なんというか、地味な光景だった。セリアが手をかざして術式を展開し、仮面を包み込んでいる。それだけだ。ただ――、

「……それで効果は発動しているんですか？」

「うん。これ、すっごいわよ……。頭の中に情報が強制的に入り込んでくる。けど、理解できるかどうかは完全に別ね。相当集中しないと……」

セリアの表情は真剣《しんけん》そのものだった。すると――、

「それ、たぶんリーナや眷属が使っていたやつです！　見たことあるです！　これは期待が持てるですよ！」

ソラがきらきらと目を輝《かがや》かせて言う。だが――、

「この感じだと、複雑な術式ほど解析に時間がかかるみたいね。それにしてもこの仮面、相当複雑な術式が組《く》み込まれているわよ」

まだほんのわずかな時間しか解析を行っていないのに、セリアの額には薄《うっす》らと汗《あせ》が滲んでいた。直に頭の中に入り込んでくる情報に耐《た》えかねたのか――、

「……ごめん、ちょっとこのまま調べるのきついかも」

セリアは展開させていた解析の術式を消した。

「大丈夫ですか？」

リオが腰《こし》を持ち上げ、セリアに近寄ろうとする。

「うん、大丈夫よ。ふぅ……」

と、セリアは大きく溜息をついてから、ソファに座り直すよう前に手を突《つ》き出してリオ

を促した。

「無理をしてまで仮面を調べる必要はありません。複製はできなくても構わないので」

リオはセリアの身を案じ、テーブルに置かれた仮面を手に取ろうとする。

「待って。大丈夫だから」

セリアもすかさず腕《うで》を伸《の》ばし、仮面を掴《つか》んだリオの手に自分の手を重ねた。

「ですが……」

「大丈夫よ。少しずつ解析していけばいいだけだから。時間はだいぶかかっちゃうかもしれないけど……」

「時間がかかるのは全然構わないんですが……」

真なる神が定めたルールから逃れるため、賢神達が作り上げた神代の魔道具だ。少しずつでも解析できるだけでもすごい。リオが案じているのはセリアの負担なのだ。

「本当に大丈夫だから。私にやらせて」

セリアは強い意志を秘《ひ》めた眼差しでリオを見据える。それでリオの手が緩《ゆる》んだのを見計らって、セリアは仮面を掴み取った。

「……絶対に、無理はしないでください」

「うん、任せて」

「よろしくお願いします」

リオは深々とセリアに頭を下げる。と――、

「そういえばお前、詠唱しないと魔法を使えないんです？」

ソラがそんな質問をセリアにした。

「え……？　魔法には呪文の詠唱が必要なもの、でしょう？」

セリアは自らの常識に照らし合わせ、不思議そうに訊《き》き返す。

というのも、魔法は体内に術式を組み込む関係上、術者はいつ体内の術式が誤作動してもおかしくない状態に置かれる。そこで、術者を保護するために組み込まれた保護機構ともいえる手順が、呪文の詠唱というわけだ。

「それは凡夫《ぼんぷ》どもに必要な安全装置のはずです。まがりなりにも賢神の魔道具を解析できたですし、賢神の眷属の特性を獲得《かくとく》したお前なら詠唱を破棄《はき》して魔法を使用することは余裕で可能なはずです」

と、ソラはセリアの力量を高く評価して指摘《してき》した。

「と言われても……、どうやるの？」

「あん？　そんなの、その気になればソラも……」

言葉で説明するのを面倒《めんどう》くさいと思ったのか、ソラは不意に人差し指を突き立てて自分

の顔の前に持っていった。そして――、

「むん……」

と、何か念じるように唸《うな》る。すると、ソラの指先に小さくてシンプルな術式が浮かび上がり、ぽんと可愛《かわい》い音を立てながら火種が現れた。

「う、うそ、すごい！」

セリアが感動して声を漏らす。

リオもぱちぱちと目を瞬《まばた》いていた。

「すごい、すごいじゃない、ソラ！」

セリアはぱちぱちと拍手《はくしゅ》する。

「ちょ、褒めるな。そんなに褒めるなです、まったく」

ソラはデレデレしながら謙遜《けんそん》した。

「それ、どうやってやるの？　というかソラ、精霊術《せいれいじゅつ》じゃなくて魔法を使えたの？」

「ソラは精霊術を使うので魔法は使えないです。什組みは簡単。精霊術で術式をイメージして浮かべたです。ソラがやったのは術式を浮かべるところまでで、事象改変の指示を出しているのはあくまでも浮かべた術式であるというのがミソです」

「ああ、そういう。つまり、精霊術で術式を描《えが》いて、魔法を発動させたってこと？」

流石《さすが》はセリアというべきか、魔術《まじゅつ》に関する飲《の》み込《こ》みは早かった。

「そんな感じです！」

「……でも、だとしたら魔道士の私は使えないんじゃない？　術式を体内に組み込んでいるせいで精霊術は使えないし」

魔道士は自らの肉体を魔道具と見なして体内に術式を埋め込む。これはいうならば人体の不自然な改造だ。術を発動させるにあたって必要となる事象改変の指示を完全に術式に委ねることで、呪文の詠唱をするだけで簡単に魔術を扱《あつか》えるようになる。

だが、その代償《だいしょう》として、術者本人のイメージで事象改変の指示を出す精霊術を使うことができなくなるデメリットもある、はずなのだが……。

「ところが、魔道士にも使える精霊術が二つだけあるです。術式の描写《びょうしゃ》と操作です」

「ふむふむ。術式の……描写と操作？」

ソラの話はセリアだけではなく、リオやアイシアも初耳だったので、それぞれ興味深そうに目を見張っていた。

「文字や文章を光で浮かび上がらせるのとは訳が違《ちが》うですよ？　魔法や魔術を発動させる時、術式の形をした光が浮かび上がるですよね？　アレが術式の描写です。で、術式の操作は描写された術式を後から書き換《か》えるものだとかなんとか」

「へえ」

知的好奇心《こうきしん》を強く刺激されているのだろう。セリアはすっかりソラの説明に聞き入っていた。

「まあ、リーナに言わせるとそれらは厳密には精霊術ではないらしいですが」

「厳密には精霊術じゃないから、魔道士にも使える、か……。理屈《りくつ》の筋道はわかったけど、精霊術じゃないのはどうしてなのかしら？」

セリアは魔術や魔法を発動する時に浮かび上がる術式の光を思《おも》い浮かべながら、首を捻《ひね》った。

術式というのは、文字や記号のような何かを組み込んで描かれた幾何学紋様《きかがくもんよう》の形をしている。術者が魔力を使って光を浮かび上がらせて術式を描くのならば、それは術者のイメージを事象として引き起こす精霊術に他ならないように思えた。

「確か……、術式そのものは事象という解を求めるための式みたいなものであって、事象そのものではない、的な小難しいことを言っていた……気がするです」

ソラは当時の記憶《きおく》を振り返っているのか、自信なげにたどたどしく語る。正直、この説明だけで解答が得られなかったが——、

「へえ……」

何かしらの考察やら推察はできたのか、セリアは興味深そうに唸る。

「発動のさせ方も普通の精霊術とは異なるです。普通の精霊術は漠然《ばくぜん》としたイメージを魔力に乗せて放つだけでもマナがイメージをくみ取って事象が発動するですが、術式の描写は漠然としたイメージをするだけではできないです。それこそ術式を丸暗記して、脳内で正確にその形を鮮明《せんめい》に思い浮かべないと描写できないです」

「え？　それは、難易度が高すぎない？　精霊術を使える人なら、精霊術で直接事象を起こした方が明らかに早く術を発動できると思うけど……。魔道士にしたって、呪文を詠唱して魔法《まほう》を発動させた方が早く魔法を使えるような……」

と、セリアは術式描写の致命的《ちめいてき》ともいえるデメリットを指摘した。術式の形状は高位の魔術になればなるほどに難解になっていく。簡単な火種を作るような超低位《ちょうていい》の術式ならば比較的《ひかくてき》簡素だが、ちょっとした攻撃《こうげき》魔法で使うような魔法の術式になっただけでも相当に複雑な形をしている。

その形を正確にイメージして思い浮かべるとなると、実用性は皆無《かいむ》なのではないだろうか？　セリアはそう思った。

「その通り。めちゃくちゃ面倒くさいです。さっきのやつも普通に精霊術で火を出した方がずっと手っ取り早いです。普段《ふだん》はあんな無駄な真似しないです」

ソラはあっさりセリアが語ったデメリットを認める。

「じゃ、じゃあ実用性はないんじゃ……？」

セリアは肩透《かたす》かしを食《く》らったように訊いた。

「ところが、賢神やその眷属クラスになると話が変わってくるです。並列《へいれつ》思考と思考加速を扱うような頭脳お化けですからね。高位の魔法だと呪文を詠唱して使った方が早く発動できるみたいですが、通常の魔法なら無詠唱で発動した方が早かったです。一周回って精霊術より便利になるとか言っていたですね。だから、お前もリーナの眷属……かどうかはまだわからないですが、その特性を手に入れたのなら使えると思うですよ」

と、ソラはセリアを見ながら告げる。

「なるほど……」

「精霊術でちょっとした文字や文章を書くくらいなら俺もやったことがあります。絵を描く要領で術式を描けないかと思って試《ため》してみたこともあるんですが、それとはまた別のアプローチみたいですね」

リオがここまでの話を踏《ふ》まえ、過去の体験と照らし合わせて発言した。

「流石は竜王様《りゅうおう》です！　簡単な術式なら指でなぞって精霊術で描くこともできると思うですが、まさしくソラが今語った術式の描写とは異なるやり方ですね。術式の描写は瞬時に術式を浮かび上がらせるものなので、筆で描いていくようなやり方とは違うです」

「形を覚えている魔法か魔術の術式があったら、ちょっと試してみない？」

セリアがそわそわした様子で提案する。

「ですね」

そうして、一同は術式の描写にチャレンジしてみることになった。

「……これ、やっぱり難しいですね」

リオが顔の前に右手の人差し指を突き出し、虚空《こくう》と睨《にら》めっこしている。指の先で術式を描こうとイメージしているのだが、一向に術式が浮かび上がらない。

「何か術が発動しそうな気配はする」

隣ではアイシアもリオ同様、虚空と睨めっこしていた。

「だね。普通に文字を浮かべるだけならすぐにできるけど……」

そう、試しに何か文字を思い浮かべてみるとすんなり浮かび上がる。なので、やはり普通に精霊術を発動させるのとは勝手が違うのだろう。

「うーん、確かに普通に精霊術を使おうとするのとは手応えが違うわね。私でも何かできそうな気がするというか……」

既に述べた通り、魔道士であるセリアは精霊術を使えない。精霊術を使うのに必要な技術はリオから教えてもらっているので精霊術を使う素養は身につけているが、体内に埋め込まれた術式に邪魔《じゃま》されて、精霊術を発動させようとしても術式改変の指示が自然界のエネルギーであるマナに上手く伝わらないのだ。

「ふふふ、ソラもこれを習得するのにちょっと、ちょ～っと時間がかかったですよ」

リオに何かを教える機会に恵《めぐ》まれているからか、ソラは嬉《うれ》しそうだ。

「手応えがある以上、術式描写を行うためのプロセス自体が見当外れになっているわけではないみたいね。となると、必要なのは……」

セリアはすっかり学者モードになっていて、ぶつぶつと呟《つぶや》きながら考察を行っている。

「まあ、コツを掴めばできるようになるですよ。大事なのは先ほども申し上げたように術式の形状を正確に思い浮かべることで……」

皆の反応も楽しめているし、そろそろ満を持して助言を行おう。ソラがそう思って説明を口にしたところで――、

「……あ、できた」

セリアが無詠唱での術式展開に成功した。試していたのは小さな光源を作る魔法だったらしく、光の球がぷかぷかと浮いている。

「……すごいですね、流石」

「セリア、すごい」

リオが瞠目《どうもく》してセリアを称賛《しょうさん》する。アイシアも素直《すなお》にセリアを褒め称《たた》えた。

「なっ、ば、馬鹿な、です！　ソラでも大したヒントもなしだと無理だったのに！」

ソラがギョッとして叫《さけ》ぶ。

「術式の形状を丸暗記する以外に、何かコツとかあるんですか？」

「うーん、丸暗記でもいいんだろうけど、意味もわからずそのまま形状を覚えようとするのは効率が悪いというか……。使おうとする魔法や魔術への理解が深いといいのかしら？　実際にこの光源を作る魔法で術式を展開する時の感覚を思い出してみたら、すんなりと描写できたわよ」

「なるほど……」「魔法を使う時の感覚となると、精霊術しか使えない私達《たち》には難しい感覚かもしれない」

などと、セリアの解説を受けてのリオとアイシア。理論派であり天才肌《てんさいはだ》でもあるセリアだからこそ、掴みも早かったのかもしれない。

「そ、そのことをこれからソラがお教えしようと思ったですよ、竜王様！　術式の理解の仕方はですね、えっと、えっと……」

ソラは慌てて手柄《てがら》を取り返そうとするが——、

「精霊術士って術式が込《こ》められた魔道具とかに触《ふ》れて魔力の流れを読み取ると、なんとなくでもその魔術を理解して真似できるようになるでしょ？　その時の感覚が参考になるんじゃないかしら？」

と、セリアが解説を付け加えた。

「そ、その助言はソラが後でするつもりだったです！　お、お前、空気読めですよ！　ちょっと早く使えるようになったからって、調子に乗っているですね？」

ソラが涙目《なみだめ》でセリアに食ってかかる。

「ご、ごめんなさいね。これ、精霊術士より魔道士の方がコツを掴みやすいかもって思ってさ。考えている間に楽しくなっちゃって」

セリアが狼狽《ろうばい》しながらソラをあやす。

「ほらほら、ソラちゃん。俺とアイシアはまだ使えないし、教えてくれる？」

「は、はいです！」

リオに宥められ、ソラは嬉しそうに頷く。

「私、構造が簡単な魔術の術式をいくつかペンで紙に描いてみるわね」

セリアはほっと胸をなで下ろすと、紙とペンを手に取りに立ち上がった。ただのインクを使ったペンで紙に術式を描き込むだけなら燃料となる魔力が供給されない限り、魔術が発動することもない。感覚を掴む練習をするにはもってこいだろう。

そうして、リオとアイシアはセリアが描いてくれた術式に魔力を流《なが》し込んで感覚を確認《かくにん》することになる。王立学院にいた頃《ころ》、リオはこのやり方でよく使える精霊術を増やしていたので、感覚を掴むのも早かった。アイシアも精霊術の才能がずば抜《ぬ》けているので、難なく感覚を掴む。ただ――、

「ありがとうございます。おかげで簡単な術式なら描写できるようになりましたが、ソラちゃんが言う通りですね。精霊術を発動させる方がずっと早い。発動のさせ方が普通《ふつう》の精霊術と違うから咄嗟《とっさ》には使いづらいですし、術式を一つ一つ覚えるのが大変すぎて、俺とアイシアには向いていないです。セリアはどうですか？」

おそらく自分が今後使うことはないという結論に達する。その上で、リオはセリアに水を向けた。

「私は使い勝手が良くて気に入ったわ。色々と試してみないとわからないけど、中位クラスの魔法までなら呪文の詠唱をするより早く発動できそうな気がするし、精霊術みたいに無詠唱で咄嗟に魔法を使えるのもありがたいから」

魔道士として、精霊術に対する憧《あこが》れもあったのだろう。新たな力に確かな手応えがあるのか、セリアは嬉しそうに頬《ほお》を緩めた。

「……リーナは難しめの魔法でも無詠唱で使いこなしていたですから、セリアも頑張るですよ」

ソラがちょっと気恥ずかしそうに発破をかける。

「あら、ありがとう。名前で呼んでくれたわね」

セリアはちょっと目をみはってから、ご機嫌《きげん》に礼を言う。

「べ、別に気まぐれです。お前が頑張ってくれないと竜王様が困るんですから」

ソラはぷにぷにのほっぺを見せつけるように、そっぽを向いた。

「ふふ。なら、頑張らないとね」

セリアは華《はな》やかに微笑みながら、ぎゅっと拳《こぶし》を握《にぎ》りしめてガッツポーズを取る。

「ソラちゃんもこのまま何日か屋敷《やしき》で暮らしてもらうことになるだろうから、よろしくね。その間にセリアに色々と教えてあげて」

「はいです！」

ソラは高らかに返事をする。

「何日かってことは、その後の予定はもう決まっているの？」

セリアがリオに尋ねた。

「はい。仮面以外にも、神のルールをどうにかする手がかりがあるかもしれないですからね。一度、リーナの手がかりを探すための旅に出ようと思っています。数週間は留守にするかもしれません」

「そっか。調べられる時に調べておかないとね」

こんな状況《じようきよう》でリオと離《はな》れ離《ばな》れになるのは寂しくもあるし、不安もあるが、今後はリオ達《たち》に頼《たよ》り切るわけにはいかないと決めたばかりだ。

「ソラちゃんと入《い》れ替《か》わりで、こっちにはアイシアに残ってもらうつもりです」

二人の内どちらを連れていくかで悩《なや》んだが、旅先ではリーナ以外にも当時の超越者《ちようえつしや》や眷《けん》属《ぞく》達の痕跡《こんせき》を調査することになるかもしれない。実際に当時の彼らを知る唯一の人物がソラなので、今回はソラに来てもらうことにしたというわけだ。ともあれ——、

「そうなの？　なら、寂しくないわ。よろしくね、アイシア」

「うん、セリアとお話しできるから、私も寂しくない」

などと、セリアとアイシアは視線と一緒に、気持ちも通じ合わせる。

「ということはソラはまた竜王様とご一緒できるですね！」

「うん。よろしくね、ソラちゃん」

「はいです！」

ソラは今にも小躍《こおど》りし始めそうなほどに喜んで返事をする。

それから、リオ達は小一時間ほど四人だけの時間を楽しむ。夜明けと共にロダニアが襲撃《しゅうげき》されて一日が始まり、セリアも疲《つか》れていることだろう。あまり長居をするわけにもいかないからと、お別れの時間は瞬《また》く間《ま》にやってきた。

「じゃあ、気をつけて。送迎《そうげい》をよろしくね、ソラちゃん」

リオとアイシアが玄関《げんかん》の前に立って、屋敷に戻《もど》るセリアとソラを見送る。

「はいです！　さあ、帰るですよ、セリア」

ソラがセリアを抱《だ》きかかえようとするが、その前に――、

「……ねえ、神のルールのこと。絶対になんとかしましょうね」

セリアはリオに歩み寄って、敢然《かんぜん》と覚悟《かくご》を秘めた面持《おもも》ちで呼びかけた。そして――、

「みんなに記憶を取り戻してもらって、リオとアイシアが何の憂《うれ》いもなくみんなとずっと一緒《いっしょ》にいられるようにして、そこにソラも加わって、またみんなで一緒に暮らすの」

と、今は叶《かな》わなくなってしまった願いを語る。

「……はい、絶対に」

「出発の日は見送れないだろうから、今のうちにね。行ってらっしゃい、リオ」

セリアはそう言って、リオにぎゅっと抱きつく。

「むっ……」

ソラはセリアを引き剥《は》がそうと一歩を踏み出そうとしたが――、

「……ちぇ、仕方がないですね」

リオに抱きつくセリアの姿を見て何を思ったのか、その場に踏みとどまる。すると、アイシアがソラに近づいてきた。

「ソラ、偉《えら》いね」

アイシアはソラの頭を優《やさ》しく撫《な》でる。

「……う、うっさいです。ソラを子供扱いするなです」

一瞬《いっしゅん》、心地《ここち》よさそうな顔を覗《のぞ》かせたソラだったが、すぐに赤面してアイシアの手を払《はら》う。それから、ふくれっ面《つら》でリオに抱きつくセリアの背中を凝視《ぎょうし》すると――、

「おい、セリア！　お前、いつまで竜王様に抱きついているつもりです⁉　とっとと帰るですよ！」

気恥《きは》ずかしさを誤魔化《ごまか》しているのか、あるいは我慢《がまん》の限界を迎《むか》えたのか、リオからセリアを引き剥がそうとしたのだった。

【第六章】　勇者問答

翌日のことだ。

昼食の時間。沙月《さつき》と雅人《まさと》と貴久《たかひさ》はシャルロットとリリアーナに案内されて、王城のダイニングを訪《おとず》れていた。今日はフランソワから話があるということで、これから一緒に昼食を摂《と》ることになっている。

「さあ、どうぞこちらへ」

騎士《きし》がダイニングの扉《とびら》を開けて、シャルロットが一同に入室を促《うなが》す。そうして沙月達が入室すると、既《すで》にテーブルに着席している先客達の姿があった。

ベルトラム王国第一王女クリスティーナ、第二王女フローラ、勇者弘明《ひろあき》、ロアナ、そしてユグノー公爵《こうしゃく》の五人である。

「クリスティーナ姫《ひめ》、フローラ姫！」

もはや友人とも呼べる間柄《あいだがら》になった二人を見つけ、沙月が小走りで駆《か》け寄っていく。それでクリスティーナとフローラの表情が華やぐ。

「お久しぶりです、サッキ様」

「またお会いできて光栄です」

二人は立ち上がって沙月に応じた。

「ロダニアでのこと、聞きました。その、大変でしたね」

沙月はかける言葉が上手《うま》く見つからず、痛ましそうに顔を曇《くも》らせる。

「お心遣《こころづか》い、ありがとうございます。セリア先生やサラさん達にもとても助けられました。どうか、よろしくお伝えください」

と、クリスティーナが語り、フローラと一緒にぺこりと頭を下げた。

「また別の機会に屋敷へご招待しますから、お二人ともぜひお越《こ》しくださいな」

シャルロットも話に加わり、クリスティーナとフローラに語りかける。

「喜んで」「ぜひ」

王女姉妹《しまい》の返事が重なった。

「……弘明さんもお久しぶりです。ご無事で何より」

沙月は近くに座《すわ》っていた弘明にも視線を向けて、声をかけた。沙月と弘明の関係は険悪とまではいわないが、良好でもない。お互いに用でもない限り好んで話しかけようとする間柄ではないというのが正確な表現だろうか。こういった場で同席する際、沙月が挨拶《あいさつ》す

ると嫌な顔をされることも多いのだが――、

「……ん、ああ」

弘明は座ったまま、沙月を一瞥《いちべつ》して返事をする。素っ気なくはあったが、感じが悪いわけではなかった。そのことに沙月はちょっと目をみはる。

「こんにちは、坂田《さかた》さん。覚えていますか、以前、夜会で軽く挨拶させていただいたんですけど」

貴久も弘明に近づいて挨拶する。

「お前は……、ああ、セントステラのイケメン勇者だな。で、そっちの小僧《こぞう》が噂《うわさ》の新しい勇者か」

どうやら弘明は貴久のことを覚えていたらしい。

「どうも、千堂《せんどう》雅人です」

「ああ、坂田弘明だ」

弘明は軽く肩《かた》をすくめて雅人に応じた。すると――、

「皆様《みなさま》、お父様がいらっしゃるみたいなので、そろそろご着席をお願いします」

シャルロットが扉の傍に立つ案内係の騎士から合図を貰《もら》って、室内にいる出席者達に呼びかけた。それから、沙月達がそれぞれの席に向かっている間に、ガルアーク国王フラン

ソワがダイニングに入ってくる。

「皆《みな》、本日はよく集まってくれた。まあ、かけてくれ。食事中にするような話ではない議題も交じっているのでな。ひとまず食事を楽しんだ後に話をするとしよう」

と、フランソワが語ると、すぐに料理が運ばれてくる。かくして、四人の勇者達が集う食事会が始まった。

が、明るく歓談《かんだん》をする雰囲気《ふんいき》でもない。皆、出された料理に手はつけているが——というより料理に手をつけ続けているからこそ、口数の少ない時間が流れていった。そうして、いよいよ皆が最後の料理を食べ終えたところで——、

「では、本題に入るとしようか。こうして勇者の皆に集まっていただいたのは他でもない。ロダニアが陥落《かんらく》した件とも絡《から》む。サツキ殿達《どのたち》の耳にも話は届いているとは思うが、ロダニア攻略《こうりゃく》にあたってベルトラム王国本軍側に氷の勇者が助力したらしい」

フランソワが話を切り出し、一同の顔を見回した。そして——、

「問題は氷の勇者が振《ふ》るったという力についてだ。氷の勇者が放った一撃《いちげき》により、ロダニアを守護していた百数十の空挺騎士《くうていきし》達はほぼ全員が氷漬けになって落下したという」

と、言葉を続ける。

「…………」

一同、少なからず緊張《きんちょう》したのか、表情が硬《かた》くなる。

「この数字は決して軽視できるものではない。部隊が広く展開している上空での攻撃《こうげき》でそれだけの被害《ひがい》が出たのだ。地上で密集している部隊にその力を振るえば、千人単位で被害が出てもおかしくはないというのが現場にいたクリスティーナ王女の見立てである」

「せ、千っ……!?」

沙月、雅人、貴久――すなわち、既にこの話を聞いていた弘明以外の勇者三人は、その数字を聞いて揃《そろ》って絶句した。

「その力を振るえるのが一度の戦いで一度きり……というのであればまあ、国にとって看過できない重大な脅威《きょうい》という程度の認識《にんしき》で済むのだがな。何度でも使えたり、さらに強大な力を使えたりするようであれば、場合によっては国家存亡の危機に繋《つな》がりかねん」

「……場合によっては、というのは？」

沙月が恐《おそ》る恐るフランソワに訊いた。

「勇者がその力を国に向けて使おうとしたら、という場合を想定している。一振《ひとふ》りの攻撃だけで千の軍勢を殺傷できる力の持ち主だ。何度でもそのような攻撃が出来るとしたら、国が軍を動かしたところでみすみす生《い》け贄《にえ》を捧《ささ》げるようなものであろう？」

と、フランソワは歯に衣《きぬ》着せずに、勇者の危険性を指摘した。すると――、

「そ、そんなことっ、しませんよ！　俺達《おれたち》はっ！」

勇者である自分が非難されたに等しいと感じとってしまったのだろうか。貴久が堪《たま》らず立ち上がって、フランソワに異議を叫んだ。

「無論、健常な精神の持ち主であればそんな真似《まね》はしないであろうとは思っている。この場にいる勇者の諸君がそのような人物ではないとも信じている」

フランソワはあくまでも冷静に受け応えをする。

「タカヒサ様、どうかご着席ください」

リリアーナからも静かに宥《なだ》められ、貴久は苦々しい顔つきで席に腰を下ろした。

「勘違《かんちが》いしないでもらいたいので、強調して言おう。いま、余はこの場にいる勇者の諸君らを危険視しているわけではない。他国の戦争に参入し、それだけの力を敵国に振るった氷の勇者個人のことを殊更《ことさら》に危険視している。それを理解した上でここからの話を聞いてもらいたい」

と、フランソワは勇者四人を一人ずつしっかりと眺《なが》めて言う。

「大丈夫《だいじょうぶ》。よくわかっていますよ」

「ああ、俺《おれ》もです」

などと、沙月と雅人ははっきりと理解したことをフランソワに伝えた。

「ふん……」

弘明はこれといった言葉は発さず、肩をすくめて理解していることを示す。

「……はい」

貴久も険しい面持ちで頷《うなず》く。すると――、

「一国の王として、余は氷の勇者の力がどの程度のものなのかを推《お》し量《はか》りたい。だが、氷の勇者に直接頼《たの》むこともできん。そこでだ。ヒロアキ殿《どの》には既に話を通してあるが、我《わ》が国《くに》に友好的な勇者殿達の協力を得られればと考えこの席を設けた。勇者殿達が全力で振るう一撃を見せてはもらえぬだろうか」

フランソワはいよいよ、この食事会を企画《きかく》した意図を沙月達に説明した。

「……話を通してあるということは、坂田さんは？」

沙月が弘明を見る。

「ああ、俺は協力するぜ。敵にあの氷の勇者がいることは、レストラシオンにとっての問題でもあるからな。つまりは、俺の問題でもある」

という弘明の発言は、レストラシオンという組織への帰属意識と責任感を強く窺《うかが》わせるものだった。

「へえ……」

沙月は何を感じたのか、ちょっと見直したように瞠目する。

「強調しておくが、これはあくまでも依頼《いらい》だ。命令しているわけでも、強要しようとしているわけでもない。断ったからといって何か不利益な取扱《とりあつか》いをするようなことはしないことを誓《ちか》う。結論を出すにあたって時間が必要というのであれば幾日《いくにち》かは待つ用意があるし、訊きたいことがあるのであれば何でも答えよう」

と、フランソワは勇者一同に宣言した。すると――、

「……じゃあ、私からは一つだけ」

沙月がゆっくりと手を上げる。

「なんだ、サツキ殿よ」

「勇者の力を確かめること。少なくともガルアーク王国に所属している私に関していえば、調べようと思えばいつでも調べられましたよね？」

「サツキ殿の同意があれば、であるがな」

「でも、同意を求めようとはしてもこなかった。勇者の力を見せてくれなんて話もしてこなかった。似た話は以前にもしたことがあるかもしれませんけど、どうしてですか？　改めてこの場にいる勇者のみんなにも聞かせてくれませんか？」

沙月は雅人を始め他の勇者達を見回してから、その理由を直球で尋《たず》ねた。

「確かに『勇者であることの確証を得るため、その力を見せてほしい』などと理由を口にして要求することもできたであろうな。サツキ殿が勇者であることは伝承や当時の状況と照らし合わせて十分に明らかではあったが……」

フランソワはそう語り、何がおかしいのかフッと笑《え》みを漏《も》らす。そして、次のように説明を付け加えた。

「理由はいくつもあるのだが、一国の王である余から見ても勇者であるサツキ殿は対等な相手だ。そして、当時も今も余はサツキ殿と良好な関係を築いていきたいと思っている。であれば、余がされて嫌《いや》なことをサツキ殿にするわけにはいかない。対等な関係を構築するにあたって当然の配慮《はいりょ》だ」

「…………」

沙月は何も言わず、黙《だま》ってフランソワが続きを語るのを待つ。

「下世話で品のない話だとは思わんか？　単純な力でなくとも構わん。権力でも、財力でも、これといった必要もないのに、興味本位でお前の力を見せてほしいなどと頼むのは。無粋《ぶすい》の極《きわ》みであろう？」

「……それはすごくよくわかりますけど、必要はなかったんですか？」

国としては勇者が持つ力を軍事活用したかったのではないかと、興味があったのではないかと、沙月は直截的《ちょくせつてき》な言葉にはしないで尋ねた。

「我が国はまっとうに繁栄《はんえい》している。戦時下で亡国の危機に置かれているわけでもない。侵略《しんりゃく》の戦争をしようなどとも思っていない。そんな平和な状況で伝説に残るほどの強大な力を求めてどうする？　興味すら抱かなかったと言えば嘘《うそ》にはなるがな」

と、フランソワは興味を抱いたことについては隠《かく》さなかった。すると――、

「……興味を抱いたのなら、調べたいのでは？」

気になったら調べようとするものだろうと、貴久が横からフランソワに質問する。

「だから、それを下世話だと言っているのだ。そして、こうも言ったはずだ。余はサツキ殿とは対等で良好な関係を築いていきたい、と。下世話な相手に人は反感を抱きやすいものであろう？」

ある対象に興味を抱くことと、それを調べるかどうかの必要性の判断は別の次元で行うべきことだ――という前提で、フランソワは説明を行う。

「………」

そんなことを言っても、本音としては調べたいのではないか？　と、貴久は疑《うたぐ》るような目線を無言のままフランソワに向け続けていた。フランソワは貴久からのそんな不躾《ぶしつけ》な視線を涼《すず》しく受け止めて――、

「サッキ殿自身が力を確かめることを強く望んで話を持ち掛《か》けてきたのならばともかく、その気もないのに興味本位だけで調べさせてくれと頼むことはできん。最悪、サツキ殿を警戒《けいかい》させてしまう恐れもある。調べる必要性が生じたとしても、頼むのは信頼《しんらい》関係が築けるのを待つ必要があるとずっと考えていた。その時が今というわけだ」

堂々と、そう語った。

その上で――、

「余からも一つ聞かせてもらいたい」

フランソワは勇者達に話を振る。

「どうぞ」

沙月が代表して促す。

「余が近くで見てきたのはサツキ殿だけだが、勇者の真の力。積極的に調べようとしてこなかったのはこの場にいる勇者殿達、皆がそうではないのか？　自身が手に入れた力を振るう機会はあっても、その底まで余すことなく掬《すく》って解き放ってやろうと考え、力への渇《かつ》望《ぼう》を抱いた者はいなかったように思える」

と、フランソワが疑問を口にする。すると――、

「そんなの、使う気がないからですよ！」

貴久が真っ先に、強い正義感を滲《にじ》ませて答えた。

「……私も。使う気がない、という結論は貴久君と同じですかね」

「俺も」

などと、貴久との温度差はあったが、沙月、雅人も同意する。

「……ま、そうだな。ちょっとその気になって攻撃するだけでもドン引きするような威力《いりょく》が出るんだ。別に好き好んで戦いに身を投じたいわけでもねえし、力を求めてどうすんだって話だ。力の引き出し方も感覚的なもので、説明書があるわけでもねえしな」

弘明も三人の意見に賛同しつつ、より詳細《しょうさい》に意見を掘《ほ》り下げた。

「あと付け加えるなら、私が勇者の力を調べたいって言いだしたら、警戒されるかなって思っていたのも理由の一つですかね。勇者の力に興味がないわけではありませんでしたけど、あまり力を示しすぎるのも問題かなって」

と、沙月は異なる視点から意見を付け加える。

「ふはは、余はサツキ殿のそういう思慮《しりよぶか》深さが好きである」

フランソワは愉快《ゆかい》そうに笑い声を上げた。

「私もフランソワ国王陛下のことは思慮深い王として好感を抱いていますよ」

「では、余もさらに腹を割って話すとしよう。正直に言うとな。余は恐れていたのだ。突《とっ》出《しゅっ》しすぎた力の持ち主が現れることで国内に生じる変化を恐れていた。勇者の真の力。サツキ殿が振るいたがらず、蓋《ふた》をしておけるのであれば蓋をしておいた方が、国を治めるにあたって都合が良かった。もともと我が国は勇者殿達が存在せずとも安定して国を治めることができていたからな。伝説の力ではなく、その威光《いこう》を借りるだけで十分だった」

と、フランソワはありのままに本音を吐露《とろ》する。

勇者の力を国王であるフランソワの意思で自由に振るうことができるのであればまた話も変わってくるのだろうが、力の持ち主は国王と対等な立場を持つ勇者なのだ。自由な意思を持つ一人の少女が、国王の意思とは別に行使する。

一国の主からすれば、自分でコントロールできず、かつ、下手をすると国が滅《ほろ》びかねないほど強大な力を振るえる者を恐《こわ》く思うのは当然だろう。現代の地球で例えるなら、国家ではなく個人が自由に使える核兵器《かくへいき》を所持しているような状況である。

「……今回、国に協力することで、私達も氷の勇者と同等の力を持っていることが明らかになるかもしれないわけですよね？」

沙月がぽつりと口を開いて訊《き》いた。

「うむ」

「脅威には思いませんか？　私達の力が国に向けられるのではないかと、警戒はしませんか？　一個人がそんな力を持っているのって、国からしたらかなり恐ろしいことだと思うんですけど」

氷の勇者である蓮司《れんじ》がその力で大量虐殺《ぎゃくさつ》を行った以上、勇者の力が脅威であることはもはや証明されたも同然ではある。沙月はそれを踏まえ、真剣《しんけん》な顔つきでまっすぐとフランソワに問いかけた。

「脅威と感じるかは互《たが》いの信頼関係次第《しだい》であろう。サツキ殿が我が国に召喚《しょうかん》されてから今日に至るまで、その信頼を見定める時間は十分にあったと余は思っている。だから、余はサツキ殿を信じ、我が国を信じて勇者の力を存分に振るって見せてほしいと頼むことにした。それが余の答えだ」

フランソワもまた、まっすぐ沙月を見つめ返して答える。

果たして――、

「……フランソワ国王がとても丁寧《ていねい》に筋を通して、こうして頼んでくださっているのだということがよく伝わってきました。いいですよ。ガルアーク王国の勇者として、その力を存分に振るってお見せすることを誓います」

と、沙月は協力を確約する。

「よいのか？　この場で回答を求めているわけではないのは既に伝えてある通りだが」

「私もフランソワ国王のことは信用していますから。王女であるシャルちゃんのことも得がたい友人だと思っています。そんな方達が治めるガルアーク王国のためなら、喜んで協力しようと即決《そっけつ》できます」

「……であるか。感謝する」

フランソワは沙月に長い目礼を捧げた。すると――、

「ちょ、ちょっと待ってください、沙月さん。軽率《けいそつ》じゃないですか？　もう少しよく考えてから答えを出しても」

横から貴久が慌《あわ》てて沙月に翻意《ほんい》を促す。

「貴久君……」

「力を見せてほしい、などという要求では済まないんじゃないですか？　状況によっては力を貸してほしいに変わっていくかもしれないし。勇者の……、俺達の力を、戦争のために使わせて、大量に人を殺させようとするかもしれない。そうですよね？」

貴久は沙月を見るのではなく、フランソワを責めるようにキッと睨んで尋ねた。

「……氷の勇者が我が国に対しその力を振るおうとする場合、抑止力《よくしりょく》として矢面《やおもて》に立ってほしいと頼むことは十分にありえるだろう。が、あくまでも抑止力としてだ。実際に敵軍に向けて振るってほしいと頼むのはいよいよ最後の状況になってから、であろうな。その

時にどうするかも、決断はサツキ殿に委ねるつもりである。勇者の力を頼りに、侵略のための戦争を仕掛《しか》けるつもりも皆無《かいむ》だ。あくまでも防衛目的で、抑止力としての運用を徹底《てってい》したい」

と、フランソワは貴久ではなく、沙月を見ながら詳細に答えた。

「……勇者の力を戦争に利用しないと？」

「その言い方だと勇者をおよそ戦争に利用しない、という帰結になりかねんな。抑止力としては利用したい、と言っている」

フランソワは瞬時《しゅんじ》に論点を正す。

「…………抑止力で済む保証がないじゃないですか」

貴久が顔をしかめて呟く。貴久はフランソワのことを信じられないのだろう。だから沙月がフランソワに騙《だま》されているように見えてしまっているのかもしれない。

とはいえ、沙月とフランソワの間には信頼関係が存在するが、貴久とフランソワの間には信頼関係が存在しない。貴久はセントステラ王国に召喚されて、フランソワと信頼関係を築いてきたわけではないのだから無理はないが……。

「であるな。ただ、いざ敵軍に力を振るう際の運用方針も既に語った通りである。タカヒサ殿はどうも国とは戦争をしたがるものだ、とでも思《おも》い込んでいるのではないか？　争いに明け暮れる国は確かに存在するし、指導者次第ではあるがな。少なくとも余という王は戦争を好かん。無論、外交手段の一つとして選択肢《せんたくし》には入れるが、好んでやりたいとは微《み》塵《じん》も思わん」

フランソワは小さく嘆息《たんそく》してから、そんな話をし始めた。

「……なぜです？」

貴久は続けて疑問を口にする。

「まず、無駄《むだ》だから……とまでは言わんが、経済的なコストがかかりすぎるからだ。軍を動かせば莫大《ばくだい》な金を喰《く》う。武器を作り、徴兵《ちょうへい》を行い、食料をかき集め、派兵し、物資を輸送し、などと、金を喰う要因は枚挙に暇《いとま》がない」

フランソワは戦争に気乗りしない理由として、まずはコストの話をした。

「規模にもよるが、戦争をすれば国全体に負担が押《お》し寄せることも往々にしてある。必然的に国民の不満も蓄積《ちくせき》する。そのくせ、勝利したところで得られる見返りは少ないことが往々にしてある。国内で蓄積した不満を解消できず、戦後処理にかかる費用も考えると、経済的なコスト云々《うんぬん》だけの話では到底《とうてい》済まなくなる」

と、フランソワは戦争を強要される国民達にも目を向ける。そして――、

「人は物を考えぬ駒《こま》ではないのだ。集団で争いをして勝利すればやれ『功績を認めろ』や

れ『被害が出たから補填《ほてん》してくれ』などという話になるのも必至だ。その判断を下すにあたってやれ『贔屓《ひいき》がある』だの、やれ『正当な評価が下されていない』などの不満も出るだろうし、勝利に貢献《こうけん》した人物が台頭すれば新たな派閥《はばつ》争いの芽にもなりかねない」

とどめと言わんばかりに、なんとも辟易《へきえき》とした顔でそんな話も付け加えた。

「他の国の王がどう考えるかは知らぬが、自ら望んで戦争を起こすというのであれば、最低でもそういったデメリットを呑《の》み込めるだけの事情が必要となる。あるいはデメリットが小さくて済む場面であるか。まあ、そういう意味では、勇者殿の力をゴリ押しで活用すれば効率よく戦争を行うこともできるのではあろうな」

「なら……！」

と、貴久が何か言おうとする前に――、

「できるからといって、やるかどうかは別問題だ。やらんよ」

フランソワが先んじて断言した。

「……なぜ？」

「あくまでも防衛目的で、抑止力としての運用を徹底したいと言ったはずだ。サツキ殿と良好な関係を築いていきたいと思っているとも言った。仮に勇者が本当に一国を滅ぼせるほどの力を持っているとして、滅ぼしたいと思うかどうかもまた別であろう？」

と、フランソワは丁寧に論点を切り分けて論じる。そして――、

「大きすぎる力は時に人を苛《さいな》む。一国の抑止力を一個人に委ねることにもなるのだ。サツキ殿の精神的な負担にも慎重《しんちょう》に配慮する必要がある。サツキ殿が望まぬことを強《し》いるつもりはないことは強く強調しておきたい」

フランソワは沙月を見据《みす》えながら、念を押すように語った。すると――、

「もういいわよ、貴久君。私のことを心配してくれているのかもしれないけど、私の結論は変わらないから」

沙月が溜息《ためいき》交じりに貴久を宥《なだ》めた。

「ですが……」

「少なくともフランソワ国王が国王でいる限りは信用しているわ。それに、その氷の勇者がガルアーク王国にも力を振るってきたら、私にとっても他人事じゃないもん」

と、沙月は渋《しぶ》る貴久にはっきりと告げる。

「じゃあ、沙月さんは氷の勇者が襲《おそ》ってきたら戦うんですか？」

「……そうね。戦わなければならないと思ったら、戦うわ」

「どうして？」

貴久は理解できないと言わんばかりに理由を尋ねた。

「どうしてって、他人事じゃないからよ。氷の勇者の力に押されて、負けるところまで負ければ敵が王城に押し寄せてくると思うんだけど」

「確かに、他人事ではありません。ですが、だからって俺達《たち》が戦う理由にはならないと思うんです」

「……じゃあ、貴久君は戦わないの？　セントステラ王国のお城に敵が押し寄せてきても、戦わない？」

「そんな、まだ起きてもいない極端《きょくたん》な例を出されても……」

「起きてからじゃ遅《おそ》いし、極端でもないと思うけど。現にロダニアでは氷の勇者の力が振るわれたのよ？　それで多くの方が亡《な》くなって、クリスティーナ王女達も命からがら逃《に》げてきた」

と、沙月はクリスティーナ達を見ながら訴《うった》える。

「……けど、そうやって行き着くところまで行き着けば、人に対して力を振るう状況になるってことですよね？　俺達が力を振るえば簡単に人が死ぬ。簡単に人を殺せてしまう。そんな、嫌ですよ。やられたらやり返して人を殺すなんて、野蛮《やばん》な……」

と、貴久は感情的になり、心底嫌そうに反駁《はんばく》した。

「……なるほど。人を殺したくないから、戦いたくないのね、キミは」

「当然でしょう？」

「そうね、当然ね。私だって人を殺したくはないもの。好んで戦いたくもないわ。けど、自分の身を自分の身で守らなかったら、誰《だれ》が自分を守ってくれるの？　自分達のことを自分達でも守れるようにならないと、平和に過ごすことなんてできないわよ？」

「だからといって、人を殺して、罪を犯《おか》して得られた平和なんかに価値はありませんよ。力に力で対抗《たいこう》しようとしたら余計に犠牲《ぎせい》が増えます。一歩も引かずに戦ったら、それこそどちらかが滅ぶまで戦いは終わりません」

「それこそ、極端だと思うけど……。それに、平和って力なくして成立しないものだと私は思う。人を殺さないで済むようにするためにも、抑止《よくし》としての力は持っておくべきよ」

沙月も貴久も譲《ゆず》らない。すると――、

「あー、セントステラのイケメン勇者さ」

静観を貫《つらぬ》いてきた弘明が、億劫《おっくう》そうに開口した。

「……俺のことですか？」

貴久は怪訝《けげん》そうに首を傾《かし》げる。

「そう、お前。ある空間に十人の人間がいて、部屋には人数分の武器が置かれているとするだろ。その内の一人はお前だ。で、六人は善良な人間で、お前と仲が良い。けど、残りの三人は自分勝手な人間だ。そいつらが武器を使ってお前らを脅《おど》してきたら、お前どうするの？」

と、弘明は唐突《とうとつ》にそんな状況を設定して貴久に問いを投げた。

「なんですか？　そんな藪《やぶ》から棒《ぼう》に、またそんな極端な例を……」

貴久はむっとするが――、

「いいから答えろよ」

弘明も有無《うむ》を言わせず問いを押しつける。

「……法というルールがあるでしょう。俺がどうするまでもなく、普通《ふつう》の人ならそんな犯罪行為《こうい》はしませんよ」

「残念だがこの世には法を無視するアホもいるんだわ。そういう奴《やつ》が武器を持ってお前のことを脅してきたら、どうするんだよ？」

「そうなる前に話し合って解決するか、その空間から出て行けばいいだけなんじゃないですか？」

「武器を持った三人が『駄目《だめ》だ、絶対逃がさねえ』とか言ってきたら？」

「説得します」

と、貴久は迷いもなく言ってのける。

「……説得できなかったら？」

「諦《あきら》めませんよ、最後まで説得します」

「あー……、マジか。お前、たぶんうざがられて殺されるよ。それでも抵抗《ていこう》しないってんなら、もう好きにすればいいんじゃねえの？　そこにお前の好きな子がいて、そいつらがその子に手を出そうとしてもお前は説得するだけなんだろ？　沙月やフランソワ国王は武器を持っている奴の言いなりにならねえように。大切な奴を守るために、こっちも武器を持つって話をしているんだがな。俺もそれに賛成している」

「それで本当に殺し合いになったら、それこそ無駄な犠牲が出るじゃないですか。戦いを避《さ》けるために、戦う道具を手に取るなんて馬鹿げている……。戦う以外の選択肢だってあるはずです！」

「だから、その無駄な犠牲を出さないために……、駄目だ。こいつ現実が見えてねえよ。自分の手を汚《よご》したくないだけのクズなんじゃねえの？」

弘明は話していて苛立《いらだ》ってきたのか、鬱陶《うっとう》しそうに盛大《せいだい》な溜息を漏らした。

「なっ、現実を見ようとしないのはそっちも同じでしょう？　人が死ぬことを軽視している。人を人として見ていない！」

貴久は強く憤《いきどお》るが――、

「それ、お前の感想な。ま、俺も俺の感想を口にしているだけだが。なあ、価値観が合わねえってことで、別にこいつは除外していいんじゃねえか、フランソワ国王さんよ？」

弘明はそれ以上、貴久と話をする気はないのか、フランソワに話を振った。

「もとより、余は参加を強制する気はない。勇者が秘《ひ》める真の力を推し量る必要が生じたから、一度存分に振るって見せてほしいと頼んでいる。抑止力云々《よくしりよくうんぬん》はその先の話だ。現時点でそこまで決めてもらう必要もない。タカヒサ殿はセントステラ王国の勇者であるしな。リリアーナ王女に何か意見はあるか？」

と、フランソワは肩をすくめて答えつつ、リリアーナの意見を求める。

「……私もタカヒサ様に意見を強要できる立場ではございません」

ここまで発言を慎《つつし》んで貴久の発言を見守ってきたリリアーナ。その表情から感情を覗くことはできない。だが、その美しい瞳《ひとみ》にどんな思いが込《こ》められているのか、貴久を一瞥してからおもむろに開口した。

「であるか……」

フランソワは嘆息交じりに相槌《あいづち》を打つ。

「なら、決まりだな。俺と沙月は参加するとして、お前はどうするんだよ、新参の勇者の小僧」

弘明の眼中にもはや貴久はおらず、雅人に水を向ける。

「俺も協力しますよ」

雅人はすんなり参加を申し出た。だが――、

「お、おい、雅人！」

貴久が黙っていない。

「なんだよ。兄貴に指図を受ける筋合いはねえぜ？　今のやりとりを聞いて、俺も沙月姉ちゃんと同じ考えだって思ったから出した決断だ」

と、雅人は堂々と返す。

「だからって、お前ちゃんと状況《じょうきょう》をわかっているのか⁉　人を殺すことになるかもしれないんだぞ⁉」

「大事なのはそこじゃねえだろ。氷の勇者が他の国にも手を出し始めたらどう対抗するのかって話だ。戦う気がないなら黙っていたらどうだよ？　味方に守ってもらっているくせに、安全地帯から戦っている人達を批判するのは卑劣《ひれつ》だぜ？」

「なっ、発言するのは自由のはずだ。それこそ雅人に指図されることじゃない。戦う人が偉《えら》いのかって話だ。そういうのが全体主義に繋《つな》がる」

「知らねえよ。別に戦う奴が偉いかどうかとか、全体主義？　の話もしていねえっての。

攻《せ》めてくる敵を相手にどう守るかの話だ。行き着くところまで行き着いたら戦うしかねえし、そうなる前にできることをやろうとしているんじゃねえか」

などと、兄弟でヒートアップしていく貴久と雅人。

そんな二人を傍《はた》から眺めながら――、

「あー、おい、沙月」

弘明が近くの席に座る沙月に声をかけた。

「……なんですか？」

「あいつら兄弟なのか？」

「ええ、そうですよ。兄の千堂貴久君と、弟の千堂雅人君」

沙月が二人のことを紹介《しょうかい》してやる。

「なんだよ、弟の方がしっかりしているじゃねえか」

と、弘明は声量を抑《おさ》えず嘲笑《ちょうしょう》を漏らしながら言った。

その言葉は癇《かん》に障《さわ》ったのか――、

「っ……」

貴久は不愉快《ふゆかい》そうに顔をしかめ、弘明を見る。

「イケメン勇者さ、お前こそ全体主義的な主張をしているんじゃねえの？　沙月と雅人に戦うなって意見を押しつけようとしているんだろ?」

「なっ……、違《ちが》いますよ! 俺はっ!」

「沙月も雅人も別にお前に戦えって、強要しているわけじゃねえぜ?」

などと、弘明は冷ややかに貴久に言う。

「っ………」

貴久は歯を食いしばり、悔《くや》しそうにギュッと拳《こぶし》を握《にぎ》りしめる。すると、これ以上はただの喧嘩《けんか》になりかねないと思ったのか――、

「はいはい、もうこのくらいにしません? 今回の主題は私達が勇者の力を全力で使ってみるところを見せるかどうか、その検証に協力するかどうかが主題なんですから。坂田さんと雅人君と私は検証に協力する。貴久君は無理して協力する必要はない。協力しないことのペナルティはないって言われているんだし、お互いの意見も十分にぶつけ合ったと思いますけど」

沙月が仲裁《ちゅうさい》に入った。

「ま、そうだな。俺もそいつが参加するかどうかはどうだっていい。強要するつもりも毛頭ない」

弘明はそう言って、すんなり引き下がった。

「俺は、俺は間違っていませんよ……」

貴久は渋面《じゅうめん》で呟《つぶや》く。では、沙月達が間違っているというのか？　貴久がどう思っているのか、そのことについて言及《げんきゅう》することはない。

「では、ヒロアキ殿、サツキ殿、マサト殿の参加は決まったということで話を進める。宮廷《きゅうてい》の貴族共に聞きつけられて騒《さわ》がれても厄介《やっかい》なのでな。検証は人目を避けて、無人地帯で秘密裏《ひみつり》に行うこととする。現在、検証に相応《ふさわ》しい土地を選定中だ。おそらくは数日中に試《ため》すことになると思うので、そのつもりでいてほしい」

と、フランソワが締《し》めくくり……。かくして、勇者達の問答はひとまず終着点に到達《とうたつ》したのだった。

◇　◇　◇

美春《みはる》達が暮らす屋敷《やしき》で。

朝の内にベルトラム王国へと戻《もど》った父ローランを見送ってから、セリアは仮面の解析《かいせき》を行っていた。

昼食を食べた後も早々に自室へ引きこもり、デスクに置いた仮面に解析の魔法《まほう》を使用し

ている。ベッドにはソラが腰掛《こしか》けていて――、

「セリア、解析開始から三十秒経《た》ったですよ」

と、セリアの背中に声をかけた。

「うん、ふぅ……」

セリアは解析の魔法を停止させ、深く息をつく。

「はい。一度、解析を行ったから、一時間の休憩《きゅうけい》をとるです」

ソラが休憩をとるよう、セリアに促《うなが》す。

「少しずつ慣れてきたし、次はもうちょっと短い休憩でも大丈夫だと思うわよ？」

「駄目です。当分はこのペースを守って体調に問題がないか様子を見ていくですよ。疲労《ひろう》が蓄積するようならもっと休憩をとるです」

と、厳重にセリアの体調管理を行うソラ。

「ずいぶんと過保護ね。もっと急《せ》かしてくるかと思ったけど」

セリアは苦笑《くしょう》し、ちょっと意外そうな目でソラを見た。

「竜王《りゅうおう》様からくれぐれもお前に無理はさせないようにと仰《おお》せつかっているです。それに、お前が勇んで無理して倒《たお》れられでもしたら、解析が遅《おく》れてそれこそいい迷惑《めいわく》です」

「そっか……。じゃあ、休むとしましょうか」

それだけ大事にされていると感じて嬉《うれ》しかったのか、セリアは口許《くちもと》をほころばせる。そして椅子《いす》から立ち上がると、自分のベッドめがけてうつ伏《ぶ》せにダイブした。ぽふんと可愛《かわい》らしい音を立てて、クッションに顔を埋《うず》めると――、

「で、どうです？　そろそろ少しは何かわかったんですか？」

ソラがセリアに訊《き》いた。

「休憩の度に訊いてくるわね。さっきと同じ。まだまだ全然よ」

セリアはくすっとおかしそうに笑ってから、ベッドの上でごろんと回転して仰向《あおむ》けのまま答えた。

「まあ、まがりなりにも賢神《けんじん》を名乗るリーナが手がけた一種の神造魔道具《まどうぐ》ですからね。そう簡単に解析できないことくらい織《お》り込み済みです」

「感触的《かんしょくてき》に何日か調べたくらいじゃ無理だと思う。数週間か、数ヶ月か、年単位で時間がかかるとは思いたくないけど、とりあえずリオと貴方《あなた》が旅に出て戻ってくるまでの間にちょっとは何かがわかっていることを祈《いの》って頂戴《ちょうだい》」

「まあ、期待しておいてやるです」

「ふふ、ありがとう」

セリアは幸せそうに口許をほころばせ、仰向けのまま天上に微笑《ほほえ》みかける。すると、部

屋の扉《とびら》がノックされた。

「誰かしら？　はーい」

セリアはベッドから降りて、そそくさと扉へ向かう。

そして、扉を開けると――、

「あら、スズネ」

やってきたのは、ラティーファだった。

「セリアお姉ちゃん、ソラちゃん、やっほ」

ラティーファが人懐《ひとなつ》っこい笑みを浮《う》かべて微笑む。

「どうしたの、スズネ？」

「さっきね。沙月お姉ちゃんが帰ってきたの。だからお茶会のお誘《さそ》いです。食堂でみんなと一緒《いっしょ》にどう？」

「いいわね。ちょうど休憩するところだったのよ。ソラも……」

セリアはすっかり乗り気でソラを誘おうと見るが――、

「お茶会ぃ？　お茶なんて大勢で集まって飲んで、何が楽しいんです？」

ソラはいかにも面倒《めんどう》くさいと言わんばかりに、怪訝な顔をしていた。

「た、楽しいわよ。誰かと美味《おい》しいお茶を飲んで、仲良くお話をして」

ティータイムを愛するセリアとしては聞き捨てならない台詞《せりふ》である。

「そうだよ！　みんなで一緒にお菓子《かし》も作ったんだよ！　美味しいよ？」

ラティーファもすかさず援護《えんご》射撃《しゃげき》を行う。すると――、

「お菓子？　お菓子もあるです？」

ソラはぴくりと目を見開き、興味を示した。

「あるよ！　たくさんおやつを作ったんだよ！」

「たくさんの、おやつです？　仕方ないですねえ。行くですよ、セリア」

「まったく……」

お菓子で簡単に釣《つ》られてしまったソラを見て、セリアはやれやれと笑う。

「な、何ですか、その目は？　研究で頭を酷使《こくし》するんですから、糖分補給もお仕事の内です。ソラはセリアのことを思ってですね」

決して自分がお菓子を食べたいわけではないと、ソラはアピールしようとする。

「そうね、わかっているわよ。行きましょうか」

セリアはくすっと笑って、部屋から出て行く。ソラも後を追い、皆《みな》でダイニングへと向かうことになった。

「セリアお姉ちゃんとソラちゃんを連れてきたよ！」

と、ラティーファが一番乗りでダイニングに入って報告する。室内には美春、亜紀《あき》、沙月、雅人、サラ、オーフィア、アルマ、サヨ、コモモ、シャルロットといったお馴染《なじ》みの仲良しメンバーが集結していた。

「お帰りなさい、サツキ様、マサトも」

と、セリアは帰宅してきた二人に語りかける。貴久やリリアーナの姿が見当たらないことにもすぐ気づいたが、特に言及はしなかった。

「はい、ただいまです、セリアさん。ソラちゃんも」

「ただいま」

沙月と雅人が帰宅の挨拶《あいさつ》をした。

「それにしても、いい加減、私のこともみんなみたいに呼び捨てで呼んでくれていいんですよ？」

沙月がちょっぴり拗《す》ねた感じで唇《くちびる》を尖《とが》らせる。

「またその話ですか。立場上、越《こ》えづらい一線と言いますか、あはは……」

呼称《こしょう》については過去にも呼び捨てにするように、沙月からセリアに頼《たの》んだことが幾度《いくど》とあった。それでセリアも沙月と呼び捨てで呼んでみたこともあったが、公の場に出ると様付けで呼ぶことになる。その流れで結局、日常でも様付けで呼ぶように戻ってしまうというわけだ。

「でも、雅人君のことは勇者になった今でも呼び捨てのままですし」

沙月も普段《ふだん》は気にしないようにしているが、雅人が勇者になっても呼び捨てのままで呼ばれていることを、羨《うらや》ましく思ったのだろう。

「確かに、マサトのこともマサト様って呼ばないといけませんね」

これまではただの年下の男の子だったが、今ではもう沙月と同じ勇者だ。勇者になったからといって何かが変わるわけではないが、公の場で呼び捨てにしてしまうようなことがあったら問題である。が――、

「俺《おれ》のことを様って呼ぶのは絶対止めてくれよな、セリア姉ちゃん！」

と、雅人は強くセリアに念を押した。

「でも……、流石《さすが》に公の場では様を付けて呼ばないといけないし」

セリアは貴族としての立場を弁《わきま》えて発言する。と――、

「まあ、家の中では呼び捨てで構わないのではありませんか？　別に誰が見ているわけでもないのですし、サツキ様とマサト様がそう望んでいらっしゃるのですから」

シャルロットがセリアにそんな提案をした。

「ですが、そういうシャルロット様も様付けで皆《みな》のことを呼んでいらっしゃるじゃないで

すか」

「私は皆様のことを一律に様付けで呼んでいますから。呼称が親密さの度合いを示す指標にはならないのです。まあ、リーゼロッテのような例外もいますけれど。おかげで『誰々《だれだれ》のことを呼び捨てで呼んでいるのに、なんで私のことは呼び捨てで呼んでくれないの？』といった問題とは無縁《むえん》です」

と、シャルロットはにこやかに語る。

「確かに……。そこまで考えているなんて、流石、隙《すき》がないわねえ」

沙月は強く感心して唸《うな》った。

「あとは呼称以外で相手との親密さを示してみるのも、距離感《きょりかん》をくすぐるコツです。私も皆様の前では素を見せるようにしていますし」

「あ、あざとい計算……。けど、そう言ってくれるのは素直《すなお》に嬉しい」

「ありがとうございます。私、皆様のことが好きですよ」

シャルロットは悪戯《いたずら》っぽい表情で、この場にいる皆への好意を素直に口にした。

「はいはい」

沙月は照れ臭《くさ》そうに頷《うなず》く。

「貴族社会では一人一人、相互《そうご》に上下関係があるので、呼称の差について深掘《ふかぼ》りするとややこしいことになりかねません。だから、誰のことも一律で様付けで呼んでしまうのが楽ではあるんです。けれど……」

と、シャルロットはそこで一度、溜めを作り――、

「けれど、呼称の差があるからといって、親密の度合いに必ずしも差があるということにもなりません。セリア様がサツキ様のことを様付けで呼んでいるとしても、その友好の念は他の皆様に対するものと何ら変わりはないと思いますよ」

と、言葉を続けた。

「そ、そう、それですよ、それ、流石です、シャルロット様。仰《おつしや》る通りです」

セリアはうんうんと頷いてシャルロットの意見に賛同する。そして――、

「というわけで、サツキ様への呼称についても現状維持《いじ》という方向で……」

「いえ。それはそれ、これはこれです。家の中では呼び捨てということでよろしいのではないでしょうか？　それで困るセリア様を眺《なが》めるのはとても楽しそうですし」

沙月への呼称を現状維持で据《す》え置くよう試みたセリアだったが、笑顔《えがお》のシャルロットに阻《はば》まれる。

「すっごく良いことを言ったのに、またそういうことを……。台無しよ」

沙月がやれやれと嘆息し、右手で目許《めもと》を覆《おお》う。ただ、それがシャルロットらしさである

こともわかっているので、緩《ゆる》く口許をほころばせていた。

「呼び方一つにこだわるなんて、変な奴らですねぇ。そんなことより、お菓子です。お菓子はどこにあるです？　ソラはお菓子を食べにきたです」

沙月達のことを不思議そうに傍観《ぼうかん》していたソラだったが、興味はお菓子に移る。

「あるよ。行こ、ソラちゃん」

「ちょ、お前。引っ張るな、引っ張るなです、もう」

ラティーファがソラの手を引っ張り、ダイニングで一番大きなテーブルへと連れていく。

そうして、二人は隣同士《となりどうし》で座《すわ》ることになった。

「ふふ、ソラちゃんのためにたくさんおやつを作ったんだよ」

美春がお菓子の乗ったトレイをいくつも乗せた配膳台《はいぜんだい》を押して運んでくる。

「む、アヤセミハル……」

着席したソラは美春がすぐ横までやってきたことに気づくと、野生の猫《ねこ》のように美春へ警戒《けいかい》の眼差《まなざ》しを向けた。

「う、うん。どうして私のことはフルネームで呼ぶの？」

「アヤセミハルはアヤセミハルだからです」

戸惑《とまど》う美春に、ソラがきっぱりと言う。

「わざわざフルネームじゃなくて、名前でいいよ？」

「ええ、ずるい！　ねえねえ、私のこともスズネって名前で呼んでよ、ソラちゃん」

などと、美春とラティーファが自分を名前で呼ぶよう、ソラに言う。すると――、

「あ、私はコモモですよ、コモモ！」

「私も、サヨでいいですよ」

「じゃあ、私はオーフィアで」

などと、たまたま近くにいた者達が続々と名乗りを上げる。

「あ、ああん？　なんです、急にぞろぞろと……」

ソラは一同を見回す。皆、好意的な眼差しを向けてきていて――、

「ど、どうしてソラがお前らを名前で呼ぶです？　そんなことより、ソラはお菓子を食べにきたです！　お菓子！」

と、ソラは上ずった声で語り、最後には気恥《きは》ずかしそうに叫《さけ》んで誤魔化《ごまか》した。そうやってソラがみんなに囲まれている姿を見て――、

「あら、良かったじゃない、ソラ。みんなと仲良くなって」

セリアがくすくすとおかしそうに微笑んで語りかける。

「なってないです、もう！」

ソラはぷっくらと頬《ほお》を膨《ふく》らませた。が――、

「ふふ。はい、お菓子だよ、ソラちゃん」

「ふおお！　甘《あま》い香りがするです！　美味しそうです！　なんてお菓子です？」

美春が目の前にトレイを配膳すると、ソラはきらきらと目を輝《かがや》かせる。

「クッキーに、マドレーヌに、スコーン。スコーンはそのままだと甘くないから、このはちみつとクリームをつけて食べてね」

「食べていいです？　食べるですよ？」

「うん、どうぞ召《め》し上がれ」

美春は他の者達にもトレイを渡《わた》すと、ソラの隣《となり》に腰《こし》を下ろす。

「ふぉぉぉおおお！　美味しい、美味しいですよ！　このクッキー！」

ソラはぱくぱくとクッキーを口の中に放《ほう》り込んでいく。こんなに美味しいお菓子は食べたことがないとばかりのがっつき具合だ。

「良かった」

作り手としてこんなに嬉しいことはない。美春は嬉しそうに頬を緩める。

「そのクッキーは美春お姉ちゃんのレシピで作ったんだよ」

と、ラティーファがソラの隣でにこにこと言う。

「アヤセミハルのです？　むう……、はむっ、はむはむ」

ソラは複雑そうにクッキーを睨《にら》む。だが、クッキーに罪はないので、引き続き口の中へクッキーを放り込んでいく。

「そんなにクッキーを食べ続けたら喉《のど》がぱさぱさになっちゃうよ。はい、牛乳」

美春はお茶ではなく牛乳をコップに注ぎ、ソラに飲むよう促した。

「牛乳？　ああ、牛の乳ですね。これがお菓子に合うんです？」

ソラは懐疑的《かいぎてき》に首を傾げる。だが、喉が渇《かわ》くのは確かだったのか、コップを手に取って口に含《ふく》む。と――、

「んく、んくっ………。ふおおお、合うですねえ！」

ソラは一気に飲み干してから、幸せそうに叫ぶ。

「なんだか妹ができたみたいで嬉しいなあ」

ラティーファが屈託《くったく》のない笑《え》みを浮かべて、ソラの横顔を眺めている。

「本当、妹がいるってこんな感じなのかな？　美春お姉ちゃんの気持ちがちょっとわかるかも」

亜紀も向かいの席からじっとソラのことを見ている。というより、気がつけば他の者達も微笑ましそうに、ソラが口一杯《いっぱい》にお菓子を頬張《ほおば》る姿を見ていた。

「な、なんです？　じろじろ見るなですよ」

ソラが口の周りを牛乳で濡《ぬ》らしながら、ジト目で一同を見つめ返す。誰も彼《かれ》もが自分に興味を持って見ていて、ずっと一人で暮らし続けてきた彼女《かのじょ》にとってはなんだかこそばゆくて慣れない感じだった。

どうしてこの場にいる皆が一人の例外もなく自分に好意的な眼差しを向けてくるのか、ソラにはよくわからない。

「ごめんね、ソラちゃんが可愛いから。お口の周りが汚れているよ、ほら」

美春は濡れた布巾《ふきん》を手に取り、優《やさ》しい手つきでソラの口許を拭《ぬぐ》ってやる。

「う、うわっ、な、何をするです、アヤセミハル。ソ、ソラを子供扱《あつか》いするなです！」

ソラが顔をふりふりして美春の手を振《ふ》り払《はら》おうとする。が、美春の手つきも慣れたものでソラの口許を手早く拭《ふ》き終え、スッとタオルを手にした手を引いてしまった。

「あ、また美春お姉ちゃんのことだけフルネームで呼んだ」

いいなあと言わんばかりに、ラティーファがすかさず指摘《してき》する。

「……別に、セリアのこともセリアと呼んでいるです」

ソラは気恥ずかしそうに、ぼそりとくぐもった声で漏《も》らす。

「ふふ」

セリアは少し離《はな》れた席でお茶を口に含みながら、嬉しそうに顔をほころばせた。

◇　◇　◇

それから、一時間後。お茶会はいったんお開きとなり、ソラはたらふくお菓子を堪能《たんのう》して一人で自室へと戻っていた。

セリアは協力をお願いしたいことがあるからと、沙月、雅人、サラ、オーフィア、アルマ、ゴウキと一緒に、シャルロットから呼び出しを受けている。残る者はそのままダイニングに残ってお話をしようという雰囲気《ふんいき》になっていたが、ソラは疲《つか》れたからと言ってそそくさと自室へ戻ってきたというわけだ。

「……まったく、なんなんです、あいつら？」

ソラは一人でベッドに腰を下ろしながら、ぷりぷりとぼやいていた。あの後も誰もがソラに興味津々《きょうみしんしん》で話しかけようとしてきて、なんとも窮屈《きゅうくつ》な時間が続いた。お菓子が美味しくなかったらもっと早くに帰っていたところだと、ご立腹だった。

だが、どうしてだろう？　振り返ってみると、腹立たしさ以外の感情も感じていた気がするのだ。ただ、その感情を上手《うま》く言語化はできなくて……。

「むう……」

　ソラのもやもやは解消されずに溜《た》まってしまう。

　と、そこへ――、

「ソラ、ただいま。入るわよ」

　セリアが扉を開けて、部屋に戻ってくる。

「あ、ようやく帰ってきたですね」

　ソラはぴょこんとベッドから降り、セリアを指さした。別にセリアのことを待っていたわけではないのだが、嬉しかったのだろうか？　なぜか心が躍《おど》った。

「……何よ、貴方が先に部屋へ戻ってから、まだ三十分くらいでしょ？　私のことを待っていたの？」

　セリアが室内の時計を見ながら、きょとんと首を傾げる。

「べ、別に待ってなんかいないです。それより、何の話をしていたです？」

　ソラはおもはゆそうに話を逸《そ》らす。

「ああ、ちょっと立ち会いをお願いされちゃってね。屋敷に暮らしている人以外への口外は禁止されているんだけど、リオの耳には入れておいた方が良い情報だし、伝えておきたいんだけど……」

「ふーん。なら、またアイシアが様子を見に来るですから、その時に伝えるですよ」

◇　◇　◇

そしてその日の深夜。

王都ガルトゥーク近郊《きんこう》の森。

泉の傍《そば》に設置された岩の家のエントランスで――、

「……また来ちゃった」

セリアはリオと向き合っていた。その表情は気まずいというか気恥ずかしそうで、もじもじと赤面しながらリオから目を逸らしている。

というのも、リオは数日中に旅立つことになっている。出発の日は見送れないだろうからと、別《わか》れ際《ぎわ》に大胆《だいたん》に抱《だ》きついてしまったのが昨夜のことだ。頭の中でまだ鮮明《せんめい》な記憶《きおく》が浮かび上がってきて、セリアは恥《は》ずかしくて仕方がなかった。だが、それでもまたリオに会える喜びが勝り、今夜もここに立っている。乙女《おとめ》であった。

「今日も連れてきた」

と、アイシアは普段通りの口調で告げる。

「竜王様、ただいまです！」

今日もリオに会えて、嬉しくて仕方がないのだろう。ソラは元気よく帰宅の挨拶を口にした。

「お帰り、ソラちゃん」

リオは優しく相好を崩《くず》してソラに応じる。そして――、

「セリアも、よく来てくれました。アイシアも送迎《そうげい》ありがとう」

続けて、セリアとアイシアにも声をかけた。

「ご、ごめんなさいね。まさか二日連続で来るとは思っていなかったからさ」

セリアはわずかに上気した顔で謝罪する。

「昨日も言ったような気がしますけど、謝《あやま》らないでください。来ちゃ駄目なんて決めていなかったんですし、今日もまた会えて嬉しいです、すごく」

屋敷を出入りする度に発見されるリスクがあるため、まったく問題がないというわけでもないが、アイシアとソラのことだ。その辺りは抜《ぬ》かりないだろう。

「ちょっとリオに報告しておきたいことができたの。お話できる？」

と、セリアはリオの顔を見上げて言う。

「はい、とりあえずリビングへ行きましょう」

そうして、リオ達《たち》は昨日と同じようにリビングまで移動する。そしてこれまた昨日と同じ席順で着席することになった。

それから、セリアは今日シャルロットから立ち会いを頼まれたある検証について、リオに報告を行った。

「……なるほど。勇者の力を見極《みきわ》めるために検証を行う、ですか」

リオは口許に手を当て、ふむと唸った。

「もしかしたら大地の獣《けもの》みたいなのが出てきて暴れるかもしれないよね？　私、どうしようって思って……」

セリアは不安そうな顔で、こうしてリオに報告を行う理由を語った。

「……可能性はゼロではないですが、おそらく力が暴走するようなことは起きない、とは思います。聖女エリカが操《あやつ》っていた大地の獣のような怪物《かいぶつ》が出てくる可能性も低いんじゃないかと」

リオは断言せず、言葉を選んで慎重《しんちょう》に推測した。

「そう、なの？」

「勇者が持つ神装にも超越者《ちょうえつしゃ》である各高位精霊《せいれい》が宿っている話はしましたよね。で、高位精霊と七賢神《しちけんじん》の関係については……」

「あ、うん。美春とリーナの話と一緒に、昨日と今日でソラから色々と聞いたわ。神魔戦《じんません》争《そう》が始まった理由についても……。神装についても六賢神が六大高位精霊を封《ふう》じ込めたってことと、権能を行使すると勇者が死んでしまうってことは聞いたわ」

「なら、その辺りのことは省いて説明を。封じ込めた高位精霊が前面に出てこないように、六賢神は神装の出力にリミッターのようなものを設けたらしいんです」

「だから、力が暴走するようなことは起きないってこと？」

「はい。各勇者は神装を媒介《ばいかい》にして、各高位精霊達《たち》と精霊霊約《れいやく》と呼ばれる特殊《とくしゅ》な契約《けいやく》関係にあるらしいんです。神装の制御《せいぎょ》権は基本的に勇者にありますが、出力を上げすぎるとデメリットがいくつか出てくるのでリミッターが設けられたんだと思います」

「……どんなデメリットがあるの？」

セリアが恐《おそ》る恐る訊《き》いた。

「勇者は霊約によって高位精霊と同化、一体化している状態にあります。出力を上げることは同化の度合いを上げるのと同義です。一時的に出力を上げて下げるということもできますが、同化をしている間は人間以外の不安定な存在に近づくことになる。強く同化しすぎると肉体の主導権を高位精霊に奪《うば》われる恐れも出てきます。聖女エリカの最期がまさしくその状態で、神装の力を制御できずに暴走していました」

「リミッターがあるので、簡単には聖女エリカのように肉体の主導権を奪われて、暴走状態にはならないはずです」

「そう、だったんだ……」

「……仮に暴走状態になったら、抑えることはできる？」

「正直、わかりません。何らかのリミッターが働くようになっていればいいんですが、そうでない場合は、高位精霊が大人しく勇者に肉体の主導権を返してくれるか、勇者自身が肉体の主導権を取り戻してくれることを祈るしかないです」

ただ、聖女エリカと戦った限りだと、仮にリミッターが働いたとしても、しばらくは制御権を奪われたままになるのだろう。

「やっぱり、制御権を奪われたままだと危険なのよね？　聖女エリカに宿っていた土の高位精霊があああやって暴れたわけだし」

「……近くにリーナの生まれ変わりである美春さんか、その神性を譲《ゆず》り受けたアイシアがいれば問答無用で襲《おそ》いかかると思います。二人が近くにいない場合にどうなるかはなんとも……。高位精霊達は六賢神に騙《だま》されて神装に封じ込められていることを恨《うら》んでいるので、自暴自棄《じぼうじき》になっている可能性はありますね。それで権能を行使されて暴れられると色んな意味で最悪です」

「被害《ひがい》が大きいどころか、勇者も死んでしまうものね……。じゃあ、力を見極める検証をしないように止めた方がいいのかな？　勇者の力を引き出すのは危険だからって説明して。どう説明して信じてもらうかは、考えないといけないけど……」

セリアが実に不安そうに尋《たず》ねる。

「いえ。さっきも言ったようにリミッターがあるので、そう簡単に肉体の主導権を奪われるほどに出力を上げることはできないようになっているはずです。今の沙月さん達が本気で神装の力を引き出したらどこまでできるのか、現状の能力を見極めておくことも必要です。俺も陰《かげ》から立ち会いますので、検証はこのままやってもらいましょう」

王城暮らしで日頃《ひごろ》から厳重に警備されている沙月達が、無人地帯へ外出して神装をフルパワーで使える機会は希少だ。聖女エリカと比較《ひかく》して、今の勇者達にどこまでできるのかは、リオとしても知っておきたかった。

「わかったわ」

セリアは素直にリオの意向に従う。

「……おそらく、大地の獣のような怪物を呼び出すことはまだできないはずです。沙月さんは明らかにその段階にはなかったし、坂田さんもそうだった。たぶんリミッターがかかっているせいなんですが、問題はどうやったらリミッターを外して暴走するまで力を引き出せるようになるのかですね。おそらく聖女エリカはその境地に至っていた。そこが気になっています」

「神装で扱えるようになる事象って、結局は精霊術そのものなのよね？　なら、精霊術の技量を上げるとか？」

　と、セリアが推測するように――、

「装備の性能に勇者の技量が追い付かないといけないってことですよね。それは俺も考えたんですが……」

　勇者が精霊術の修練を積んでいけば神装の出力を上げて使えるようになる可能性は確かに高そうだ。実際、リオもそう思っている。もしかしたら高位精霊に肉体の主導権を奪われずに力を使いこなせるようにだってなるかもしれない。ただ――、

「何か気になることがあるの？」

「聖女エリカがどうにも神装の性能頼みな戦い方をしていたように感じたのが気になっているんですよね。誰《だれ》かから精霊術の指導を受けていたとも思えないので」

　リオの頭をもたげたのは、もしかしたら精霊術の力量は神装のリミッターを外す鍵《かぎ》にはなりえないのではないか、という疑問だった。あるいは、精霊術の力量を上げる以外にも神装のリミッターを外す方法があるのではないか、という疑問も抱く。

「確かに、シュトラール地方に精霊術士はまずいないし、聖女エリカが誰かに精霊術を学ぶために師事していたとは思えないわね……」

セリアもリオと同様の疑問を抱くに至ったらしい。

「対照的に氷の勇者はまっとうに精霊術の力量を伸《の》ばしていた感じがしました。こちらはおそらくはレイスが指導しているんだと思いますが、ロダニア上空での一撃《いちげき》を見た限りだと、だいぶ力を引き出せるようになっているみたいですね」

「なるほど……」

「だから、沙月さんを始めとする勇者四人が、現時点のフルパワーでどこまで神装の力を引き出せるのか見ておきたいんです。聖女エリカや氷の勇者と比較することで推《お》し量《はか》れることもあるかもしれません」

例えば、沙月と雅人はそう多くは時間を取れなかったが、修練を積んで精霊術を扱う素養を身につけつつあった。この二人についてはまったく修練を積んでいないであろう弘明や貴久よりは神装の力を引き出せるようになっているかもしれない。

「わかったわ。じゃあ、どこで検証を行うのか決まったらアイシアに伝えるわね」

「はい。なら、明日からは日中にもアイシアに霊体化《れいたいか》して様子を見に行ってもらいましょうか」

「うん、任せて」

アイシアが二つ返事で請け合う。

「ありがとう、アイシア。セリアに一つ確認《かくにん》なんですが、美春さんは立ち会いには参加しないんですよね？」

リオがアイシアに礼を言ってから、セリアに尋ねた。

「ええ、そのはずよ。美春達はお城でお留守番」

「なら、当日はアイシアも霊体化してお城にいてもらってもいいかな？　リミッターがかかっているから大丈夫《だいじょうぶ》だとは思うけど、高位精霊達のこともあるから念のためにね」

「うん、わかった」

「代わりにソラちゃんに来てほしいんだけど、いいかな？」

「もちろん、構わないですよ！」

ソラが元気よく了承《りょうしょう》する。が――、

「でも、ソラは連れていけないかもしれないわよ？　連れていく理由がないというか、内密に行うみたいだから、連れていきたいと言っても許可が貰《もら》えないかも……」

セリアが懸念《けねんじ》事項《こう》を口にする。

「そのままリーナの痕跡《こんせき》を捜《さが》す旅に出ようと思うので、前日辺りに屋敷からこっちへ戻ってもらおうかなと思っています。ちょうどソラちゃんも屋敷での暮らしに慣れ始めてきた頃《ころ》かもしれないので申し訳ないんですが……、寂《さび》しくはない、ソラちゃん？」

リオはソラの顔を覗《のぞ》き込《こ》みながら尋ねた。

「屋敷《やしき》を出て何日かしたら、みんなソラのことは完全に忘れてしまうのよね」

セリアが切なそうに顔を曇《くも》らせる。そう、超越者になった者とその眷属《けんぞく》は、権能を行使する度《たび》に世界中の者から忘れ去られるのはもちろん、人々の記憶や印象に残りづらい存在になってしまうのだ。超越者であるリオは即座《そくざ》に、眷属であるソラは数日程度でその効果が現れるという。

「なんでお前がそんな寂しそうな顔をするです。別に全然、全然平気ですよ。そんなの慣れっこです。竜王様の旅のお供をする方が大事です」

と、ソラは何でもなさそうな顔で語った。それが強がりなのか、本当に寂しくないのかはソラ本人にしかわからない。

「……ごめんね、俺の眷属になっているせいで」

リオは申し訳なさそうに謝罪した。竜王の眷属であるソラは神のルールが適用されるせいで、人並みに友達すら作ることができない。屋敷に暮らす皆のことを知ってほしい気持ちもあってソラをセリアに同行させたが、皆と親しくなっているのだとしたら辛《つら》い思いをさせてしまったかもしれない。リオはそう思った。

「あ、謝らないでください！　竜王様《りゅうおう》に救われていなかったらソラは大昔に野垂れ死んでいたです！　それに、権能行使に伴《ともな》う忘却《ぼうきゃく》と違《ちが》って、こっちは強く印象が残っていれば極《ご》稀《まれ》にちょっとは思い出してくれることもあるです。眷属であるソラの場合は特に！」

と、ソラは慌《あわ》てて弁明する。ただ、そうやって慌てているからこそ、ソラが嘘《うそ》の弁明をしているようにも見えて――、

（神のルールは、絶対になんとかする。いつかソラちゃんをみんなにちゃんと紹介《しょうかい》するためにも）

リオは静かに、そう誓《ちか》ったのだった。

【間章】 ✕ 占領後のロダニアで

一方で、時はほんの数時間だけ遡《さかのぼ》る。

ベルトラム王国のロダン侯爵《こうしゃく》領ロダニア。レストラシオンの部隊はすべて鎮圧《ちんあつ》され、都市は完全にアルボー公爵《こうしゃく》率いるベルトラム王国本国軍の支配下にあった。

といっても、平民街に暮らす平民達の生活は何ら変わることはない。どこからともなく軍隊が押《お》し寄せてきたと思ったら、瞬《また》く間《ま》に貴族街が占領されてしまい、統治者がすげ替《か》えられただけのことだ。

潜伏《せんぷく》しているレストラシオンの残党がいないか捜すため、兵隊達が平民街にもやってきて出歩いているが、酒場を貸し切って戦勝ムードでよろしくやっている兵隊達もいる。これは自国の軍隊が自国の土地を占領したからこその雰囲気でもあるのだろう。

対照的に、貴族街を出歩いているのはベルトラム王国本国軍の者だけだ。逃《に》げ遅《おく》れたレストラシオンの構成員は例外なく拘束《こうそく》されて収容されている。もともとレストラシオンの本部として使われていた領館もベルトラム王国本国軍によって接収され、現在はアルボー公爵の仮住まいとなっている。

夕食後。そんな領館の応接室には、アルボー公爵、息子《むすこ》のシャルル、そしてプロキシア帝国《ていこく》の大使であるレイスの姿があった。

「まったく、面倒《めんどう》なことになったものだ」

アルボー公爵の重苦しい溜息《ためいき》が室内に響《ひび》き渡《わた》る。

「……仕方がありません。あのような水の怪物が現れたのでは」

と、シャルルは父のご機嫌《きげん》を窺《うかが》うように恐る恐る告げた。

「それ以前の問題だ。クリスティーナ王女にもフローラ王女にもユグノー公爵にも逃げられた。お目当てのレガリアも持ち逃げされたと見て間違《まちが》いない。お前がクリスティーナ王女とユグノー公爵の身柄《みがら》さえ押さえておけば話は変わったのだがな」

アルボー公爵は苛立《いらだ》ちを隠《かく》さずに舌打ちをし、シャルルを睨みつけた。領館を後にして港へ向かうクリスティーナとユグノー公爵を発見し、確保に向かったのは他ならぬシャルルである。そのまま二人の身柄を押さえておけば本作戦で最大の功績者として扱うこともできたというのに、シャルルは確保に失敗してしまった。

「……………返す言葉もございません」

シャルルはなんとも肩身《かたみ》が狭《せま》そうに頭を下げる。

「まさか訳もわからぬまま二人を連れ去られたとはな」

アルボー公爵はさらに険しい皺《しわ》を眉間《みけん》に刻む。そう、当のシャルルは誰にクリスティーナ達を連れ去られたのかよく覚えていないのだ。

何が起きたかといえば、ソラがやってきてシャルル達を死なない程度に、かつ、鬱陶《うっとう》しそうに吹き飛ばし、クリスティーナとユグノー公爵を抱《かか》えて飛び去ってしまった。シャルル達はソラの顔すら目撃《もくげき》していないので、神のルールが発動する隙すら与《あた》えない実に見事な手際《てぎわ》だった。すると――、

「まあ、仮にその場でクリスティーナ王女とユグノー公爵の身柄を押さえられていたとしても、その後にどう転んでいたかはわかりませんからねえ。あの水の怪物は追い詰《つ》められた水の勇者が力を発揮して操ったもののはず。こちらがクリスティーナ王女とユグノー公爵の身柄を押さえていなかったからこそ、その力を逃走《とうそう》にのみ使ってくれたのかもしれませんし」

と、レイスはシャルルに助け船を出すようなことを言う。ただ――、

(まあ、アレを操っていたのは水の勇者ではありませんがね)

湖で八岐大蛇《やまたのおろち》を操っていたのが水の勇者である弘明《ひろあき》でないことをわかってもいた。

「ううむ……」

アルボー公爵はレイスの言葉を受けて大きく唸《うな》り、深く椅子《いす》に座り直す。そして——、

(水の勇者までもがあれほどの力を振るえるとなると、こちらで抱えている雷《かみなり》の勇者についても相応の力を振るってもらわねば困る。なかなか賢《さか》しくて動かしづらい小僧《こぞう》だが、どう動かすのか考えねばな……)

と、アルボー公爵はベルトラム王国が抱えている勇者、重倉瑠衣《しげくらるい》を軍事活用する施策《しさく》を模索《もさく》する必要があると、頭の片隅《かたすみ》にしっかりと焼きつけていた。

「終わったことを嘆《なげ》いていても仕方がありません。ロダニアという拠点《きょてん》を奪い、組織の人員を大きくそぎ落とせただけでも良しとしようではありませんか。それより、次の一手を考えましょう」

レイスが建設的な意見を口にし、話を進めようとする。

「最優先で確保すべきはレガリアだ。クリスティーナ王女かフローラ王女にアレを政治活用されるのが一番鬱陶しい。ただでさえ追い詰められた牝狐《めぎつね》はなにをするかわからぬからな……」

追い詰められた牝狐というのは、クリスティーナのことなのだろう。アルボー公爵は自国の第一王女に対して敬意の欠片《かけら》すら感じさせない物言いをした。

「クリスティーナ王女が頼《たよ》る先はもはやガルアーク王国しかありません。逃走した先も十

中八九ガルアーク王国城だとは思いますが……」

　少しでも点数を取り戻《もど》そうと思っているのか、シャルルが意見を述べるが――、

「そんなことはわかりきっている」

　と、アルボー公爵は不機嫌《ふきげん》そうに吐《は》き捨てた。

「問題はガルアーク王国が風前の灯火《ともしび》であるレストラシオンをお荷物と見なすかどうかですが、まあ、受け容《い》れる可能性は高いでしょうね」

　レイスが今後の流れについて予想を口にする。

「我《わ》が国《くに》と決定的に対立するリスクを冒《おか》してまで、ですか？　ガルアーク王国がレストラシオンに求めていたのは、我がベルトラム王国本国とプロキシア帝国との間に置く緩衝材《かんしょうざい》としての役割のはず。その役割を失った今、ガルアーク王国がレストラシオンをどこまで庇《かば》うかは……」

　正直怪《あや》しくはないかと、シャルルがめげずに自分の考えを述べた。実際、その意見は普《ふ》通《つう》に的を射ている。運や相手が悪すぎるだけで失態が続いているシャルルだが、彼自身の能力は特段低いわけではない。熱くなると周囲が見えなくなりがちだが、そうでなければ戦況《せんきょう》を正確に分析《ぶんせき》することくらいは普通にできるのだ。

「確かに。フランソワ国王は賢《かしこ》い。賢いがゆえに損得に敏感《びんかん》で戦にも消極的ですから、そ

ういった判断に傾《かたむ》くとも思えます。ですが賢いがゆえに、ガルアーク王国とベルトラム王国本国との対立が既定《きてい》路線であることも流石《さすが》に感じ取っていることでしょう。ここでレストラシオンを見放そうがどうしようが、ね」

「……いざ開戦した時に備え、強力な交渉《こうしょう》材料の一つとして手元に確保しておく。レイス殿《どの》もそう思うか？」

アルボー公爵がむすっとした表情でレイスに尋ねた。

「ええ。いざ戦争に勝利してクリスティーナ王女が政権を握《にぎ》ったら、大きな恩も売れますからねえ。クリスティーナ王女がレガリアを持っているのならなおさら、保護しておくのも悪くはないと考えるでしょう」

「ちっ、まったく、本当に面倒なことになったものだ」

アルボー公爵は額に青筋を浮《う》かべ、昨日と今日で何度目ともわからない舌打ちを実に忌々《いまいま》しそうにした。シャルルを睨むことも忘れない。

「流石にガルアーク王国が相手となると、ロダニアを攻め落とすのとは訳が違《ちが》いますからねえ。つい最近になってベルトラム王国の代わりにセントステラ王国とも親しくなっていますし、擁立《ようりつ》している勇者の数ではこちらが負けています。水の勇者も眠《ねむ》れる力に目覚めたかもしれないとなると……。開戦の口実はあるとはいえ、ひとまずは外交的な圧力をかけるに留《とど》めておくことを強く推奨《すいしょう》しますよ。今そちらに動かれてもこちらの軍は動かせませんので」

と、レイスは釘《くぎ》を刺《さ》すように語った。

「……勇者の力とやらだが、そのままでは氷の勇者ほどの力は引き出せないと仰《おっしゃ》っていたな。貴国なら力を引き出す方法を知っているのか？」

アルボー公爵は不意にそんな質問をする。

「ええ」

「その方法、我が国が抱える雷の勇者に伝授していただくことは？」

「流石にタダで、というわけには参りませんね。現状でそちらに何か要求したいことがあるわけでもありませんが……」

レイスも流石に無償《むしょう》でそこまでしてやるつもりはないらしい。

「ふん……」

力を引き出せるようになった勇者は戦場の流れを一瞬《いっしゅん》で変える強力な戦力だ。正直、喉から手が出るほど欲《ほ》しいが、アルボー公爵はここでがっつくような真似はしなかった。

「ただ、氷の勇者の力でしたら今回同様お貸しできます。まあ、ガルアーク王国に侵攻《しんこう》するから貸してくれという話でしたらお断りしますがね」

「せんよ」

アルボー公爵はなんとも鬱陶しそうにかぶりを振った。その上で――、

「とはいえ、お決まりの外交的な抗議文《こうぎぶん》を送りつける程度では何の効果もない。何か威圧《いあつ》できる材料でも欲しいところだと考えている。使えそうな駒《こま》は捕虜《ほりょ》になったロダン侯爵くらいだが……」

レストラシオンとガルアーク王国にどう外交的な圧力をかけていくべきか、アルボー公爵は思案する。捕虜は大勢いるが、重鎮《じゅうちん》となるとロダン侯爵ではいささか材料として弱いと思っているのかもしれない。すると――、

「ここは使いやすい駒ではなく、取りやすい駒に着目してみるのはどうでしょう?」

レイスがそんなことを言う。

「取りやすい駒?」

すぐには思い浮かばなかったのか、アルボー公爵もシャルルも怪訝《けげん》な顔になる。

「確かロダニアを奪取《だっしゅ》する前に結んだ協定で、クレール伯爵家《はくしゃくけ》の者を中立的な伝令役として扱うと決めたのでしたね」

いったい何を企《たくら》んでいるのか? レイスは口許《くちもと》に薄《うす》ら笑《わら》いを覗かせて、クレール伯爵家の名を出したのだった。

【第七章】 勇者の力

セリアが深夜に岩の家を訪《おとず》れてから、五日が経《た》った。その間に沙月《さつき》達が全開で神装を使う検証の場所と日取りが決まる。同時に、ソラがガルアーク王国城の屋敷を出て行くことも決まった。

そうして、検証前日のお昼前。

屋敷の前にはソラを見送るべく屋敷の住人達が集まっていた。

「ソラちゃん……！」

ラティーファやコモモや亜紀《あき》がソラに歩み寄り、とても寂しそうな顔でその名を呼ぶ。実年齢《じつねんれい》はともかく、外見年齢が比較的《ひかくてき》近いからか、最も積極的にソラと仲良くなろうとしたのがラティーファやコモモや亜紀だった。

「きょ、距離《きょり》が近いです。なんです、お前らそんな顔をして？」

ソラはたじろいで後ろに下がりながら、三人に応じる。

「寂しいんだよ」

「そうです。ようやく打ち解けてきたのに」

「もう別れちゃうなんて」

などと、ラティーファもコモモも亜紀もすっかりしょんぼりした表情で言った。もともとソラはロダニアで主人と離《はな》れ離《ばな》れになってしまったから、一時的に屋敷で暮らすことになったと皆《みな》には説明していた。

よって、主人が見つかれば出て行くことになるのは自然な流れなのだが、一週間の時を共に過ごしたことで、ラティーファ達は既《すで》にソラのことを大切な友人だと思うようになっていたらしい。

「……急に決まったことだから仕方がないです。ソラはりゅ……ご主人様のところに戻らないといけないんです」

と、ソラは語り、つんとそっぽを向いてしまう。ソラが皆に「ご主人様の居場所がわかったから、屋敷を出ていくです」と言いだしたのがなんと今朝のことだ。

主人とソラでお互《たが》いの所在地がだいたいわかる魔道具《まどうぐ》を持っていると説明し、その魔道具で主人が近くまで来ていることがわかったから、探しにいくと何の前触《まえぶ》れもなく言いだしたのである。

もちろんそんな魔道具をソラは持っていないが、適当に持っていた魔道具を見せて話をでっち上げたというわけだ。眷属である彼女がリオの居場所をおおよそわかるのは紛《まぎ》れもない事実である。

「ソラは主人のことが大好きみたいなのよ。ソラにとっては親の代わりのような存在らしくて」

と、口下手なソラの代わりに、セリアが語った。

「そうです。ご主人様はソラにとって、とっても、と〜っても、大事な御方《おかた》なんです」

ソラは主人を強く思っていることを強調する。

「だったらソラちゃんのご主人様にお願いして、またこの屋敷に来てほしいな。そうしたらソラちゃんのご主人様のこと、私達に紹介してよ」

ラティーファが遠慮《えんりょ》がちに言う。

「……頼《たの》んではみるです」

実現可能性は低い。そう思っているのが傍目《はため》から見て窺《うかが》えるほど、ソラは消極的な声音《こわね》で返事をした。

だって、ソラの主人とはもちろんリオのことだ。紹介するまでもなく、リオは皆のことを知っている。けど、皆はリオのことを忘れている。連れてきて紹介したところで誰もリオのことは覚えていないし、神のルールがあるからすぐにリオのことは忘れてしまう。一《いっ》緒《しょ》に連れてきたとして、どうすればいいというのだ。

「……あのね、ソラちゃん。これ」

もしかしたらもうソラとは会えないのかもしれない。なんとなくそれを察してしまった
ラティーファ達だったが、手に持っていた鞄《かばん》をソラに差し出した。

「……なんです？」

鞄はずっしりと重みがある。

ソラは鞄を受け取り、不思議そうに見下ろした。

「お菓子《かし》だよ。ソラちゃんが美味《おい》しいって言っていたやつ」

ラティーファが中身を教える。

「……お菓子？　お菓子です？」

ソラはぱちぱちと目を瞬《まばた》く。

「ソラちゃんが屋敷を出て行くっていきなり言いだしたから、美春《みはる》お姉ちゃんやオーフィアお姉ちゃんに手伝ってもらって慌てて作ったんだよ」

「なるべく日持ちするやつを選びました」

などと、亜紀とコモモが順番に言う。

「そう、なんです？」

ソラはいったい何を思っているのか、両手で抱える鞄をじっと見下ろしていた。それから、ソラはお菓子の入った鞄とラティーファ達の顔を何度も見比べてから――、

「…………ありがとうです、スズネ、コモモ、アキ」

三人の名前を小さな声で呼びながらお礼を言った。そして――、

「……アヤセミハル、オーフィア、サラ、アルマ、サツキ、サヨ、シャルロット王女、マサト、ゴウキに、カヨコも、ありがとうです」

少し離《はな》れた場所で様子を見守っていた大人達にも、順番に名前を呼んでからぺこりと頭を下げてお礼を言う。

「あら、私達の名前、全員分ちゃんと覚えてくれていたの？」

沙月が嬉《うれ》しそうに口許をほころばせる。

「私のことは最後までフルネーム呼びなんだね」

美春は苦笑《くしょう》がちに頬《ほお》をかいていた。

「まったく、素直《すなお》なところもあるじゃないですか」

サラがやれやれと嘆息《たんそく》している。

「ど、どうせすぐに別れるってわかっていたから、名前を呼ばなかっただけです。ソラはこういうお別れには慣れっこなんです」

ソラは急に恥ずかしくなったのか、頬を赤らめて語った。そして――、

「……とにかく、お世話になったです。またこの屋敷に戻ってこられるか、ご主人様に相談してみるです。いいですか？」

ちょっと不安そうな顔で、また来ていいか尋ねる。

「もちろんいいわよ。ねえ、みんな？」

と、沙月は二つ返事をして、皆を見回した。すると、皆から「もちろんだよ」といった返事が続々と届く。

「……ありがとうです。じゃあ、いつかご主人様と一緒《いっしょ》にこの屋敷に来るですから、ソラのことを忘れていたら承知しないですよ」

ソラはやっぱり照れ臭《くさ》いのか、終始俯《うつむ》きがちだった。だが、その思いはきちんと皆には届いている。

「絶対また会おうね、約束だよ、ソラちゃん！」

ラティーファが正面からソラを抱きしめ、コモモと亜紀も両脇《りょうわき》からソラに抱きついた。

「ちょ、くっつくな。くっつくなです、もう……。わかったです。約束するですから、その時はまたたくさん、ソラにお菓子を作るですよ」

「ふふ、ソラちゃんは本当にお菓子が大好きだなあ」

ラティーファがおかしそうに笑う。

「だったら今度はソラちゃんも一緒に作りましょう」

「あ、うん。それいいね」

コモモが提案し、亜紀が賛同する。

「ソラは食べる専門ですが、まあ、一回くらいなら付き合ってやるです」

「じゃあ、これも約束だね」

と、ラティーファは嬉《うれ》しそうに約束を付け加えた。

「……しょうがない奴《やつ》らです。じゃあ、どうせまた戻ってくるんですし、行くですよ。セリア」

「はいはい」

ソラが隣《となり》に立つセリアを見上げて促《うなが》す。そう、セリアはこのままソラと一緒にお城の外まで出向くことになっていた。

「さよならは言わないよ。行ってらっしゃい。気をつけてね、ソラちゃん。セリアお姉ちゃんも」

ラティーファは見送りの言葉を紡《つむ》ぐ。

「ええ、ちゃんと見送ってくるから。この子がご主人様に会えるように。帰ったら報告するわ」

「うん、楽しみにしているね」

そうして、ソラとセリアは屋敷の傍《そば》で待機していた馬車に向かう。

「行ってらっしゃい！」

「またね、ソラちゃん！」

などと、皆が手を振《ふ》りながら、名残惜《なごりお》しそうにソラに見送りの言葉を贈《おく》った。

ソラは「わかったです」と言わんばかりに、無言のまま一度だけ深く頷《うなず》いた。そしてお菓子の入った鞄を大事そうに抱えながら、セリアと一緒に馬車に乗る。

「……本当に、なんなんです、あいつら？」

ソラは車内で着席すると、照れたように頬を膨《ふく》らませてぼやいた。あんなに距離感の近い者達《たち》に囲まれて暮らしたのは、ソラにとって初めてのことだ。ただでさえソラは人と接《せっ》触《しょく》する機会を最小限に抑《おさ》えて生きてきた。どうせ忘れられちゃうからと、煙《けむ》たそうに人と接する癖《くせ》が染《し》みついている。屋敷の者達にもそうやって接した。

なのに、あの屋敷の住人は事あるごとに距離を詰めてこようとしてきて、正直、鬱陶しいと思った。だが、鬱陶しいだけでもなかった。気がつけば、仕方ないからもう少し一緒にいてやってもいいかと思う時があった。気がつくと、今日はもう少し一緒にいたいと思う時もあった。そのことにソラ自身、戸惑《とまど》っている。

――友達を作るのもいいかもしれないな。

と、今から千年前に神魔《じんま》戦争《せんそう》へと向かう主人が、自分にそんなことを言っていたと、ソラはなぜかふと思い出した。

（……これが竜王様の言っていた友達ってやつです？）

よくわからないけど、ソラは鞄を抱えながらそう思った。すると、そうやって俯くソラの姿を眺《なが》めながら――、

「どう？　みんな良い子だし、良い人達でしょ？　あの場にいる一人一人が、リオとの絆《きずな》があるのよ。神のルールのせいでみんな忘れてしまっているけど……」

と、セリアがちょっと寂しそうな顔で語りかけた。

「そんなの、よくわかっているです」

「一人一人、どういう間柄《あいだがら》だったのかまだ教えていなかったけど、知りたくなった？」

「……それは次に会った時の楽しみにしといてやるです」

「そっか……」

「セリア」

ソラがぽつりと向かいに座《すわ》る女性の名を呼んだ。

「何、ソラ？」

セリアは優《やさ》しく返事をする。

「ソラがあいつらとの約束を果たすためには、神のルールをどうにかする必要があるです。あいつらに竜王様《りゅうおう》の記憶《きおく》を取り戻させて、ソラと会ったことも思い出させる必要があるです」

きっと、今日から数日も経てば、屋敷にいる者達はソラがいたことも忘れてしまうだろうから……。

「……そうね」

「ソラは竜王様とその手がかりを旅先で捜してくるです。だから、お前も……」

ソラはそこまで言うと、一度言葉を切って溜《た》めた。その上で――、

「セリアも、仮面の研究をしっかりと頑張《がんば》るですよ」

と、激励《げきれい》の言葉を贈った。

「……ええ、ありがとう。私も頑張るから、ソラも頑張ってきて」

セリアはちょっと意表を衝《つ》かれたようにぱちぱちと目を瞬いてから、明るい笑みをたたえてソラに返礼の言葉を贈る。

それから、何分か無言の時間が続く。だが、気まずさなど微塵《みじん》もなかった。むしろ居心

地が良いとさえ感じる時間を、セリアは過ごした。

「もうこの辺りでいいです。降りるです」

ソラは窓の外の景色を眺めながら、下車を願い出た。

「え、でも……」

予定では貴族街の広場まで送ることになっていた。それでソラの主人が都合良く見つかったことにして、別れる予定だった。

だが、この辺りはまだ住宅街で、広場まではあと二、三分は歩く必要がある。御者《ぎょしゃ》にもちょっと不思議がられるかもしれない。しかし——、

「降りるです。ここからは歩いていくです」

と、ソラは短く主張した。

「……そっか、わかったわ」

きっと、そういう気分なのだろう。セリアは御者に対して「止めてください」とお願いした。それで馬車が止まると——、

「じゃあ、またです」

ソラがそう言って、下車する。

「うん。広場はあっちよ」

馬車が進んできた進行方向なので間違えないとは思うが、セリアは広場へと続く道を指さした。そして——、

「迷子になったり、不審者扱《ふしんしゃあつか》いされたりしたら、お城の屋敷で暮らしているセリア＝クレールと、シャルロット王女の名前を出しなさい」

と、付け加える。

「こ、子供扱いするなです」

ソラはむうっと唇《くちびる》を尖《とが》らせて抗議《こうぎ》すると、鞄を抱えたまま小走りで駆《か》け出して立ち去っていく。実際、セリアもそこまで心配はしていない。

「行ってらっしゃい、ソラ！」

セリアは声を張り上げて叫《さけ》び、去りゆくソラの背中に向けて大きく手を振った。ソラは一瞬だけ立ち止まって振り向くと、セリアを一瞥《いちべつ》して再び小走りで駆け出す。途中《とちゅう》から駆ける速度が上がったのか、ソラの姿はほんの十数秒で見えなくなった。

ソラは広場に着いたところで、お城の方向を振り返って眺める。そのまま何秒か立ち止まって城を見つめ続けると、まるで涙《なみだ》でも拭《ぬぐ》うように袖《そで》で目許《めもと》を拭《ふ》く。

そして人気の少ない路地を選んで進んでいくと、リオが待つ岩の家へと向かうべく空へと舞《ま》い上がったのだった。

◇　◇　◇

そして翌日。

いよいよ沙月達が全力で神装を使う日がやってきた。

沙月、雅人《まさと》、弘明《ひろあき》、貴久《たかひさ》の勇者四人は魔道船に乗り、王都から小一時間ほど離れた土地を訪れる。セリア、サラ、オーフィア、アルマ、ゴウキも同行し、一行が乗る魔道船は人目を避《さ》けるためあえて無人の湖に着水した。

そこから魔道船に載《の》せてあった馬車数台に乗ってさらに移動し、広く開けた無人の平野にたどり着く。一同、馬車から降りたところで――、

「お前、あんだけ戦いに反対していたくせに、結局参加するんじゃねえか」

弘明が貴久に白い目を向けながら語りかけた。

「……俺達《おれたち》が持つ力は簡単に人を殺してしまえる。だからこそ、自分の力を知っておく必要がある。そう思ったんです」

貴久は少々鬱陶しそうな表情を覗かせつつ、弘明に答える。

勇者四人がフランソワに呼び出され、この検証についてお城で意見を交《か》わしたのが六日

前のことだ。この検証に協力的な姿勢を見せた三人に対し、貴久一人だけは反対の姿勢を見せて対立していた。そのせいか、翌日まで迎賓館《げいひんかん》に籠《こ》もって色々と考えていたようだが、以降はまた沙月達が暮らす屋敷にも顔を出すようになっていた。

「ふーん、あっそ」

弘明は興味なさそうに相槌《あいづち》を打つ。と――、

「ここならば人目につかん。各々《おのおの》、存分にその力を解き放ってほしい」

フランソワが勇者四人に向けて呼びかけた。

「じゃあ、誰《だれ》からやります？」

沙月が他の勇者達に尋《たず》ねる。

「なら、俺《おれ》からいかせてもらうぜ」

弘明が待ちきれなかったんだと言わんばかりに、一番手を買って出た。ご自慢《じまん》の神装ヤマタノオロチも実体化させる。見事な刀身の大太刀を目にして、ゴウキが興味深そうに目をみはっていた。ともあれ――、

「どうぞ」

沙月はすんなり順番を譲《ゆず》る。雅人と貴久からも異論は出なかったので、そのまま弘明から神装をフルパワーで用いることになった。

「では、十分に距離を置いて神装を発動してくだされ」

立ち会いの指揮はフランソワから頼まれ、ゴウキが取ることになった。弘明に指示して見学者達から十分に距離を取ってもらう。サラ、オーフィア、アルマの三人は不測の事態が起きた時に見学者達を守れるように控《ひか》えていた。

「さて……」

弘明は神装の大太刀を構える。

とにかく全力だ。弘明は刀身に全力のエネルギーを注《そそ》ぎ込む感じで、技の発動を思い浮かべた。イメージしたのは、弘明が考える最強の水の怪物《かいぶつ》だ。その名を、八岐大蛇《やまたのおろち》。弘明が神装に与えた名と同じ名称《めいしょう》を持つ、日本神話の伝説の生物である。

実際に八岐大蛇という生物を召喚《しょうかん》するわけではない。八本の頭に、八本の尻尾《しっぽ》を持った強大な龍《りゅう》を象《かたど》った水を生み出して、弘明が自在に操《あやつ》るのだ。

果たして、弘明とっておきの大技《おおわざ》が発動し――、

「ほお……」

登場したのは六本の頭を持つ水の龍だった。胴体《どうたい》も尻尾もないが、一本一本の首の長さが十メートルはある。

一本一本ではなく、六本まとめたトータルの規模で考えると、最上級攻撃魔法《こうげきまほう》級の規模

はあると言っていいだろう。八岐大蛇を実体化させた状態で操り続けることができるというのであれば、その評価はさらに上方に修正してもいい。フランソワやユグノー公爵を始め、一部の者は瞠目《どうもく》して唸《うな》っている。だが――、

「八岐大蛇、ねえ」

沙月などは微妙《びみょう》な眼差《まなざ》しを向けていた。

というのも、八岐大蛇はサブカルチャーに疎《うと》いタイプの日本人でも、一度は聞いたことがあるほど有名な伝説上の生物である。その名前の由来が八本の頭と尾《お》を持つことに由来していることもまた有名だ。

沙月もそのことを知っているからこそ、六本しか頭を持たないソレに八岐大蛇の名を与えられていることに違和感《いわかん》を抱《だ》いたのだろう。

「いや、俺はアレでも十分かっこいいと思うぜ」

雅人もその由来は知っているようだが、少年心をくすぐられたらしい。眼をきらきらさせながら弘明が出現させた水の龍を眺めていた。

「……どうだ、クリスティーナ王女よ？」

フランソワが肝心《かんじん》の人物に問いかける。

「十分にお見事ではありますが……、ロダニアの湖で見たものと比べると、明らかに規模

で見劣《みおと》りしています。首の数も少ないです。氷の勇者の一撃《いちげき》にも敵《かな》わないかと」

クリスティーナは正直に評価を口にした。

「……であるか」

フランソワの反応もやや淡泊《たんぱく》だ。すごいことはすごいが、クリスティーナが危惧《きぐ》していたほどではないと薄々《うすうす》思っていたのだろう。

そして――、

（まだ、まだこんなもんじゃねえ。奴の一撃はもっと規模がでかかった。野郎《やろう》、どうやってあんな真似《まね》を……）

発動させた技が未熟なものであると、術者本人が最もわかっているのだろう。弘明は悔《くや》しそうに顔をしかめている。

これ以上、技の規模をでかくしようとしても、やり方がよくわからないのだ。既に全力で神装を使おうとはしている。神装の使い方はあくまでも感覚的にしか把握《はあく》していないので、力の引き出し方がまるでわからなかった。

実際にこうやって全力を出してみるまで、俺にだってできるという気持ちがどこかにあった。だが、現実を痛感せざるをえない。「俺、一度も全力を出していないしな」という言い訳ももうできない。

「……くそっ！」

弘明は憤《いきどお》りを込《こ》めて強く叫ぶと、発動させた八岐大蛇を地面に叩《たた》きつけた。少しでも威《い》力《りょく》を上げてやろうと、全力で大地を抉《えぐ》ろうとする。地面とぶつかり形状を維《い》持《じ》できなくなった水が大量の飛沫《しぶき》となって散り、淡《あわ》い虹《にじ》が架《か》かった。すると――、

「そこまで！　もうよろしいでしょう。お下がりくだされ、サカタ殿！」

ゴウキが身体強化して弘明に駆け寄り、声を張り上げて呼びかける。

「……ああ」

弘明は神装を地面に叩きつけようとしたが踏《ふ》みとどまり、すごすごと見学者達がいる場所まで戻った。

「お見事でしたぞ」

ゴウキはちょっと感心したように瞠目し、健《けん》闘《とう》した弘明にそんな言葉をかける。そうして次に立候補したのは――、

「じゃあ、次は私が行こうかな」

沙月だった。

「頑張れ、沙月姉ちゃん」

雅人に見送られ、沙月が先ほどまで弘明が神装を使っていた場所へ向かう。

「よし……」

沙月はグレイヴの形をした短槍《たんそう》の神装を実体化させると、大きく深呼吸をした。目の前が無人の荒野《こうや》だとしても、全力で技を放つのが怖《こわ》いという思いが正直ある。自分が全力で力を振るえばどんな被害《ひがい》が出るのか、それを知るのが怖い。だが――、

「行くわよっ！」

沙月は柄《つか》をぎゅっと握り絞《し》めると、自分を鼓舞《こぶ》するように声を張り上げた。そして、切っ先を上空に向けながら、槍を上段で構える。

直後、切っ先を根っこに激しい竜巻《たつまき》が発生した。その長さは五十メートル強はある。そのまま薙《な》ぎ払《はら》えば先ほど弘明が生み出した八岐大蛇の首を六本まとめて切り飛ばす、もとい吹《ふ》き飛ばせそうな規模だ。

「……とんでもないですのう」

同じ風使いとして、ゴウキが大きく唸った。

「はああっ！」

沙月は雄々《おお》しく雄叫《おたけ》びを上げ、竜巻を纏《まと》わせた刀身を地面めがけて叩きつけるように思い切り振るう。竜巻は地面を大きく抉り取って、術者である沙月は巻き込まないよう一帯に暴風をまき散らした。

「オーフィア、アルマ」

「うん」「ええ」

サラ達は精霊術《せいれいじゅつ》で魔力《まりょく》の障壁《しょうへき》を張り、押《お》し寄せてきた暴風や地面の破片《はへん》を防いだ。オーフィアは微風《びふう》を放って、一帯に吹き荒《あ》れる土埃《つちぼこり》を除去して視界を確保する。

「いや、すげえな、沙月姉ちゃん」

雅人はすっかり感嘆《かんたん》している。

(リオが睨《にら》んだ通り精霊術の基礎《きそ》を習得しているからかしら？　サツキ様の方が明らかに神装の能力を引き出せているわね)

セリアは弘明と沙月を比べ、密《ひそ》かにそんな分析をしていた。一方で――、

(沙月の野郎。まさか、いや、確実に、俺より……)

弘明も自分より沙月の方が神装の能力を引き出せていると気づいたのだろう。焦燥《しょうそう》した顔でぎりっと歯を噛《か》みしめている。

実際、弘明が八岐大蛇を叩きつけた箇所《かしょ》と、沙月が竜巻を叩きつけた箇所で比較《ひかく》をすると、後者の方がより深く地面が抉り取られていた。

「どうだ、クリスティーナ王女よ？」

氷の勇者と比較するべく、フランソワがまたしてもクリスティーナに尋ねる。

「ロダニアの湖で見たヒロアキ様の八岐大蛇や氷の勇者の一撃と比べるとやはり見劣りはしますが、迫《せま》りうる一撃ではないかと。被害範囲《ひがいはんい》はともかく、局所的な威力で言えば氷の勇者の一撃を上回っているように思います」

というのも、氷の勇者である蓮司《れんじ》の一撃は破壊《はかい》というよりも、対象の凍結《とうけつ》に重きを置いたものだったからだ。ロダニアの湖で見た八岐大蛇についても倒《たお》すことはできずとも、首の一、二本は持っていけるのではないだろうか？　クリスティーナはそう思った。

それから、沙月が戻ってきて――、

「すげえじゃん、沙月姉《しょうさん》ちゃん！」

雅人が駆け寄って称賛する。

「駄目《だめ》よ。サイズを大きくするのに囚《とら》われちゃって、見《み》かけ倒《だお》しになっちゃったかな」

もっと威力を凝縮《ぎょうしゅく》できるはずだと、沙月は悩《なや》ましそうに唸った。

「なるほどな。じゃあ、次は俺が行かせてもらおうかな」

「ええ、雅人君の力も見せてもらうわよ。気をつけてね」

「おう！」

と、雅人は意気込《いきご》んで返事をし、駆けだした。途中で実体化させた神装はまだ子供の彼《かれ》には不釣《ふつ》り合《あ》いなサイズの大剣《たいけん》であるが、身体強化を行っているからだろう。雅人は片手で軽々と手にしていた。

「よおし、やるぞぉ！」

雅人は手に馴染《なじ》ませるように、ぶんぶんと大剣《たいけん》を振り回した。しばらくすると、上段で構えてぴたりと静止する。

「…………」

剣を構えたまま大きく息を吸って、引き起こそうとする事象を思い浮かべると――、

「うおおおおっ！」

雅人は雄々しく大剣を振り下ろした。

そして切っ先が地面にインパクトした瞬間《しゅんかん》――、

「っ⁉」

大地が大きくめくれ上がって崩壊《ほうかい》を開始した。ひっくり返った大地が高さ十メートル程度の津波《つなみ》となり、爆心地《ばくしんち》を起点に扇状《せんじょう》に被害を拡大させながら前方へ進んでいく。波は雅人から離れるほどに勢いが弱まっていき、五十メートルほど進んだところで完全に破壊が収まった。

「すっごいわねえ……」

沙月が被害跡地《ひがいあとち》を眺めながら呆気《あっけ》にとられている。一点のみの局所的な威力で語ると沙

月に分があるが、扇状にまんべんなく被害が及《およ》んでいるので、被害範囲で語ると雅人がダントツだった。

「…………」

雅人は確かな手応えを感じたのか、神装を握《にぎ》る自分の手をじっと見下ろしている。それから嬉しそうに笑《え》みを覗《のぞ》かせると、雅人は皆がいる場所まで戻《もど》ってきた。

「やるじゃない、雅人君！」

沙月がぱちぱちと拍手《はくしゅ》しながら雅人を迎《むか》える。

「へへ、これが今の俺の全力の一撃だな。大破斬《だいはざん》、なんつって」

雅人はひょうきんな笑顔を浮《う》かべておどけてみせた。

「……クリスティーナ王女の講評は？」

「氷の勇者の一撃も扇状に拡散して被害を与《あた》えるものでした。事象の規模だけで言うとまだ大幅《おおはば》に劣《おと》ってはいますが、部分的な威力だけならマサト様の方がより上回っているのではないでしょうか？」

と、クリスティーナは雅人の一撃に高評価を与える。

「なるほどな。確かに、同じ最上級攻撃魔法でも被害範囲重視のものもあれば、一点突破《とっぱ》のものもあるという。属性による違《ちが》いもあるし、事象の規模のみに着目するのは早計か？

ううむ……」

どう判断したものかと、フランソワは思案顔で嘆息した。一方で――、

（このガキも俺より上じゃねえか。くそっ、残るはこのイケメン勇者のみ……）

弘明は現状で自分が三番手に位置することに焦《あせ》りを覚えている。もしかしたら四人中で最下位になるのではないか？　このいけ好かない優男《やさおとこ》のイケメン勇者にも負けるわけにはいかないと、対抗《たいこう》意識を滲《にじ》ませた眼差しを貴久に向ける。

「……俺の番みたいですね」

そう言って、貴久は険しい面持《おもも》ちで歩きだした。

「レーヴァテイン」

と、貴久が口にしたのは、彼が所持する神装の名前である。それは、赤みを帯びた美しい刀身の剣だった。刀身は一メートルほど。

「見るからに火属性。名前もまんまだな」

と、弘明は貴久の台詞《せりふ》を聞き取っていたのか、初めて見る火の神装を分析《ぶんせき》する。

「………」

貴久は直近まで雅人が立っていた位置まで移動すると、両手で剣を握って目を瞑《つぶ》り、顔に近づけた状態でまっすぐと構えた。そのまま軽く深呼吸をすると、剣を振りかぶる。

「はああっ！」

　という貴久の雄叫びに応じるように、構えた剣の刀身から火炎《かえん》が溢《あふ》れ出た。貴久はそのまま真一文字に剣を水平に一閃《いっせん》する。直後、刀身から爆炎が解き放たれ、前方十数メートル程度の距離までを円形状に焼き払った。

　火炎は地表を数秒ほど強く炙《あぶ》ってから、綺麗《きれい》に消え去っていく。規模としては最上級の攻撃魔法と認定《にんてい》されておかしくないものである。だが、その程度では沙月や雅人はもちろん、弘明の不完全な八岐大蛇と比べても今一つ劣っているのがわかった。

　効果範囲内《はんいない》の地面が熱で赤くなっているが、物理的な破壊の跡《あと》も他の勇者達が残した跡には及ばない。そんな痕跡《こんせき》を眺めて――、

「…………」

　貴久本人もちょっと見劣りするのではないかと思ったのだろう。手にした剣と焼き払って既に冷め始めている地面をやや拍子抜《ひょうしぬ》けしたような顔で見比べていた。

　全力を出し切れていなかったのだろうか？　もう一度、試《ため》してみたそうに剣を構えようとしたところで――、

「タカヒサ殿《どの》、お戻りくだされ」

　ゴウキが貴久の背に声をかけた。

貴久はびくっとして頷《うなず》き、すごすごと見学者達《たち》がいる場所まで戻っていく。

「あ、はい……」

「規模としては他の勇者殿《どの》達の方が優《すぐ》れてはいたが……」

他の勇者達と比べて特に優れている点があるとは思わなかったのだろう。フランソワは貴久についてはクリスティーナに意見を求めなかった。そうしている間に貴久が戻ってくると――、

「お疲《つか》れ様《さま》でした、タカヒサ様」

リリアーナが近づき、貴久にぺこりとお辞儀《じぎ》をした。

「あ、うん。リリィ……。どう、だったかな？」

貴久が自信なげに尋ねる。振り返って眺めてみて、自分が攻撃《こうげき》を放った箇所だけ被害の跡がほとんど残っていないのを、ちょっと情けなく感じたのかもしれない。

「お見事です」

と、リリアーナは迷わずに言う。実際、見事であるのは確かだ。比較対象として他の勇者達がいなかったら、手放しの称賛を受けていたことだろう。すると――、

「ま、場所にもよるが、二次被害が一番大きそうなのはお前だったな」

自分の方が勝っていると思ったのか、弘明が優越感《ゆうえつかん》を滲《にじ》ませて高みから貴久に語りかけ

た。しかし――、

（……ちっ、こんな優男に勝って三番手になったからって、俺は何を安心している？　この場にあのキッズがいたら、アイツが一番になって俺が四番手になっていてもおかしくはないんだぞ？）

自分が最下位を免《まぬが》れて安堵《あんど》していることにすぐ気づいたのか、弘明は苦虫を噛み潰《つぶ》したように顔をしかめる。蓮司に勝つと決めたのに、下から二番手で満足しているようでは駄目だった。

「それは、どういう意味ですか？」

貴久がちょっとむっとして尋ねる。

「……そのまんまの意味だ。焼き払った箇所が延焼《えんしょう》して広がれば、二次被害が大きくなるのは当然だろう？　それが火属性の強みなんじゃねえの？　知らんけど」

弘明はガシガシと頭を掻《か》くと、そっぽを向いてしまった。そして――、

（くそっ……。属性毎《ごと》に当たりとハズレがある感じか？　俺と連中とで何が違う？　奴らのが神装の力を引き出せていそうなのはどういう種がある？）

と、弘明は自分が強くなれる方法に思考を巡《めぐ》らせる。一方で――、

（ふむ。まあ、順当な結果かもしれんな）

ゴウキはこの結果に内心で得心していた。言うならば一日《いちじつ》の長《ちょう》というやつだ。沙月と雅人は精霊術を学んでいる最中だから、その分だけ差が出たのだろう。それに、勇者四人の中で武術の経験があるのが沙月と雅人で、素人寄《しろうと》りであるのが弘明と貴久の二人だと正確に見抜《みぬ》いていた。ゆえに――、

（それにしても、碌《ろく》な訓練も積んでいないであろう素人の子供が手にしただけでこれほどの力を与えるとは、神装とはとんでもない。そしてなんとも恐《おそ》ろしい。その力に振り回されねばよいのだが……）

ただの子供達がこれほどの力を手にしてしまっている。そのことをゴウキは怖くも思った。特に沙月と雅人については、もはや家族同然だと感じ始めているので――、

（本人達が望むのであれば、本格的に戦い方を伝授してもよいのかもしれぬ）

ゴウキは持ち前の老婆心《ろうばしん》を発揮し、近日中に自分が助力できないか申し出てみようと思ったのだった。

そして、そんな地上の様子を遥《はる》か上空から見下ろしている者達もいる。セリアから検証のスケジュールを聞いて、密かに見守っていたリオとソラだ。

「低次元なことをしているですねえ」

ソラからしたら地上にいる勇者四人のレベルはまだまだ低いのか、呆《あき》れた顔で地上を見

下ろしていた。一方で――、

（……やっぱり精霊術の技量が神装の力を引き出す鍵《かぎ》になっているのは間違《まちが》いない）

リオは今日、この場で見た四人の全力の一撃を見て、事前に立てていた予想が当たっていることを確信した。だが、それゆえに――、

（けど、だからこそ神装の性能に頼《たよ》り切った戦い力をしていた聖女エリカがあそこまでの力を手に入れた理由もわからない。もしかして精霊術の指導を誰かに受けたのか？　そうじゃないとしたら、なんで？）

謎《なぞ》も益々《ますます》深まった。

（………やっぱり精霊術の技量以外に、勇者の力を引き出す方法がありそうだな）

リオはしばし黙考《もっこう》した後、深まった謎に対してそんな仮説を立てる。そして、この仮説を裏付ける事実を探《さぐ》るためにも――、

（聖女エリカがこの世界に召喚されてからどんな軌跡《きせき》を辿《たど》ってきたのか、調べられるだけ調べてみよう）

「……行こうか、ソラちゃん」

リーナの痕跡を探るついでに、一度エリカが召喚された土地をしっかりと調べてみよう。

リオはそう考え、ソラに出発を促す。

「はいです！」

そうして、リオとソラはガルアーク王国を旅立ったのだった。

【第八章】 セリアの戦い

勇者達の全力を見極《みきわ》める検証を行ってから、三日が経《た》った。午後、セリアはガルアーク国王フランソワとレストラシオンの指導者クリスティーナから名指しで呼び出される。何やらレストラシオンに関する重大な話があるとのことで――、

「お父様、セリア様をお連れしました」

「セリア＝クレールです。ただいま参上しました」

セリアはシャルロットに連れられ、フランソワの執務室《しつむしつ》を訪《おとず》れた。

「うむ、入るとよい」

「失礼いたします」

フランソワに促され、セリアとシャルロットが入室する。室内にはクリスティーナとユグノー公爵《こうしゃく》の姿もあった。

（……何の話なのかしら？）

セリアは各組織の幹部中の幹部しか集まっていないこの部屋に、わざわざ自分が呼び出

されたことを疑問に思う。特にクリスティーナの表情が優れていないことがわかったので訝《いぶか》しさが増した。

「まあ、掛《か》けるとよい」

「失礼いたします」

セリアはユグノー公爵と並んで下座に座り、フランソワとクリスティーナと向かい合った。すると——、

「ベルトラム王国から一通の書簡が届いた」

フランソワが早速《さっそく》、話を切り出した。

「……いったいどのような？」

「読んでみるとよい」

「……お借りします」

セリアはテーブルの上に置かれた手紙を手に取り、視線を走らせる。果たして——、

「これは……」

書簡を簡潔に要約すると、ベルトラム王国本国からガルアーク王国に対する抗議《こうぎ》と、レストラシオンに対する降伏勧告《こうふくかんこく》だった。
一、ガルアーク王国はレストラシオンの残党を匿《かくま》うのを止めろ。レストラシオンも即座《そくざ》

に組織を解体し、降伏《こうふく》しろ。手始めにクリスティーナとフローラとユグノー公爵の身柄《みがら》を渡《わた》せ。クリスティーナが持ち出したと思われるレガリアも返却《へんきゃく》しろ。

二、ガルアーク王国がクリスティーナ達《たち》を匿い続け、レガリアの返却を拒《こば》むようであれば、直ちに開戦の理由にもなり得る。返答なき場合も開戦の理由となりえる。

三、ガルアーク王国とレストラシオンからの返答は、クレール伯爵家《はくしゃくけ》のセリアに書簡を持たせて来させろ。護衛の同行は認めない。国境付近の関所まで来れば以降はベルトラム王国が送る使者が案内するから、セリアが一人で書簡を持ってこなければならない。

四、返答期限は一週間以内とし、ガルアーク王国との国境からほど近いベルトラム王国の砦《とりで》にて書簡を受け取る。

五、期限内にセリアが書簡を持ってやってこない場合、クレール伯爵家の立場を中立的な伝達役とする先の協定は破棄《はき》したものと見なす。以降、ベルトラム王国内でのクレール伯爵家の人間に関する生命身体の安全は、これを保障しない。

などと、ずいぶんと一方的で勝手な言い分が記されていた。

「…………拝見しました」

セリアはそっとテーブルに書簡を戻す。

「レストラシオンがロダニアという拠点《きょてん》を失い、人員も失って組織の体をなさなくなったことから、やはり強気に出てきたようだ」

似たような要求が来ることはフランソワも予想していたのかもしれない。渋《しぶ》い顔つきで、重々しく溜息《ためいき》をついた。すると——、

「……承知しました。私が書簡を持って、指定の場所に向かえばよろしいのですね？」

セリアはこれといった異論を挟《はさ》まず、手紙の内容を確認《かくにん》する。

「お、お待ちくださいっ！」

クリスティーナが慌《あわ》てて待ったをかけた。

「……何でしょうか？」

「これは罠《わな》かもしれません」

と、クリスティーナは強い口調で訴《うった》える。

「確かに……。ですが、その確証があるわけでもありません。相手方が私を名指しで伝達役として指定してきている以上、行かないわけにもいかないと考えました」

「ですが……」

「ここで返事を無視すれば、ベルトラム王国に向かった父を見殺しにすることになりかねません。私は父を見殺しにしたくはありません。……申し訳ございません、私情です」

と、セリアは正直に打ち明け、申し訳なさそうに頭を下げた。

「先生が、謝《あやま》られることでは……」

「ここで私がお役目を拒否《きょひ》すれば、ガルアーク王国にもご迷惑《めいわく》をおかけすることにもなります」

セリアは毅然《きぜん》と理由を付け加える。

「こちらは別に使者を用意しても構わないのだが……」

フランソワは代案を出すが――、

「……申し訳ございません。貴族として甘《あま》い考えかもしれませんが、私は父を見殺しにしたくはありません」

セリアは受け容《い》れない。

「であるか……。となれば、止めはせぬ」

「……先生の代わりに、私自身が向かえば……」

クリスティーナが青ざめた表情でそんなことを言う。すると――、

「それこそアルボー公爵の思うつぼです！　クリスティーナ様は直ちに捕《と》らえられてレストラシオンは終わります。私などを庇《かば》うために御身《おんみ》が出向くなど、組織の者達に対して到《とう》底《てい》示しがつきません。クリスティーナ様は組織の運営についてだけお考えください」

セリアが強い物言いでクリスティーナを諫《いさ》めた。

「申し訳ございません。先立って結んだベルトラム王国本国との協定。先生とクレール伯爵家を守るための条件だったはずなのに、まさかこうも思惑《おもわく》が裏目に出てしまうとは」

クリスティーナが頭を下げる。

感情を呑《の》み込んでこその指導者だ。組織の長はあくまでも組織のことを最優先に考えて行動しなければならない。そんなこと、クリスティーナなら嫌《いや》というほど頭で理解している。聡明《そうめい》な彼女《かのじょ》が理解していないはずがない。

だが、感情が一致《いっち》しないのだ。ここでセリアという大切な恩師をアルボー公爵にみすみす差し出すような真似をすることは、感情の折り合いがどうしてもつかない。

しかし、それでも感情を呑み込まなければならない立場に、今のクリスティーナは就《つ》いている。だから、クリスティーナは忸怩《じくじ》たる思いで――、

「…………申し訳ございません」

ただただ申し訳なさそうに、セリアに謝罪した。守りたかった人を守ることができないなんて、こんなに悔しいことはなかった。

「……クリスティーナ様。殿下《でんか》ともあろう御方《おかた》が、どうか、謝罪などなさらないでください。そして私の話を、どうかお聞きいただけないでしょうか？　何卒《なにとぞ》、何卒」

セリアは何度も頭を下げ返した。

「せ、先生、そんな……」

クリスティーナはおろおろしてセリアが頭を下げるのを止めようとする。

「レストラシオンとガルアーク王国からの書簡。このセリア＝クレールが責任を持ってアルボー公爵に届けてみせます。そして公爵の前で書簡を読み上げ、殿下のご意向を存分にアルボー公爵に叩きつけてやります。その上で必ずや帰還《きかん》してみせます。ですから、このお役目、どうか私にお任せください。私のことを信じてくださるのなら、何卒、何卒」

セリアは決然と、書簡を届ける役目を果たしてみせると宣言した。その上でその役目を任せてくれと、ただただひたすらにクリスティーナに頭を下げ続ける。

「頭をお上げください、どうか……」

「アルボー公爵に書簡を届けるお役目を私にお任せいただけるのであれば、いくらでも」

「それは、ずるいです……」

クリスティーナはすっかり弱りきった表情になっていた。

「父がベルトラム王国に戻ってお役目を果たしている真っ最中です。娘《むすめ》の私がその役目を放棄《ほうき》するわけにはまいりません。ですから……！」

と、セリアはひたすら懇願《こんがん》し続ける。そんな思いが届いたのか――、

「…………わかりました。ひとまず、書簡の内容を考えます。その間に先生の決意が変わ

らないというのであれば……」

先生に託《たく》します――と、クリスティーナはセリアを信じ、苦渋《くじゅう》の決断を下したのだった。

◇◇◇

話し合いが終わった後、セリアとシャルロットは二人で屋敷《やしき》への帰路についていた。その道中で――、

「あの、シャルロット様。一つ、お願いがあるんです」

セリアが隣《となり》を歩くシャルロットに語りかけた。

「なんでしょうか、セリア様」

「私がアルボー公爵へ書簡を届けに行くこと。みんなには黙《だま》っていてほしいんです」

「……それでもし、セリア様がお戻りにならなかったら？」

シャルロットはすぐに了承《りょうしょう》することはしなかった。黙っていることで発生しうる問題について、セリアに問いかける。だが――、

「帰ります、絶対に」

と、セリアは決然と告げた。

「……もう、それでは答えになっていませんが？」

「だって、私がそのことを伝えたら、きっとみんなすごく心配してくれると思うんです。あの子達、とても優《やさ》しいから、きっと自分のことのように事態を受け止めて、きっと私のことを助けようとしてくれる」

「当然です。私だって自分の裁量でどうにかできるのであれば、どうにかして差し上げたいところです」

シャルロットは心配して咎《とが》めるような眼差しをセリアに向けた。彼女にしては珍《めずら》しく感情をストレートに表現している。

「ありがとうございます」

「そんな嬉《うれ》しそうな顔で素《す》直《なお》にお礼を言われても……」

「だって、嬉しいですから」

「……もう」

シャルロットはこれまたなんともバツが悪そうに、唇《くちびる》を尖《とが》らせた。

「先ほどの質問への答えです。もし、私が黙って出発して帰らなかったら、あの子達はすごく怒《おこ》ると思います。どうして話してくれなかったんだって。どうして頼ってくれなかったんだって。それで、それ以上に悲しんでくれる」

と、セリアはとても後ろめたそうな顔で語った。

「わかっているんじゃありませんか」

「……はい。けど、シャルロット様だっておわかりですよね？　これは、あの子達にどうにかできる問題じゃないって」

「…………否定はしません」

「もしあの子達が私に同行して、陰《かげ》から私を守ろうとすれば、レストラシオンとベルトラム王国本国との間で結んだ協定を他ならぬ私が破棄することになってしまいます。それは絶対にできません」

仮に今回の事態がアルボー公爵の罠で、セリアを捕らえることが目的だったとして、誰《だれ》かがセリアを助けたら？　きっとアルボー公爵は一人で来いと言ったのに護衛を連れてきたなと騒《さわ》ぎ立てることだろう。

「……見上げた忠誠心ですね」

「クリスティーナ様とフローラ様は昔の私の教え子でもあるんです。だから、畏《おそ》れ多くはあるんですが、今でも生徒のように思っているのかもしれません」

王族に対する忠誠心以外にも、クリスティーナやフローラのために動く理由はあるんだと、セリアは語った。

「……お二人のことが本当に羨《うらや》ましいわ。私もセリア様のような方にご指導いただけたら、退屈《たいくつ》な学院生活を過ごさずに済んだかもしれませんのに」

と、シャルロットはちょっぴり嫉妬《しっと》したようにぼやく。

「大切なみんなだから、頼ってはいけない時もある。そう思うんです。だから、お願いします。成り行き上、シャルロット様にだけ頼ることになってしまい、本当に申し訳ないんですが……」

セリアは立ち止まり、隣を歩くシャルロットに深く頭を下げた。すると――、

「……一つ。いいえ、二つ条件があります」

シャルロットも立ち止まり、条件付きの承諾《しょうだく》をする用意があると応える。

「何でしょう?」

「一つ、絶対に帰ってきてください」

「もちろんです」

もとよりセリアはそのつもりだ。が――、

「二つ、セリア様が帰ってきたら、皆《みな》さんにこの場での会話を全部バラします」

「………………」

二つ目の条件は少々斜《なな》め上の内容だったのか、セリアはぱちぱちと目を丸くした。

「そうしたら皆様《みなさま》から存分に怒られてください。私、その時にあることないこと言ってセリア様を困らせますから」

絶対に帰ってきてください——と、シャルロットは繰《く》り返し念を押す。

「はい、喜んで」

セリアは嬉しそうに、首を縦に振《ふ》る。

「……では、行きましょうか」「はい」

シャルロットはちょっとこそばゆそうに頬《ほお》を膨《ふく》らませて、移動を再開した。セリアがすぐに後を追う。そして——、

(この件、夜にお話しできる、アイシア?)

と、セリアは陰ながら同行しているもう一人の人物に念話で語りかける。

(うん、わかった)

すぐに返事はきて、セリア達は屋敷を目指したのだった。

◇　◇　◇

帰宅後、セリアもシャルロットも王城でした話は微塵《みじん》も出さずに、普段《ふだん》通りの様子でそ

の日を過ごした。

普通《ふつう》にお喋《しゃべ》りをして、普通にご飯を食べて、普通にお風呂《ふろ》に入って……。そして、就寝《しゅうしん》時刻がやってきた。皆、自室へ向かう。

「…………」

セリアも自分の部屋に入ると、灯《あか》りをつけて室内を一瞥《いちべつ》した。ほんのつい昨夜まで就寝を共にしていたソラはリオと一緒《いっしょ》にリーナの手がかりを探る旅に出ている。短い間ではあったが、賑《にぎ》やかだったこの部屋も今はすっかり静かになっている。だが――、

（……アイシア、いる？）

（うん、いるよ）

今は霊体化《れいたいか》したアイシアがすぐ傍《そば》にいる。

（昼間のこと。早速だけどお話しできるかしら？）

（いいよ）

（まさかリオが出かけたタイミングでこうなるとは思わなかったんだけど、今回のことはちょうど良かったと思っているの）

セリアは今回の一件について、そんなことを念話で告げる。

（……ちょうどいい？　どうして？）

（ただでさえ神のルールをどうにかしないといけないのに、私のことで煩《わずら》わせるわけにはいかないでしょ？　今のリオとアイシアは戦える回数に限りもあるし）

（でも、私はセリアに付いていくよ）

どうやらアイシアは霊体化してセリアに付いていくつもりらしい。だが――、

（私が話をしたかったのは、まさにそれなのよ……。もう、貴方達《あなたたち》のお荷物になるわけにはいかないから）

と、セリアは気負うように語る。

（セリアは荷物なんかじゃない）

（そう言ってくれるのは嬉しいけど、だったらなおさらにアイシアはお城に残ってみんなのことを見守っていてほしいかな？　以前、屋敷が襲撃《しゅうげき》されたことだってあるし）

（……何か起こりそうなのはセリアの方。こっちにはゴウキやサラ達もいる。私はセリアの方が心配）

アイシアは正直に自分の考えと気持ちを伝えた。

（そう、よね。今までの私だったら、きっと貴方を頼っていたはず。けど、もうそれじゃ駄目なのよ。いつまでもリオや貴方に安易に頼って、守ってもらってばかりの私ではいられない。今後は私だって頼《たの》もしい戦力になるんだってところ、見せたいの。だから……、

今回は私を信じて、一人で行かせてくれないかな？）

セリアは滔々《とうとう》と訴えて、返事を待つ。

（………自信があるの？）

アイシアはたっぷり間を開けてから、そう尋《たず》ねた。

（うん、けっこう……。ううん。正直、自信満々よ。私、すごく強くなったはず。色々と魔《ま》法《ほう》を覚えたから）

セリアは華奢《きゃしゃ》な腕《うで》を振るって、とんと胸を叩《たた》いて誇《ほこ》らしげに答える。すると──、

（……なら、試したい。私と戦ってみて、セリア）

安心してセリアを送り出すことができるか見極めるべく、アイシアはそんな提案を口にしたのだった。

◇◇◇

翌朝、セリアがガルアーク王国城を出発する日がやってきた。屋敷に暮らす者達にはアルボー公爵に書簡を届けにいくこと黙ったまま、セリアは王都を後にする。

魔《ま》道《どう》船《せん》に揺《ゆ》られてガルアーク王国内最西端《さいせいたん》の越境《えっきょう》ギリギリ地点の都市まで進むと、今度

はシャルロットが手配した女性騎士達《きしたち》が操《あやつ》るグリフォンに乗って、ベルトラム王国の国境を目指した。

そうして、昼下がりの時間にはベルトラム王国領の国境付近にたどり着き、アルボー公爵が書簡で指定してきた第一の待ち合わせ場所である関所へとたどり着いた。が、そこから先はガルアーク王国の騎士達も同行することはできない。

ベルトラム王国の関所にはアルボー公爵の指示を受けた小規模の部隊が控《ひか》えていて、セリアを乗せた馬車をアルボー公爵が待つ砦まで護送することになった。

道中、もしかしたらアルボー公爵が何か仕《し》掛《か》けてくるのではないかと警戒《けいかい》していたが、その予想は外れた。これといった事件が起こることもなく、数十分は移動し――、

「ふわあ」

と、セリアはつい小さな欠伸《あくび》をしてしまう。だが、小さな気の緩《ゆる》みがどんな事態を招くかわからない。馬車の中で、一人――、

（っと、いけない、いけない。昨夜はちょっと夜更《よふ》かししちゃったから）

セリアは大きく首を左右に振り、気を引き締《し》めた。それから、さらにもう数十分ほど移動すると、アルボー公爵が待っているという砦にたどり着く。

「さあ、どうぞ」

と、護衛とは名ばかりの敵軍騎士《きし》に促《うなが》されて、セリアは砦の敷地《しきち》に降り立った。と、同時に、セリアの背後で砦の門が固く閉ざされる。

「…………」

セリアは無言で砦の内部を見回した。

正面、十数メートルの位置にはアルボー公爵、シャルル、レイス、蓮司《れんじ》が並んで立っている。周囲には何人もの騎士達がセリアを取り囲んでいて、ルッチやアレインといったレイスと馴染《なじ》み深《ぶか》い傭兵《ようへい》達の姿もあった。

隠《かく》す気もないのだろう。もうこの砦から自由には出してやらないぞ、という思惑がありありと伝わってきた。想定していた通り、大人しくは返してもらえなそうだ。

「……ずいぶんな歓待《かんたい》ですね」

セリアは眉《まゆ》をひそめて、アルボー公爵に言った。

「何のことだ？」

アルボー公爵はしれっと首を傾《かし》げてとぼける。そして――、

「それより、我《わ》がアルボー公爵家との婚姻《こんいん》を台無しにしておいて、よくもまあのこのこと姿を現せたものだな」

シャルルとの結婚式《けっこんしき》の一件について言及《げんきゅう》し、鬼《おに》のような眼差《まなざ》しをセリアに向けた。

「そういえば私、あの結婚式で攫《さら》われてしまったんでしたね」

セリアは余裕《よゆう》のある笑《え》みを浮《う》かべて、挑発《ちょうはつ》を返す。

「ふんっ、幼く大人しそうな見た目とは裏腹に、とんだ暴れ馬だったというわけだ。一つチャンスをやろう。今ならばまだ遅《おそ》くはないぞ？」

アルボー公爵は不敵にそんな問いかけをする。

「どういう意味でしょうか？」

「シャルルと婚姻を結び、アルボー公爵家の軍門に降《くだ》るというのであれば、クレール伯爵家の存続は保障しよう」

「ご冗談《じょうだん》を。レストラシオンとベルトラム王国本国政府との間で結ばれた協定をお忘れですか？」

セリアは強い抗議《こうぎ》の念を込《こ》めて問いを返した。

「そのレストラシオンが潰れても協定が存続すると考えているのであれば、おめでたいにも程《ほど》があるな。王立学院を歴代最年少で飛び級卒業した才女という評価は改めねばなるまい」

と、アルボー公爵はセリアを小馬鹿にするように語る。

「レストラシオンはまだ存続しています」

「風前の灯火《ともしび》だ。だから最後のチャンスをやると言っている。シャルルの妾《めかけ》になれ」

「っ……、死んでもお断りします」

あまりにも横暴な要求に、流石《さすが》のセリアも顔を引きつらせて拒否した。

「っ、セリア……」

袖《そで》にされたシャルルはプライドを傷つけられたのか、盛大《せいだい》に顔を引きつらせてセリアを睨《にら》んでいた。

「愚《おろ》かな。どの道、ここからは帰れんというのに」

アルボー公爵の嘲笑《ちょうしょう》がより一層深まる。

一方で、その近くでは――、

「おい、あんな小娘《こむすめ》一人を捕らえるのに、この俺《おれ》がわざわざ出向く必要があったのか？　よく見れば脚《あし》も震《ふる》えているが？」

蓮司が億劫《おっくう》そうにレイスに尋ねていた。

そう、長いスカートで隠れてはいるが、セリアの脚は小さく震えている。アルボー公爵に対して余裕そうに振る舞《ま》っているようには見えるが、本当は強がっているだけなのだろう。そんなか弱い女性を捕縛《ほばく》するのは、蓮司からするとあまり気乗りがしない仕事らしい。なんともやる気がなさそうに溜息をついていた。だが――、

「一人なら、レンジさんに出向いてもらう必要もなかったんですがね。とりあえず頭上にはよく注意を払《はら》っておきなさい」

レイスはあたかも他にも味方がいるかのような物言いをして、蓮司に注意を促す。

「了解《りょうかい》」

蓮司は溜息交じりに頷《うなず》くと、気持ちを切り替《か》えて鋭《するど》い眼差しを頭上に向けた。

「交渉《こうしょう》は決裂《けつれつ》した。そう考えて構わんな？」

アルボー公爵はいっそう険しい眼光でセリアを睨む。

「決裂も何も、私はレストラシオンとガルアーク王国から預かった書簡を渡しにきただけです。早々に用件を済ませて帰還しますので、伝達に齟齬《そご》がないよう読み上げます」

セリアはあくまでも自分がこの場を訪れた目的を果たそうとする。だが――、

「その必要はない」

と、アルボー公爵はセリアを制止した。

「どういうことでしょうか？」

「このまま貴様を拘束《こうそく》させてもらおう」

「……協定を反故《ほご》にするつもりだと捉《とら》えてよろしいですか？　そちらは大義名分を失いますが、それでも構わないと？」

「別に、こちらから協定を反故にするつもりはない。反故にするのはクレール伯爵家で、正当な理由があってのことだ」

「どういう意味でしょうか？」

セリアは訝しそうに眉《まゆ》を上げる。

「言葉通りの意味だ。クレール伯爵家が協定を反故にする」

「そのような真似《まね》は絶対にいたしません」

「いいや、もうしたんだよ。拘束された貴様がこれからいくらでも自供することになる」

「……偽《にせ》の供述をさせるつもりですか？　そんな真似、私は絶対にしません！」

セリアは流石に表情を強張《こわば》らせて、毅然と宣言した。

「ふん。捕《つか》まった後にもそんな口がきけるのか、試《ため》してみるとしようか。おい……」

アルボー公爵はあごをしゃくって、周辺の騎士達にセリアを捕縛するよう指示した。騎士達はセリアが逃《に》げられないように、何メートルか距離《きょり》を置いて包囲網《ほういもう》を敷《し》く。

「…………そちらがそのつもりなら、私も自衛の権利を行使します。なんとしてでも目的を達成して帰還させてもらいますので」

セリアは緊張《きんちょう》して表情を強張らせながら訴えた。

「ふはははっ。小娘が。怯《おび》えて脚も声も震えているのが透《す》けて見えるぞ？　できるものならやってみるといい」

と、アルボー公爵は見透かしたようにセリアを嘲笑《あざわら》う。

「っ…………」

セリアはぶるぶると全身を震わせていた。実際、怖《こわ》い。怖くないわけがない。実戦でたった一人。自分よりも屈強《くっきょう》で、戦闘《せんとう》経験も豊富で、数も多い職業軍人の男達に囲まれているのだ。怖くないわけがない。だが――、

（落ち着いて。落ち着きなさい、私……）

決めたのだ。もうリオとアイシアばかりに戦わせるわけにはいかないと。もう二人が戦わなくても済むように、自分が代わりに戦うのだと。

だって、記憶《きおく》を失わせるわけにはいかないから。リオに、アイシア、そして今はソラにも、自分達のことを忘れてほしくないから。

だから――、

（今日ここで、私は証明する！　自分一人だけでも、戦えるんだって！）

足手まといだなんて、守ってあげないとだなんて、もう思わせない。アイシアもこの場には同行させなかった。

傍に誰かがいる状況《じょうきょう》で、守ってもらおうなんて甘えは捨てる。セリアにとってはこれが

初めての、たった一人の戦い。

そうして――、

「《憑依《ポゼッション》・型《タイプ》・剣王《ソードマスター》・英雄模造魔法《オルターエゴ》》」

セリアは始めた。

自分一人の戦いを。

「…………ん？」

アルボー公爵を始め、その場にいる大半の者達が首を傾げる。セリアが不意に詠唱《えいしょう》した呪文《じゅもん》に聞き覚えがなかったからだ。一方で――、

（アレは、まさか……？）

先ほどから頭上からの奇襲《きしゅう》を警戒し続けていたレイスだったが、セリアが呪文を詠唱したことでハッとして視線を地上に降ろした。前方を注視すると、ちょうどセリアの身体をとても複雑な魔法陣《まほうじん》が覆《おお》っているところで――、

「お、おい、何をしている⁉　妙《みょう》な真似をする前に取り押《お》さえろ！」

アルボー公爵が慌てて騎士達に命令した。

「は、はっ！」

セリアのような小柄《こがら》な女性を捕らえるくらい訳ないと油断していた騎士達だったが、慌

て駆《か》け出す。直後――、

「はあっ！」

セリアは接近していた騎士の内の一人めがけて自分から駆け出すと、瞬時《しゅんじ》に間合いを詰《つ》めて組《く》み討《う》ちで軽々と放り投げてしまった。その間に騎士の腰《こし》にかかっていた鞘《さや》から剣《けん》を抜《ぬ》いて、自分の装備にしてしまう。ただ、セリアを捕縛するためだからか、騎士が装備していたのは訓練用の木剣《ぼっけん》だった。とはいえ、セリアが武器を手にしたのは確かだ。

「なっ……⁉」

騎士達の顔に一気に緊張が走る。その間に――、

「《汝求《スイ・ウィス》・平和之為《パケーム》・英雄育成魔法《パラ・ベラム》》」

セリアは新たに呪文を詠唱した。彼女の身体を再び複雑な術式が覆い始める。それは現代の魔術《まじゅつ》や魔法では決して不可能で、古代の魔剣《まけん》によってのみなしえる強力な身体強化を施《ほどこ》す魔法だった。

「《身体能力強化魔法《エンチャントフィジカルアビリティ》》」

騎士達の対応の早さも流石ではある。セリアの動きを見て、躊躇《ちゅうちょ》なく身体能力を強化する魔法を発動させる騎士達が続々と現れた。発動と同時に一気に急加速し、セリアを取り押さえようと迫《せま》る。だが――、

「なにっ⁉」

　セリアの速度は騎士達の更《さら》に上をいっていた。目にも留《と》まらぬ速度でするりと騎士達の隙間《すきま》を抜けて、包囲網から飛び出てしまう。そして砦の内壁《ないへき》を背に、木剣を手にして騎士達と向かい合った。

「……くそっ、抜剣《ばっけん》！」

　現場指揮官の男性が騎士達に指示する。全員が被殺傷《ひさっしょう》を前提にした木剣を装備していてセリアを取り囲む。

「構わん、死なない程度に痛めつけろ！」

　アルボー公爵がすかさず叫《さけ》ぶ。そうして、セリア一人とベルトラム王国の正規騎士達との戦いが始まった。

「はあっ！」

　セリアは先ほどまで怯《おび》えていたのが嘘《うそ》のように、臆《おく》することなく騎士達に一人で突《つ》っ込んでいく。

「なん、だとっ⁉」

　セリアは巧《たく》みな剣捌《けんさば》き、軽快な足捌き、そして人間の限界を超《こ》えているとしか思えない身体能力を発揮して、騎士達を圧倒《あっとう》し始めた。

「ほう……」

戦いが始まるまでは億劫そうだった蓮司も、セリアの戦い振りを見て興味深そうに目をみはっている。他方で――、

(……間違《まちが》いない。賢神魔法《ソレスタルマジック》を複数習得している。以前に別の賢神魔法も使っていましたが、もともと使えたのかどうか。近接戦闘特化であるならまだ問題はありませんが……)

レイスはセリアの脅威度《きょういど》を見極《みきわ》めるように、冷ややかな眼差しでその戦い振りを観察していた。もともと固定砲台型《ほうだい》の魔道士《まどうし》としての戦い方しかできなかったセリアだが、今のは完全に近接戦闘特化の剣士《けんし》と化している。

「おい、どういうことだ⁉」

「こんな魔道士の少女に……」

「くっ……」

セリアは懐《ふところ》に潜《もぐ》り込んでは、一人一人確実に峰打《みねう》ちで気絶させていく。まだまだ騎士は残っているが――、

(数だけは多いですが、そこいらの騎士程度ではお話になりませんね)

と、レイスは見なした。そこで――、

「ルッチさん、アレインさん、騎士達を援護《えんご》して彼女を全力で捕縛なさい！」

　レイスは身体強化の効果を秘《ひ》めた魔剣を持つ傭兵《ようへい》二人に参戦の指示を飛ばす。既《すで》に臨戦態勢だった二人は、返事もせず即座《そくざ》にセリアへと詰め寄り──、

「っ⁉」

　セリアに斬《き》りかかった。が、セリアは驚異的《きょういてき》な反射で二人の剣筋を見切り、軽《かろ》やかな足取りで斬撃を躱《かわ》した。

「おい、アレイン！　囲《かこ》い込むぞ！」

　ルッチが獰猛《どうもう》な笑みを浮かべ、アレインに指図する。

「はいはい」

　アレインは即応《そくおう》してセリアの背後へ回り込む。

「おいおい、嬢《じょう》ちゃんよ。どういうカラクリだ？　以前はのろのろ走っていたくせによ！」

　と、ルッチが尋ねるように、セリアの動きは以前とは完全に別人だった。剣もまともに振るえないほど運動音痴《おんち》だった彼女が、今は歴戦の騎士も裸足《はだし》で逃げ出すほどの戦い振りを見せている。

「…………………」

　セリアはわざわざ会話に乗る愚《ぐ》は犯《おか》さない。すっかりと冷静な表情を浮かべていた。

「妙に場慣れした空気まで纏《まと》っていやがる。本当にどういうカラクリだ？」

アレインはセリアが豹変《ひょうへん》している理由を疑問に思う。と——、

「はっ、斬り合えばわかるだろうよ！」

ルッチがさらにセリアへと襲《おそ》いかかる。とはいえ、ルッチが手にしているのが魔剣であるのに対して、セリアが手にしているのはただの木剣だ。そのまま斬り合えば綺麗《きれい》に両断されてしまうのは透けて見える。

「………………」

セリアは実に流麗《りゅうれい》な足捌きで、回避《かいひ》に専念し始めた。ルッチとアレインが左右から挟み込もうとするが、見事にそれをさせない。そうやって最小限の動きで自分達《たち》の剣を避《よ》けていくセリアを目《ま》の当《あ》たりにして——、

「おいおい……」

「マジですげえぞ、こいつ……」

ルッチとアレインはセリアの実力を痛感させられる。騎士達も追いつけない速度で砦《とりで》中《じゅう》を駆け回っているが、一撃《いちげき》を入れることができないのだ。

「ば、馬鹿な、どんな魔法を使ったというのだ……？」

アルボー公爵《こうしゃく》やシャルルはその戦い振りを唖然《あぜん》と眺《なが》めている。戦闘訓練を受けて身体能力も強化している大の男達が、これだけの数で囲んでいるにもかかわらずセリアに翻弄《ほんろう》さ

れていたからだ。

（……これまで見てきた彼女とは完全に別人だと思った方が良さそうですね。大英雄どころか、眷属《けんぞく》クラスの力を秘めていると考えた方が……）

セリアを値踏《ねぶ》みするレイスの眼差しはどんどん険しくなっていく。

（……いったい誰の仕業《しわざ》ですかねえ、これは。何かが起きたとすれば、ロダニアでレンジさんが気絶させられた後……。やはり彼《かれ》の仕業なのか？　いや、だが彼は……）

この状況はレイスにとっても明らかにイレギュラーであるようだ。思考が追いついていないのか、珍しく困惑《こんわく》の色が見て取れる。

「野郎《やろう》、ちょこまかと……」

「周りの騎士共が邪魔《じゃま》だな」

アレインとルッチは攻《せ》めあぐねているのか、いまだにセリアを捕縛できずにいた。セリアは小柄な体躯《たいく》と、戦いのフィールドが閉鎖的《へいさてき》な砦であることを逆手にとって、多勢に無勢の状況を見事に上手《うま》く立ち回っているのだ。騎士達が障害物となり、ルッチ達は上手くセリアを追い詰めることができていない。ただ――、

（……武器の差があるのが痛いわね）

セリアはセリアで決め手に欠けている。このまま近接戦闘のみで戦うのであれば、金属

製の武器が欲《ほ》しいところだ。

（アルボー公爵に書簡を渡《わた》したいだけなのに、もう）

魔法を使えば戦況《せんきょう》を変えることもできるだろうが、そうすると相手も戦い方を変えてくるはずだ。まだ様子を見ているレイスや蓮司は特に要注意である。

それに、死者が出たら後々どのようなイチャモンをつけられるかもわからないし、セリアとしては可能な限り死者を出さずにこの場を収めておきたかった。すると――、

（……いいわ。こうなったら……）

セリアは腹をくくったのか、勝負に出る。倒《たお》しても倒してもキリがない騎士達や、鬱陶《うっとう》しいルッチ達の相手もせず、本丸であるアルボー公爵へと駆け寄ったのだ。

「なっ⁉」

アルボー公爵が身構える。だが――、

「ふっ」

ここで蓮司がセリアとアルボー公爵の間に割って入った。ハルバードの形をした神装コキュートスを構え、セリアが手にする剣を柄《つか》で受け止める。

「…………」

セリアは無言のまま蓮司と武器を押しつけ合った。

「とんでもない女だな。正直、殺すのが惜《お》しく感じている」

蓮司は至近距離からセリアを見据《みす》え、フッと笑みを刻む。だが直後——、

「なあっ⁉」

蓮司の背後から素《す》っ頓狂《とんきょう》な悲鳴が響《ひび》いた。

悲鳴の主はアルボー公爵だ。

(馬鹿な、この女は前に⁉)

蓮司の意識が一瞬《いっしゅん》、背後に移る。すると、地面から石柱が伸《の》びているのがちらりと見えた。どうやらアルボー公爵はその石柱に押し上げられたらしい。公爵がもともと立っていた場所には術式の光が浮かんでいた。

(……無詠唱魔法《むえいしょうまほう》まで使えるようになっていますか)

レイスは何が起きたのかを的確に見抜《みぬ》いていた。が、そうこうしている内にセリアの足下《あしもと》にも術式の光が浮かび、かと思えば石柱が勢いよく跳《は》ね上がって、彼女《かのじょ》の華奢《きゃしゃ》な身体を頭上へと押し上げた。

「はあっ！」

セリアは跳ね上がる石柱を足場にして、空中を舞うアルボー公爵へと迫る。そのまま彼の身体を抱《だ》きかかえると、そのまま内壁の上に降り立った。

「逃がさんぞ」

蓮司、ルッチ、アレインの三人も強力に底上げされた身体能力で軽々と内壁を駆け上がっていき、セリアを取り囲む。

「形勢逆転よ？」

セリアが自分を取り囲む三人に対して冷ややかに告げた。セリアは外壁《がいへき》から転げ落ちる
スレスレの位置で、片手で持った木剣をアルボー公爵に突きつけている。そのまま剣に力
を込めればアルボー公爵を外壁から突き落とすこともできるだろう。

「やれるものならやってみろよ？　その木の玩具《おもちゃ》でな。お前が公爵を突き飛ばすなり、剣
を振りかぶる間に、俺達《おれたち》がお前を殺すぜ？　玉砕《ぎょくさい》が好みか？」

アレインが冷ややかに凄《すご》む。

「……私はあくまでも書簡を届けにきただけよ。その役割を果たせるのなら、すぐにでも
帰る」

セリアはわずかに黙考《もっこう》してから、木剣を突きつけたアルボー公爵にそう告げた。

「だそうだが、どうするよ、公爵？」

アレインがアルボー公爵に水を向ける。

「う、ぐっ……、書簡を受け取ろう」

あと半歩でも下がれば背中から砦の外に落下しかねない。十数メートルから転げ落ちた時のことを想像して身が竦《すく》んだのか、アルボー公爵はセリアとの交渉に応じた。

「では、これを。ガルアーク王国とレストラシオンからの書簡です」

セリアは空いている手で懐から書簡の入った丸筒二つを取りだし、アルボー公爵に手渡《てわた》した。

「……確かに、受け取った」

「では、開封《かいふう》してください。これから書簡の内容を読み上げます。内容に相違《そうい》がないかご確認《かくにん》ください。その上でアルボー公爵に受領を証明する魔術印を押していただきます」

と、セリアが告げると――、

「はっ、片手が塞《ふさ》がった状態でどうやって読むんだ？　お前の分の書簡、読みやすいように俺が持っていてやろうか？」

ルッチが嘲笑して尋ねた。こういった書簡は相手が受領したことを証明するため、まったく同じ文言の書簡を用意して使者が相手の前で読み上げるのが通例だ。その上で相手が確かに書簡を受領したことを証明する印を持ち帰る書簡にも押させる。

「書面の内容は一語一句覚えているので、問題ありません。そちらの書簡に魔術印を押していただいた後、こちらが持ち帰る書簡を渡しますので、そちらにも魔術印を押していただきます」

「……マジかよ」

ルッチの顔が引きつる。易々《やすやす》と近寄らせることはないだろうとは思っていたが、セリアの回答は彼の斜め上をいっていたようだ。

「では、読み上げます」

そうして、セリアはアルボー公爵に木剣を突きつけながら、書簡をそらんじ始めた。

「…………………」

アルボー公爵は今にも砦から転げ落ちるのではないかと兢々《きょうきょう》としながら、セリアが読み上げている言葉と書簡の内容に相違がないか確かめる。少しでも文言が違《ちが》っていればケチをつけてやる度胸が彼にあるかはともかく、セリアは本当に書簡の文言を一語一句暗記してすらすらと朗読していた。

「……マジで一語一句暗記しているのか？」

ルッチは信じられないとでも言わんばかりに疑っている。

「する奴《やつ》はするだろ。お前が馬鹿なだけだ。緊張感を持て」

アレインがやれやれと注意した。そうしている間に、セリアがやがて二通目の最後の文面を口にすることになる。その前に——、

「では、次が最後の条項《じょうこう》です。よくお聞きください」

セリアはあえて、そう前置きした。ちなみに、今セリアが読んでいるのはレストラシオンからベルトラム王国本国政府に宛《あ》てられた書簡である。

「…………っ」

アルボー公爵は先んじて文言に目を通したのか――、

「ふっ、ふざけるなっ⁉ こんなこと、断じて認められるか⁉」

些から転げ落ちそうなことも忘れて、怒鳴《どな》り散らした。

「では、帰国したらそのようにお伝えしておきましょう。ですがその前に、最後の条項を読み上げます。静粛《せいしゅく》にしてください」

「ぐっ……」

セリアはそう語りながら、木剣を握《にぎ》る手にわずかに力を込めた。それでアルボー公爵の気勢も緩んだ。その隙《すき》に――、

「『ベルトラム王国第一王女、クリスティーナ＝ベルトラムは、王位第一位継承権者《けいしょうけんじゃ》としてここに宣言する』」

セリアはクリスティーナから授《さず》かった書簡を読み始める。

「や、やめろ！　私は、そんなこと認めっ……⁉」

アルボー公爵が往生際《おうじょうぎわ》の悪さを見せるが、セリアから突きつけられた木剣により再び黙《だま》らされる。そうして――、

「『私、クリスティーナ＝ベルトラムは、ベルトラム王国の女王に即位《そくい》することを宣言する。ベルトラム王国の王権は父フィリップ＝ベルトラム国王と共有するものとする。父より預かったレガリアの王印をもって、その正統性を証明することとする。なお、ベルトラム王国の王として、もう一人の王であるフィリップ三世との対談を願い出る。名代《みょうだい》の出席はこれを認めない。昨今の我が国《くに》の混乱状況も踏《ふ》まえ、対談の場はガルアーク王国城とすることを提案したい。ついてはこの書簡を受領した日から一ヶ月以内に、クレール伯爵家《はくしゃくけ》の当主ローランに回答の書簡を持たせ、ガルアーク王国城まで送られたし。期限内に伯爵《はくしゃく》が現れない場合は、国王フィリップ三世は私クリスティーナ＝ベルトラムの女王即位に異論がないものと見做《みな》す。以上』」

と、セリアは最後まで書簡を読み上げた。その文面が意味するところは、いわゆる二頭政治の宣言である。

「王権を、共有？　一国に王が二人いる？　ふざけるな、国を二分する気か⁉　いや、そんなことよりやはりレガリアを隠し持っていたのではないか⁉」

アルボー公爵はたまらず怒鳴った。だが――、

「私はその質問に正式回答する権限を持ち合わせておりませんが、レガリアは盗《ぬす》み出したのではなく、正当に持ち出したものであるとのことです。即位の正統性に異論があるのなら国法に定められた手順で訴《うった》えろ、とも」

「ぐっ……」

アルボー公爵は押し黙り、眉間《みけん》に幾重《いくえ》もの青筋を浮かばせながら――、

（だから……、だから、レガリアなど使わせたくはなかったのだ！）

と、内心で激しく憤《いきどお》った。

クリスティーナが女王への即位を宣言したことが何を意味するのか？

それはすなわち、セリアが語ったように、即位の正統性を否定したければ国法に定められた手続を経なければならなくなったことを意味する。裏を返せば、国法の手続を経て即位の正統性を否定できるまでは、クリスティーナを暫定的《ざんていてき》に正統な王として扱《あつか》わなければならなくなった、ということも意味する。

いかにアルボー公爵が国王フィリップ三世から宰相《さいしょう》として王の立場を代表する権限を与《あた》えられているとはいえ、その手続を省くことはできない。手続を省いて強引《ごういん》に即位を否定しようとすれば、アルボー公爵の正統性が失われる。

ゆえに、クリスティーナを新たな王として認めないのであれば、国法に定められた手順

を踏むのは絶対だった。アルボー公爵としてはクリスティーナが想定する流れに乗ることを見事に強要された形となる。

「なお、今回、そちらから私に手を出してきた事実はクリスティーナ女王陛下に報告させていただきますので、あしからず」

セリアはここぞとばかりに、今回の一件について抗議した。

「っ……」

アルボー公爵の顔がいっそう引きつる。

「書簡に記された以降の流れもございます。父ローランは既にクレール伯爵領へ戻《もど》っているはずですから、書簡を持たせてガルアーク王国へ寄越《よこ》すよう、くれぐれもお忘れなきよう。では、この書簡に魔術印《まじゅついん》を押してください」

セリアは実に淡々《たんたん》とした口調でアルボー公爵に指示した。そして、魔術印を押さないとどうなるかはわかっているよなと言わんばかりに、剣に力を込める。

「ぐうっ……」

渋《しぶ》るアルボー公爵。だが、数秒もしたところで意を決したように思いきって、術式の印が記された箇所《かしょ》に指を押し当て魔力を流した。すると術式が光りだして、アルボー公爵の魔力パターンを登録してしまう。

「では、他の書簡にも魔術印を」

「ふんっ…………………」

アルボー公爵は無言のまま、書簡を受け取ったことを証明する魔術印をそれぞれの書簡に押していく。

「確かに、確認しました」

セリアは魔術印が押されたのを確認してから、持ち帰る証明用の書簡を懐に入れる。

「勝手にしろ。今さらそんな主張をしたところで、手遅《ておく》れだ……」

アルボー公爵は恨《うら》めしそうに、そんな捨て台詞《ぜりふ》のようなことをセリアに言う。

「抗議があるのであれば対談の場でどうぞ。では、私はこれで」

と、セリアはなんとも涼《すず》しい顔で返して、話を切り上げる。用が済んだ以上、あとはもう帰るだけだ。書簡はなんとしても持ち帰る必要がある。ただ――、

「そっちの用件が済んだのなら、こちらの相手をしてもらおうか」

蓮司、ルッチ、アレインの三人からすると、ここからが本番だ。セリアをこのまま帰すつもりなどないのか、彼女を取り囲みながら武器を握る手に力を込めていた。

「へへ……」

ここからいったいどうやって帰るつもりだよ？　と、言わんばかりに、ルッチが下卑《げび》た

笑みを浮かべる。

実際、問題はこの場からどう帰るかだが──、

「……失礼します」

セリアはぺこりと一礼すると、背中から倒れるように高さ十数メートルの外壁から飛び降りた。

「そうくるかっ⁉」

身体強化をしたルッチ達もすかさず砦から飛び降りようとするが──、

「《光翼飛翔魔法《フォースウィング》》」

セリアが落下しながら、呪文を詠唱する。

すると、セリアの背中に小さな魔法陣が二つ浮かび上がり、そこから光の波動が溢《あふ》れ出した。それは、あたかも光の翼《つばさ》のように見えた。

「なっ⁉」

ルッチ達が絶句する。

いったいどういう原理なのか、セリアは翼を羽ばたかせず、推力のように光を噴射《ふんしゃ》しながら砦から飛び去っていくからだ。

「は、はは、ははは……」

これにはアレインも笑うしかなかった。ぐんぐん飛んで砦から離《はな》れていくセリアを眺めながら——、

「……いや、マジでとんでもねえ女になりやがったな」

敵ながらあっぱれだと言わんばかりに、ルッチも笑っている。

（なかなかどうして、ああいう強い女は嫌《きら》いじゃない）

蓮司も敵という立場を忘れて、セリアを高く評価していた。

だが、その時のことだ。

蓮司の隣《となり》に——、

「追いますよ、レンジさん」

レイスがふわりと降り立った。

「貴方《あなた》の最強の技で、彼女を殺しなさい」

「……は？　何を言っている？」

突然《とつぜん》のレイスからの指示に、蓮司が面食らう。それに、そんなことを言われても、セリアはもう百メートル以上彼方《かなた》を飛んでいる。だが——、

「いいから。彼女はここで消す必要がある」

「お、おい⁉」

レイスは有無《うむ》を言わせず蓮司の身体を抱きかかえると、人目を憚《はばか》らずに飛翔《ひしょう》を開始してセリアを追いかけたのだった。

◇◇◇

セリアが砦を飛び出して百数十メートルも進んだところで――、

（…………追ってきている？）

セリアは背後から蓮司を抱《かか》えたレイスが迫ってきていることに気づいた。レイスはリオも多用する風の精霊術《せいれいじゅつ》に基づく加速で、セリアに肉薄《にくはく》しようとしていた。

「っ！」

セリアは加速を試みる。

だが、レイスも加速を行っていて――、

「魔力《まりょく》が溜《た》まったタイミングで攻撃《こうげき》を放ちなさい」

と、レイスは明確な殺意を滲《にじ》ませて蓮司に指示を出した。

「人使いの荒《あら》い男だが……、いいだろう」

蓮司はそう言いながらも、愉快《ゆかい》そうに口許《くちもと》を歪《ゆが》めている。そしてハルバードを構え、魔力を溜めることだけに専念していた。

（っ、なんて魔力、まさか……？）

セリアは背後で膨《ふく》れ上がった魔力を敏感《びんかん》に察した。ちらりと振《ふ》り返って蓮司の身体から魔力が膨れ上がったのを目視する。それで、ロダニアの上空で蓮司が放った強力な一撃を思い出した。

（あんな攻撃を使うつもり!?）

この距離だとセリアは間違いなく効果範囲《はんい》に巻き込《こ》まれて氷漬けになる。

セリアは大慌《おおあわ》てで自らも魔力を練り上げ始めた。あの一撃に対抗《たいこう》できるほどの魔法となると……。

「も、もう！」

「《封印解除《アンシーリング》・賢神魔法《ソレスタルマジック》》《因子保有者認証《オーセンティケーション》・セリア＝クレール》」

セリアは即座に呪文の詠唱を開始した。難易度の高すぎる魔法はまだ詠唱の破棄《はき》ができないから、フルでの詠唱が必要だ。

「《使用者保護術式起動《セーフティ・アクティベーション》》《魔力充填《チャージ》》…………《発動待機《スタンバイ》》」

と、セリアが着実に魔法発動の準備を進めていく。一方で——、

「いいぞ、レイス！　いつでも使える！」

蓮司も技の発動準備を終えていた。

ここから先は互《たが》いに最高の一撃をぶつけ合うだけだ。

極《きわ》めてシンプルな力比べが、今まさに始まる。

果たして――、

「エンドレスフォース……！」「《超過剰魔力充填《オーバーロード》》……！」

互いの技名と呪文名の詠唱タイミングが被《かぶ》る。この瞬間《しゅんかん》、セリアは空中で身体を捻転《ねんてん》させて、蓮司と向き合っていた。そして――、

「ブリザード！」「《聖剣斬撃魔法《デュランダル》》！」

叫び、互いの技と魔法が発動する。

次の瞬間、冷気の斬撃と光の斬撃がぶつかり合って――。

一帯の視界を覆い尽《つ》くすほどの巨大《きょだい》な衝撃波《しょうげきは》と光が発生したのだった。

【エピローグ】

❈ 予知夢、あるいは……

綾瀬美春《あやせみはる》は夢を見ていた。

まどろむ意識の中で、美春はこれが夢だとわかった。

なんだか、懐《なつ》かしい感じがした。とても、懐かしい感じがした。

これは……。

この感じは……。

誰《だれ》だろう？

夢の中なのに、美春は首を傾《かし》げた。視界に何かが映っているわけではない。真っ白で何も見えないのだが、美春は自分が首を傾げていると思った。すると——、

「夢じゃないわ」

と、誰かが美春に語りかけてきた。

「え？」

「これは夢じゃないわ」

「予定通り、あの子が近くにいてくれて、貴方の意識に干渉《かんしょう》できている。けど、時間がないから、よく聞きなさい」

「……貴方は、誰ですか？」

美春は視界が真っ白に染まった状態で、声の主に問いかける。だが――、

「貴方はいずれ決断を求められるわ」

声の主は美春の質問には答えず、勝手に話を始めた。

「え？」

「大事な、とても大事な決断を迫られる」

「…………」

「その時、これは明らかに駄目《だめ》な選択《せんたく》だと思うことでしょう。この選択は、絶対に間違いだと感じることでしょう」

「何を言って……？」

「私はね。絶対に間違っていると思う選択をすることを強く推奨《すいしょう》するわ」

それは、魔女《まじょ》の囁《ささや》きのように美春の耳許《みみもと》で鮮明《せんめい》に響いた。そして、声はどんどん遠ざかっていき――、

「やあ……」

代わりに、よく知っている男性の声が聞こえた。

そう、この声の主は――、

「また会えたね、美春」

「っ⁉」

美春が真っ暗な部屋の中で、勢いよく上半身を起こす。

どうしてだろう？　貴久《たかひさ》の声が聞こえた気がしたのだ。恐《おそ》る恐る室内を見回してみたが、室内にいるのは隣のベッドで眠《ねむ》る亜紀《あき》だけだ。

「…………」

美春はほっと胸をなで下ろすと、再び眠りに就《つ》いたのだった。

あとがき

皆様、いつも誠にお世話になっております。北山結莉《きたやまゆうり》です。『精霊幻想記　22.純白の方程式』をお手にとってくださり、誠にありがとうございます。

というわけで22巻、いかがでしたでしょうか？　ページ数的には20巻が過去最厚な巻なのですが、文字数的には22巻も同等です。大変ボリューミーな一冊であるので、執筆するのもとても苦労しました。その成果として皆様に「続きも早く読みたい！」と思っていただけたのなら、作者としてこんなに嬉しいことはありません。

あと、22巻は特装版ドラマCD付き版も存在していまして、そちらの脚本も私が執筆させていただきました。アニメ版にも出演してくださったキャストの皆様も豪華に勢揃いしたドタバタ感満載のお話が繰り広げられておりますので、ドラマCDと合わせて22巻をお楽しみいただけると嬉しいです。

それでは、今回はこの辺りで。23巻でもまた皆様とお会いできますように！

二〇二二年七月上旬　北山結莉

七賢神リーナが遺したものを足掛かりとし、
古代魔法の使い手として覚醒を遂げたセリア。
その奮戦ぶりはレイスをも驚愕させ、
氷の勇者とも互角以上に渡り合っていた。
一方、ソラと共に神のルールの抜け穴を
探す旅に出たリオを待ち受けるものとは――？
「勇者が力を
引き出せるようになる
条件はもしかして……」
精霊幻想記 23.春の戯曲
今冬、発売予定

HJ文庫 https://firecross.jp/
1021

精霊幻想記

22. 純白の方程式

2022年8月1日　初版発行

著者――北山結莉

発行者―松下大介
発行所―株式会社ホビージャパン

〒151-0053
東京都渋谷区代々木2-15-8
電話　03(5304)7604（編集）
　　　03(5304)9112（営業）

印刷所――大日本印刷株式会社

装丁――coil／株式会社エストール

Printed in Japan

ISBN978-4-7986-2887-5　C0193